Leben wie Gott im Elsass

Martin Graff

Leben wie Gott im Elsass

Deutsche Fantasien

KLÖPFER&MEYER

Besonderer Dank an:
Dr. Rudolf Michna, Kulturgeographie, Universität Freiburg.

The past is never dead
it is not even past.
WILLIAM FAULKNER

La langue est la clé de la culture.
FRÉDÉRIC MISTRAL

In jeder Sprache sitzen andere Augen.
HERTA MÜLLER

Inhalt

Vorwort

Schuhe kaufen geht mir immer auf die Nerven. Ich versuche es seit einer Stunde. Im A10 Center, einem modernen Kaufhaus bei KW, wie man hier sagt: Königs Wusterhausen. Dort wurde 1923 die erste Radiosendung ausgestrahlt.

Jean entkam im Winter 1945 wie durch ein Wunder dem Kessel von Halbe, der letzten großen Schlacht vor Berlin. Ein russischer Tiefflieger schoss auf eine Gruppe gehetzter Soldaten am Ufer der Dahme bei KW. Der Elsässer, mit 17 Jahren in die Uniform der Waffen-SS gesteckt, kippte kopfüber ins kalte Wasser. Ein Kamerad zog ihn an den Beinen heraus und rettete ihm das Leben, bevor er selbst ein paar Sekunden später von einem russischen Jagdbomber tödlich getroffen wurde. Der junge Elsässer wachte im Schloss von Königs Wusterhausen auf, das von den Russen zum Lazarett umfunktioniert worden war. Jekaterina, eine hübsche Blondine, lächelte ihn an. Jean, damals Hans, konnte es nicht fassen. Eine russische Ärztin hatte ihm das Leben gerettet. Er entschied sich sofort, Theologie zu studieren und arbeitete später als evangelischer Pfarrer im Elsass.

Ich geb's auf mit den Testläufen. Kein Schuh passt. In Straßburg hatte ich mir im *Théâtre de la Choucrouterie* die Zehen mit Cowboystiefeln kaputtgemacht. Im Stück »Casino Fritz« ging es um die Wahlverwandtschaften zwischen meiner Muttersprache, dem elsässischen Dialekt – Elsässerditsch genannt – und Luthers Sprache. Es gibt nämlich im Elsass *Patr'idioten*, die behaupten, dass Elsässisch und Hochdeutsch nichts miteinander zu tun haben. *Patr'idioten* sind Menschen, ob deutsch oder französisch, die noch nicht verstanden haben, dass die Fahne, Bleu-Blanc-Rouge oder Schwarz-Rot-Gold nicht als Aushängeschild einer Nation, sondern als Tischdecke geeignet ist. Nicht jeder hat eine Oma wie meine, Caroline, Mata Hari der deutsch-französischen Beziehungen. Sie hat mir den tödlichen Nationalismus aus der Seele gebügelt. Für immer. *Merci* Oma.

Ein Bücherstand mit Gebrauchtware ist in der überdeckten Allee aufgebaut. Ich schlendere zwischen den Tischen, bis ich mein Erdbeereis vernascht habe. Greife zu einem dicken Fotoband über den Zweiten Weltkrieg. Blättere hektisch und suche nach Bilder von den Karpaten, in Polen als Beskiden bezeichnet. Ein Reflex. Mein Vater ist dort im Februar 1945 als Elsässer in deutscher Uniform gefallen. Ich hoffe immer noch, durch Zufall auf ein Konterfei von ihm zu stoßen. Aber die Soldaten sehen alle gleich aus: Die Kleidung zerrissen, seelisch kaputt, trotteln sie Richtung Berlin. Keine Spur von Arroganz, wie sie im Juni 1940 siegestrunken die Champs-Elysées hinunter marschierten. Sie sehen jetzt den französischen Soldaten verdammt ähnlich, die damals vor ihnen flüchteten. Sie wissen, dass der Krieg sich dem Ende zuneigt, und denken nur noch an die Flucht vor den Russen.

Ich frage Michael, den jungen Verkäufer, ob er schon mal im Elsass war:

»Nein.«

»Wissen Sie, wo es sich befindet?«

»Nein!«

»Würden Sie auf Frankreich oder auf Deutschland tippen?«

Der junge Mann zögert. Ich beruhige ihn:

»Ich bin Schriftsteller, schreibe über das Elsass, will nur mal schauen, ob es hier bekannt ist.«

»Ich tippe auf Deutschland.«

»Warum?«

»Wegen dem Namen, Elsass klingt Deutsch.«

Am nächsten Tag fahre ich nach Wünsdorf, bekannt als Bücherstadt, südlich von Berlin, in einem Birkenwald eingenistet. Eine echte Filmkulisse. Die ehemaligen russischen Kasernen wurden großzügig umgebaut, mit neuen farbigen Balkons verziert.

Ich werde fündig: »Heimgekehrte Grenzlande von Ragimund Reimesch. Dargestellt in 147 Zeichnungen und Originalgrafiken. Gauverlag Bayreuth, 1943.« Hitler hatte das Grenzland Elsass im Juni 1940 ohne Wenn und Aber annektiert. Als er durchs Straßburger Münster schlenderte, fragte er seine Begleiter:

»Sollen wir diesen Schatz den Franzosen zurückgeben?«

»Niemals!«, antworteten die Herren.

Vor dem Krieg gehörte das Elsass zu Frankreich.

Der Autor des Buches »Heimgekehrte Grenzlande« sieht das anders. »Elsass: befreit im Juni 1940.« Seite 143: »Sulzerner See in den Vogesen.« Da wohne ich. »Blick vom Vogesenkamm über den Sulzerner See gegen die Rheinebene.« Schönes Bild, mit dem Stift skizziert. Hitler fuhr am 27. Juni 1940 am Bauernhof vorbei, als er den Col de la Schlucht besuchte, deutsch-französische Grenze zwischen 1870 und 1918. »Hitler, du faules Arschloch!«, hatte Opa Ernest seinen Ochsen, der sich weigerte, den Holzkarren zu ziehen, beschimpft. Mein Großvater wurde ein paar Tage später von einem Dorfbewohner denunziert. Als die Gestapo ihn aufsuchte, konnte er den Herren glaubhaft demonstrieren, dass er seinen Ochsen aus

Liebe zum Führer Hitler getauft hatte. Mein Opa ist wahrscheinlich der einzige Mensch, der bis zum Kriegsende Hitler unbeschadet als Arschloch beschimpfte.

»Die Hänge der Vorberge der Vogesen sind von Weingärten und Obsthainen, heiteren, entzückenden Weindörfern, alten romantischen Städtchen geschmückt«, schreibt Ragimund Reimesch. Könnte auch von Wolfram Siebeck stammen, wenn er vom Elsass schwärmt: »Unverwechselbare Landschaft!«, staunt er im MERIAN Heft. Von seinem Haus aus im Schwarzwald bewundert er jeden Abend, wie die Sonne hinter den Vogesen in die elsässische Nacht versinkt. Er liebt das Elsass. Dummerweise hat er ausgerechnet auf dem Foto, wo er mit französischen Kochgrößen wie Bocuse verewigt ist, die Hand ausgestreckt, wie man es damals im »befreiten« Elsass machen musste. Das Kunstwerk sorgt seit Jahren bei elsässischen und französischen Gastronomen für Lachsalven. Es hängt im Eingang vom Nobelrestaurant *Chez Philippe* in Blaesheim. Dort haben auch schon Gerhard Schröder, Lionel Jospin und Jacques Chirac gespeist.

Als ich Wünsdorf verlasse, erblicke ich im Wald eine vier Meter hohe Statue von Lenin, stoppe meinen Wagen und steige aus um das Denkmal zu knipsen. Ein alter Mann schaut mir zu und schüttelt seinen Kopf.

Eine Mahnung der Deutschen Bahn findet den Weg ins Elsass. Ich habe vergessen, meine BahnCard zu bezahlen. Postadresse: *68140 Soultzeren, Guadeloupe*. Die ehemalige französische Kolonie, heute *Département* Nr. 971, Postleitzahl 97110, befindet sich in der Karibik, 7.119,233 Kilometer von Soultzeren entfernt. Nur im Geiste mit der Deutschen Bahn zu erreichen.

Wobei die Franzosen auch ihre Mühe haben mit der Geografie. »Kann man hier mit Francs bezahlen?«, galt lange als

Klassiker unter den französischen Touristen im Elsass. Der Euro hat die Frage zur Hälfte erübrigt. Zur Hälfte, weil ein Franzose immer noch ins Schwitzen kommt, wenn ihm in Straßburg zufälligerweise fremde Laute um die Ohren pfeifen. Als die Skiweltmeisterschaft auf dem Markstein – Elsass – stattfand, suchten die französischen Reporter die Pisten eifrig im Schwarzwald. Auch dieses Problem sollte GOOGLE EARTH gelöst haben. Aber sogar in Genf begegne ich immer wieder Schweizern, die mich fragen, ob Straßburg sich in Deutschland oder in Frankreich befindet.

Julia, aus Krakow, sitzt im TGV Paris–Straßburg. Sie bewundert den eleganten Turm des Münsters, als der Schnellzug die Europa-Hauptstadt erreicht. Ihr polnisches Handy klingelt. Auf dem Display liest sie: »Willkommen in Straßburg, Deutschland«.

Im Februar 1945 fanden noch harte Kämpfe um Colmar herum statt. Eine Reihe von »romantischen Städtchen« wurden von den Amerikanern platt geschossen. Gerüchte behaupten, sie hätten damals die Region mit Deutschland verwechselt. Ausgeschlossen ist es nicht.

Sechzig Jahre später fahre ich mit meinem zwölf Jahre alten deutschen Enkelkind im Auto zwischen Colmar und Straßburg. Ostheim, Kogenheim, Huttenheim, Fegersheim liest Yannick durch die Autoscheiben: »Mama«, höre ich ihn sagen: »Hier müssen viele Deutsche wohnen!«

Am 19. Januar 2011 besuchte Präsident Nicolas Sarkozy das Dorf Truchtersheim im Elsass und dachte, er wäre in Deutschland: »*Comme je suis en Allemagne …*«

Das ist das Schicksal eines Grenzlandes. Es wird von mehreren Staaten beansprucht. Aber die Deutschen beanspruchen das Elsass nicht mehr. Europa hat es möglich gemacht.

Dennoch, gegen Mitternacht, wenn der deutsche Tourist vollgestopft mit Sauerkraut und aufgeweicht vom Riesling Richtung Hotel strauchelt, kommt er nicht selten ins Grübeln und fragt sich: »Wo bin ich: in Frankreich oder in Deutschland?«

Aufgabe dieses Buches ist es, die Kopfgrenzen der Elsass-Besucher zu sprengen.

Geholfen dabei haben mir Bekannte und Unbekannte, Fremde und Freunde aus Deutschland, denen ich begegnet bin. Ihnen allen danke ich für die Zusammenarbeit.

1 Devorah und Wolfgang

Der LKW springt bei Zwickau wie auf Knopfdruck aus dem Wald auf die Landstraße. Der gelbe Wartburg prallt ins Eisengehege, das ihm den Weg versperrt. Das Dach wird glatt abgeschnitten. Die Fahrerin fliegt in den weichen Straßengraben, bewusstlos aber unverletzt. Das Opfer des Unfalls, der drei Jahre vor der Wende stattfand, sitzt mir gegenüber im Hotel au Val Saint Grégoire, im elsässischen Münstertal. Devorah weint, fasst sich aber schnell wieder. Ihr Mann, Dr. phil. Wolfgang Hans-Joachim, wohnt der Szene regungslos bei.

Mein Freund Dany Weinrieb, Besitzer des Hotels, hatte mir den Tipp gegeben. »Ein deutsches Paar hat bei mir übernachtet. Die Frau ist Hautärztin aus Deutschland. Sie will in Munster eine frei werdende Praxis übernehmen.«

Die doppelte Visitenkarte, die Dany mir überreicht hatte, ist vielversprechend. Sie, blondes Haar, forscher Blick, breites Lächeln, schwarzer Rollkragenpullover.

Dr. med. Barbara Devorah Brunsch

Fachärztin für Haut- und Geschlechtskrankheiten
Allergologie, Schutzimpfungen
Besondere Untersuchungs- und Behandlungsmethoden:
Operative Dermatologie
Lasertherapie
Dermatoonkologie
Anti-Aging

Er, perfekter Haarkranz, intelligenter Blick, grüner Pulli,

schwarzes Hemd, weißes Unterhemd, um die sechzig, runzelt die Stirn.

Dr. phil. Wolfgang Hans-Joachim Brunsch
Ägyptologe (Demotist, Koptologe, Papyrologe)
Klassischer Philologe
Sprachwissenschaftler
Philosoph
Literarischer Übersetzer
Schriftsteller

Donnerwetter! Zweifellos in jeder Hinsicht ein Gewinn für Munster, die Hauptstadt des Münsterkäses, ein Städtchen, das schon lange im Dornröschenschlaf versinkt, eingenistet in den Bergen, die es von Paris trennen. Manchmal wacht es auf, wenn die Karawane der *Tour de France* vorbeisaust oder gar der elsässische Rallyeweltmeister Sébastien Loeb den Asphalt aufweicht.

*

Die Visitenkarten der deutschen Gelehrten waren schon immer ein wahres Vergnügen für die Elsässer. Ich wohnte in Freiburg dem 70. Geburtstag des ehemaligen Rektors der Universität bei. Auf der Einladung las ich »Prof. Dr. Dr. hc. mult. Wolfgang Jäger«. Sandra, eine Studentin, verriet mir, dass die Einladung neu gedruckt wurde, nachdem die Bezeichnung »hc. mult.« beim ersten Mal vergessen wurde.

Karl-Theodor zu Guttenberg hat offensichtlich seine Politkarriere vermasselt, weil er seine Doktorarbeit abgeschrieben oder sich mit fremden Federn geschmückt hat. Er ist nicht der Einzige, wie das regelmäßige *Outing* von deutschen Schattendoktoren es belegt.

Mir bleibt schon immer ein Rätsel, wieso intelligente Menschen sich mit ihrer Titeleitelkeit lächerlich machen. Obwohl die französische Elite arroganter ist als die deutsche, gibt es so was in Frankreich nicht. Der Doktortitel wird in der Öffentlichkeit nur von einem Arzt benutzt.

Zwischen 1870 und 1918, also zur elsässischen Kaiserzeit, war die Titelsucht der deutschen Gelehrten ein gefundenes Fressen für Kabarettisten. Professor Knatschke wurde von Hansi – dem damaligen Deutschenfresser par excellence – in Wort und Bild verewigt. Heute fegen die deutschen Touristen die Souvenirläden mit Hansi-Postkarten, erkennbar an der gezeichneten Dorfidylle mit in der Bleu-Blanc-Rouge-Fahne eingewickelten Elsässern, leer. In regelmäßigem Turnus wird der Professor Knatschke, stellvertretend für alle deutschen Professoren, im *Théâtre de la Choucrouterie* in Straßburg vom Sänger Roger Siffer wieder aktualisiert. Ich werde Prof. Dr. Dr. hc. mult. Wolfgang Jäger eine Einladungskarte zukommen lassen.

Die Frage, die mir auf den Lippen brennt, ist einfach. »Warum wollen Sie sich im Elsass niederlassen?« Der Philosoph antwortet, ohne zu zögern: »Deutschland ist ein Land ohne Kultur!« Ich staune. »Wir wollen nicht alt werden in Deutschland!«, ergänzt die Hautärztin. Das hört sich an wie eine Tirade der Mitläuferkinder der Nationalsozialisten, die um 1968 revoltierten, weil ihre Väter über ihre Vergangenheit schwiegen. Aber heute zu behaupten, dass Deutschland ein Land ohne Kultur sei?

Es leben um die 20.000 deutsche Staatsbürger im Elsass. Die Gründe sind relativ einsichtig. Die einen haben im Elsass ein Haus gebaut, weil die Grundstücke oft billiger sind. Sie arbeiten weiter in Deutschland, aber genießen das Leben in

Frankreich. Andere haben aus dem selben Grund einen Zweitwohnsitz erworben. Nicht wenige bilden deutsch-französische Paare und etablieren sich aus geografischen Gründen zwischen Rhein und Vogesen. Manche arbeiten in der französischen Niederlassung ihrer deutschen Firma im schönen elsässischen Garten, wie Louis XIV. dieses Ländle bezeichnete. Baggerkönig Liebherr oder Schraubenmilliardär Würth werden im Elsass als Arbeitgeber gewürdigt.

Aber der Philosoph und die Ärztin, die mir gegenüber sitzen, passen nicht in das übliche Raster. Bevor ich sie per E-Mail zum Treffen bat, dachte ich gar an eine Skandalflucht. Sie kommen zu uns aus einem verlorenen Nest in Oberfranken, wo sie etwas verbrochen haben. Die Internetsuche verlief, in puncto Skandal, ergebnislos.

Devorah erzählt ohne Umschweife aus ihrem Leben. Verheiratet in Zwickau mit dem Chefarzt einer bekannten Klinik. Zwei Kinder. Sie will in die Bundesrepublik ausreisen, er nicht. Ihr Bruder, Offizier bei der Stasi, organisiert einen Unfall. Der Vater fährt einen Wolga, ehemaliger Parteibonze? »Einmal die Frau beseitigt, bleibt der Mann in der DDR, wo er in der Klinik gebraucht wird«, soll die Stasi kalkuliert haben. Devorah demonstriert auf der Straße. Schließlich handelt die Stasi einen Deal aus. Sie darf raus, wenn sie aufhört, sich an den Friedensmärschen zu beteiligen. Auch der Mann lenkt ein. Beide verlassen die DDR und etablieren sich in Oberfranken als Hautarzt beziehungsweise als Hautärztin.

Offensichtlich sorgte der Ägyptologe für die zweite Wende in Devorahs Leben.

»Die französische Ärztekammer in Paris erteilte mir die Erlaubnis zur Niederlassung im Elsass unter einer Bedingung, dass ich Französisch lerne. Ich muss das DELF, *Diplôme élémentaire de la langue française*, bestehen, leider bin ich schon zweimal durchgefallen«, präzisiert Devorah.

Ich erfahre nebenbei, dass der Präsident der Ärztekammer von Colmar, Dr. Jean-François Cerfon, als einziger Juror über die Französischkenntnisse der deutschen Ärztin entscheidet.

»Haben sie das Gefühl, dass er die Deutschen nicht mag?«

»Nein, aber vielleicht die Juden nicht?« Ein Davidstern pendelt auf ihrer Brust.

»Sind sie Jüdin?«

»Nein, konvertiert.«

»Sind Sie Jude?«, frage ich den Professor.

»Nein!«

»Mit wem lernen sie Französisch?«

»Mein Mann bringt es mir bei.«

Zu Beginn des Gesprächs hatten wir Französisch gesprochen, aber sie hatte mich schnell gebeten, auf Deutsch weiter zu reden. »Ich werde es schaffen, ich werde Französisch lernen«, sagt sie mir im Brustton der Überzeugung. Ich stelle fest, dass Dr. Brunsch *la langue de Molière* in der Tat sehr gut beherrscht. Er teilt mir nebenbei mit, dass er Gedichte von Proust, Mallarmé, Baudelaire, Rimbaud, Lautréamont, Valéry ins Deutsche übersetzt hat. Ich bin immer noch ratlos. Beide sind sympathisch, keine Spur von Besserwisserei. Was treibt Sie wirklich ins Elsass?

Dr. Brunsch erzählt mir, dass er zehn Jahre bei der Mainzer Akademie der Wissenschaften und der Literatur tätig war. Er hat am »Demotischen Namensbuch« mitgewirkt, bevor er entlassen wurde. Ich passe. »Die Demotik ist eine ägyptische Sprache!«, klärt mich der Professor auf, »eine vereinfachte Schriftversion der Hieroglyphen«, präzisiert er gnädig.

Das Aussteigerpaar hat das Elsass als Standort ausgesucht »weil man hier Deutsch spricht«. Ich versuche krampfhaft, beiden mitzuteilen, dass die Elsässer mutiert sind. Deutsche Kulturspuren sind noch vorhanden. Fachwerkhäuser, Störche, Sauerkraut und Bier. Aber der Kopf ist französisch. Beide widersprechen mir: »Die Leute sprechen alle Deutsch.« Wie sie zur dieser Feststellung kamen, verstehe ich nur zu gut. Jeder Elsässer hat noch zwei, drei deutsche Wörter parat, kann sich mehr schlecht als recht durchschlagen. Im Restaurant ist die Speisekarte zweisprachig, allerdings ebenfalls mehr schlecht als recht. Wörtlich abgeschrieben: *»Salade folle / verrückten Salat. Petits légumes / Jungengemüse. Salade de pommes de terre / Kartfeldssalat.«* Wobei die Speisekarten der deutschen Gastrotempel, die auf Französisch angeben, ebenfalls bewundernswerte orthographische Schlachtfelder sind.

Beide schauen mich ratlos an. Ich suche nach Argumenten. »Die Elsässer, sogar die es bis zur Universität geschafft haben, lesen weder deutsche Zeitungen noch Bücher auf Deutsch.« Sie glauben mir nicht.

Dann gebe ich auf und überlege, wie ich ihnen am besten helfen kann. Ein Französischlehrer muss ran. Sie sollten INFOBEST besuchen: eine deutsch-französische Anlaufstelle für Aussiedler. Überlege, was ich ihnen als Buch empfehlen könnte. Vielleicht *Marthe et Mathilde* von Pascale Hugues, die eine deutsche und eine elsässische Großmutter hatte? *Die Linden von Lautenbach* von Jean Egen oder *Der Seelenhüter* von Pierre Kretz?

Plötzlich beichtet mir Devorah, dass sie am Vortag in der Schweiz waren, sich in Zürich umgesehen haben. »Man hat mir gleich eine Stelle angeboten. Aber die Schweiz ist schlimmer als Deutschland!«, kommentiert sie. »Wir bleiben lieber im Elsass.«

Ich erfahre, dass sie einen saftigen Vorschuss auf den Tisch gelegt haben, ohne die Übernahme der Praxis vertraglich abzusichern. Ich vermittle Ihnen zur Sicherheit einen deutsch-französischen Anwalt, Dr. Eberhard Eyl.

Beide bedanken sich herzlich. Devorah freut sich auf den neuen Arbeitsplatz und betont, dass ihre Ausrüstung auf dem neuesten medizinischen Stand ist. Auch Wolfgang ist ungeduldig, sich in Munster niederzulassen. »Zweihundert Bücherkisten warten darauf, ausgepackt zu werden!«

Wir trennen uns. Abends ruft mich Devorah an, bedankt sich nochmals für meine Hilfe. Ihr Mann möchte mir gerne ein paar Bücher schenken.

Ich mache mich an die Arbeit, sammle Infomaterial, finde eine Lehrerin. Am Tag darauf treffe ich mich zum *Apéro* mit meinem Freund Dany im Hotel au Val Saint Grégoire. Der Wirt teilt mir mit, dass das Paar nach Deutschland zurückgekehrt ist, endgültig. Ich klicke Wolfgang Brunsch im Internet an. Im Kulturatlas Oberfranken entdecke ich eine Leseprobe des Professors unter dem Titel »Der Klang der Kugel«: »Wenn die Kugel läuft / stehst Du machtlos daneben / Opfer deiner Tat.«

*

Zwei Monate Funkstille. Plötzlich doch noch ein Lebenszeichen der Elsassliebhaber. Sie haben Haus und Praxis an der Ostseeküste gefunden, in der ehemaligen DDR. Dr. Brunsch bedankt sich nachträglich für meine Hilfe. Dann der überraschende Satz: »Von Frankreich haben wir mehr als genug, was Sie sicher verstehen werden!«

Vierzehn Tage später: Pascale, die Briefträgerin, bringt mir ein dickes Couvert. Absender: Dr. Brunsch. Inhalt: *Kleine Chrestomathie nichtliterarischer koptischer Texte.* Ich passe. Im

Duden lese ich unter »Chrestomathie«: Sammlung ausgewählter Texte aus den Werken bekannter Autoren. In dem Fall handelt es sich wohl um eine Auswahl von Texten unbekannter ägyptischer Autoren. Im Verzeichnis geht es um Alltagsfragen wie »Verkauf eines Hauses« oder »Anerkennung einer Geldschuld«. Ich stelle die Schrift als Andenken an unsere Blitzbekanntschaft in ein Regal meiner Bibliothek.

Mein Nachbar Jean-Georges Heintz, sogar dreimal Doktor, also Dr. Dr. Dr. Jean-Georges Heintz, Archäologe, Theologe und Historiker, klärt mich weiter auf. »Die koptische Sprache bildete in Ägypten den Übergang von den Hieroglyphen zum Alphabet mit griechischem Einfluss.«

Es ist unglaublich, was man in einem kleinen elsässischen Bergdorf, zwischen Garten und Holzarbeit, so alles lernen kann. Ich kann nur den Rückzug der Familie Brunsch in ihre deutsche Heimat bedauern. Devorah hatte mir freie Behandlung versprochen.Im Alter von fünfundsechzig gibt es immer etwas zu verbessern, um gesünder und schöner auszusehen. Und Wolfgang hätte mich aufgeklärt über die kulturellen Hintergründe des theologischen Zwists zwischen Kopten und Moslems im Lande der Pharaonen.

Plötzlich packt es mich. Ich klicke noch einmal den Kulturatlas von Oberfranken an, um eine Leseprobe von Doktor Wolfgang in meiner Berghütte zu genießen:

»Begegnung: Im Zuwenden ihres Blickes / Brach die mattduftende Haut / Ihrer Brust auf: / Eine Knospe aus der nachlässigen / Umklammerung / Ihres Seidenkelches.«

2 Ilse und Karl

Ilse und Karl wohnen im Saarland. Ich mag die Saarländer. Das war nicht immer so. Als ich als junger Pfarrer nach Sarreguemines versetzt wurde und nebenbei als Volontär beim Saarländischen Rundfunk in Saarbrücken arbeiten sollte, war ich nicht sehr begeistert. Lothringen und das Saarland waren für mich Terra incognita, ohne Berge wie im heimatlichen Münstertal. Keine Möglichkeit, schnell eine Skipiste hinunterzufegen. Hochöfen statt Berghütten. Das änderte sich schnell. Im Saarland lernte ich junge Deutsche kennen, die nichts zu tun hatten mit den Klischees aus den Kriegsfilmen, die damals französische Kinoleinwände überschwemmten. Der Dichter Arnfrid Astel brachte mir Goethes Sprache mit seinen Epigrammen bei.

> »Knisternd entknüllt sich / das Papier in seinem Korb / mitten in der Nacht.«

Ihm habe ich es zu verdanken, dass ich sogar französischen Autoren begegnete, René de Obaldia, Georges Pérec, Michel Tournier, Alain Robbe-Grillet, Claude Lévi-Strauss und noch einigen mehr. Aber auch Deutsche wie Erich Fried, Ludwig Harig, Martin Walser, Dieter Wellershoff, Oskar Pastior, Eugen Helmlé, Ralf Schock, von dem ich erfuhr, dass Alfred Döblin, der während des Ersten Weltkrieges kurz im Elsass als Arzt tätig war, nur ein paar Kilometer von meinem Zuhause, in Housseras, neben seinem Sohn Wolfgang seine letzte Ruhe gefunden hat. Der Junge hatte sich, als die Wehrmacht 1940 das kleine Kaff stürmte, im kleinen Vogesendorf als französischer Soldat das Leben genommen.

Der Saarländische Rundfunk ist heute noch eine kulturelle Drehbühne zwischen Frankreich und Deutschland. Fred Oberhauser, der noch im hohen Alter einen »Literarischen Führer Deutschland« – nicht weniger als 1448 Seiten – herausgegeben hat, kannte das Elsass besser als ich selbst und gab mir die ersten Fernsehaufträge in seiner Sendung *Kulturspiegel.* Auch Jochen Senf, der spätere Tatortkommissar Palu, wurde mein Freund.

*

Ilse und Karl haben in den siebziger Jahren in der unmittelbaren Nähe unseres Bauernhofes in Soultzeren ein Chalet gekauft. Es war die Zeit, in der die Deutschen als Touristen zurück ins Elsass fanden. Sie waren kaufkräftiger als die Franzosen. Die Bauern verzichteten gern auf ein Stück Land. Jeder profitierte von jedem. Der Deutsche erfüllte seinen Traum vom Zweitwohnsitz. Der Elsässer brachte es endlich zum neuen Auto. In den Zeitungen sprach man von friedlicher Invasion. Die Geschäftsleute meckerten lediglich, weil die Deutschen alles, vom Nagel bis zur Butter, von zu Hause mitbrachten. Die *Nouvelle Cuisine* war für sie noch ein Fremdwort.

Damals sprachen die Elsässer noch Deutsch und Elsässisch. Deshalb gaben sich Ilse und Karl auch keine Mühe, Französisch zu lernen. Für sie war das Elsass deutsch. Inzwischen sind die alten Nachbarn, mit denen sie Kontakt hatten, tot oder im Altersheim in Munster. Chari, der ihnen das Stück Land verkauft hatte, ist im letzten Winter im Alter von fünfundachtzig Jahren gestorben. Sie waren bei der Beerdigung nicht dabei. Wären sie dabei gewesen, hätten sie eh kein Wort verstanden: Alles, Predigt, Liturgie und Gesang fand auf Französisch statt. Lediglich die Überschrift der Glasmalerei hätten sie verstanden: »Meine Worte werden nicht vergehen«, aus dem Lukasevangelium.

Im Rücken des Pfarrers lag eine dicke alte Bibel auf dem Altar als Dekoration. Wenn Ilse und Karl es gewagt hätten – immer noch vorausgesetzt, dass sie dabei gewesen wären – nach dem Trauergottesdienst die Bibel näher zu betrachten, wäre ihnen aufgefallen, dass es sich um eine deutsche Lutherbibel handelte: »Illustrirte Pracht-Bibel oder die ganze Heilige Schrift / nach der deutschen Übersetzung D. Martin Luthers / mit zahlreichen Illustrationen und mit erklärenden Anmerkungen von Otto Delitsch, Religionslehrer an der städtischen Realschule von Leipzig.« Aufgeschlagen sind ganzjährig die Seiten 806 und 807. Das Alte Testament, Prediger, Kapitel 10, 11 und 12: »O freue dich, Jüngling, in deiner Jugend und lass dein Herz guter Dinge sein in deiner Jugend ...« Die Familie von Chari hatte darauf bestanden, dass der Gottesdienst ausschließlich auf Französisch stattfindet.

Die evangelische Kirche in Soultzeren ist lutherisch, gehört zu der Familie des »Augsburger Bekenntnisses«. Während der Reformation war das Elsass noch ins Heilige Römische Reich Deutscher Nation eingegliedert. Bis nach dem Zweiten Weltkrieg, egal ob Frankreich oder Deutschland das Sagen hatte, blieb die Kirchensprache Deutsch. Das Gesangbuch war deutsch. Man sang dieselben Lieder von Paul Gerhardt in Berlin und in Soultzeren.

2003 wurde zum ersten Mal seit der Reformation ein Elsässer, der weder Elsässisch noch Deutsch spricht, zum Kirchenpräsidenten gewählt. Aus dem Vater Unser ist *Notre Père* geworden. Das haben Ilse und Karl einfach nicht gemerkt. Plötzlich hatten sie es mit Postbeamten oder Handwerkern zu tun, die weder Deutsch noch Elsässisch sprachen. So stehen Ilse und Karl immer öfter vor meiner Tür: »Herr Graff, würde Sie so nett sein und für uns telefonieren? Ich habe die Dame am Telefon nicht ganz verstanden.«

Natürlich telefoniere ich gerne für Karl oder Ilse, die mich jedes Jahr mit bunt bemalten Ostereiern verwöhnen. Sie bringen mir auch alle Zeitungsausschnitte über Tomi Ungerer. Ich glaube, Ilse liebt meinen Freund Tomi heimlich. »Ich war schon drei Mal tot«, lese ich in der SAARBRÜCKER ZEITUNG. Wundert mich nicht. Tomi ist besser als Christus, der nur einmal auferstanden ist.

Karl hat sich Notizen über mein Buch »Nackte Wahrheiten. Deutsche und Franzosen« gemacht. Ich versprach ihm, auf ein Glas Wein vorbeizuschauen.

»Herr Graff«, sagte mir Karl, »Sie schreiben, dass der 8. Mai auch in Deutschland als Tag der Befreiung betrachtet werden kann. (Ende des Zweiten Weltkrieges. Feiertag in Frankreich). Da bin ich nicht ganz einverstanden. Wir wissen ja nicht, was passiert wäre, wenn die Wehrmacht den Krieg nicht verloren hätte.«

Ich strengte mich an, die Ruhe zu bewahren und antwortete: »Lieber Karl, erstens zitiere ich euren Bundespräsidenten Richard von Weizsäcker. Zweitens, wenn die Wehrmacht den Krieg gewonnen hätte, würden wir sicher nicht zusammen bei einem Glas Wein sitzen.«

Ab sofort habe ich unsere Beziehungen eingefroren. Es gibt halt Deutsche, die Deutschland selbst nie verstehen werden. Wie sollen sie dann das Elsass und die Elsässer verstehen?

3 Ulla und Peter

Ganz anderes weiß ich zu berichten von Ulla und Peter, die vor 10 Jahren ein Haus in meinem Dorf gekauft haben. Sie strengen sich Tag und Nacht an, sich ins Elsass und in Frankreich zu integrieren. Daraus sollten wir nicht schließen, dass Ilse und Karl aus Saarbrücken sich nicht integrieren möchten. Sie sehen das Elsass nur mit einer anderen Brille. Wenn sie im Super U in Munster einkaufen, lächelt sie ganzjährig und mannshoch ein Konterfei von Hansi Hinterseer an: »Ich habe dich einfach lieb.« Ulla und Peter dagegen machen einen Bogen um das Werbeplakat des Stars der Volksmusik. Sie lesen täglich zwei Seiten von Albert Camus *L'étranger* auf Französisch. Manchmal, wenn sie ein Wort nicht verstehen und es im Wörterbuch, das etwas veraltet ist, nicht finden, ruft mich Ulla an:

»Wie würdest Du *l'étourderie* übersetzen?«

Ich muss selbst nachdenken:

»Zwischen Gedankenlosigkeit und Leichtsinn.«

»*Merci*, Martin.«

Zusammen mit Peter und Ulla besuche ich regelmäßig den Berghof von Christophe und Marie, um die berühmten »Fleischschnacka« mit Hilfe eines Rieslings aus Hunawihr zu verzehren. Abgemacht ist, dass wir kein Wort Deutsch sprechen. Ulla hält sich dran, Peter auch, aber auf seine Art. Er schweigt radikal, weil er erst Französisch sprechen will, wenn er die Sprache perfekt beherrscht. Wie das funktionieren soll, bleibt mir ein Rätsel.

Ulla ist Pianistin. Die Dorfbewohner staunten nicht schlecht, als ein Flügel, Marke Bösendorfer, mit dem Kran über die Dächer schwebte, um präzise im Salon zu landen.

Dank der Sonnenkollektoren bleibt das musikalische Kleinod auch im Winter in Form. Mozart scheint ihr Liebling zu sein.

Peter ist pensionierter Ingenieur und Hobbyliterat. Beide laden Nachbarn zu privaten Aufführungen in ihrem Haus ein, um Texte von berühmten Autoren vorzutragen. Peter rezitiert. Ulla begleitet ihn am Klavier. Wir Bauern sind den Darbietungen musikalisch und intellektuell nicht immer gewachsen, aber wir nehmen sie dankend entgegen und halten uns streng an die deutschen Sitten: Pünktlichkeit ist angesagt. Selbst wenn eine Kuh unerwartet ein Kalb auf die Welt bringt und wir dann zwei Minuten zu spät klingeln, bleibt die Tür verschlossen. Jedes Jahr organisieren Peter und Ulla einen Ausflug mit den elsässischen Handwerksmeistern, die erfolgreich an ihrem Zweitwohnsitz gebastelt haben.

Wir leihen uns gegenseitig Gartengeräte. Allerdings: wenn die Motorsense nicht sofort anspringt, verdächtigt mich Peter gnadenlos: »Hast Du die richtige Benzinmischung nachgefüllt?« Er hat inzwischen einen Ferrari gekauft. So nenne ich den roten Rasenmäher, der die steilsten Hänge bewältigt. Ich würde auch gern mal mit ihm fahren, aber trotz enger Freundschaft habe ich es noch nicht gewagt, ihn um den Gefallen zu bitten. Vielleicht befürchte ich eine Absage. Und wegen eines Rasenmähers, sei es das neueste Modell, möchte ich keinen Abbruch unserer deutsch-französischen Freundschaft riskieren. Am 22. Januar 2013 feiern wir zum fünfzigsten Mal den Elysée-Vertrag zwischen Charles de Gaulle und Konrad Adenauer. Abgemacht ist, mit Peter und Ulla ein Feuerwerk auf unserem Hausberg zu organisieren. Es gibt aber noch ein Problem. Die deutschen Knallkörper sind trotz Europa in Frankreich verboten. Jedes Jahr werden deutsche Geschosse, die Elsässer in Deutschland kaufen, tonnenweise von der Polizei neutralisiert. Aber wir werden schon einen Schmugglerweg finden, um die deutsch-französische Freundschaft würdig zu feiern.

*

Das deutsche Paar bat um eine private Straßburgführung. Wir schlendern lässig durch die malerischen Gassen des *Petite France*, das kleine Frankreich, so nennt sich die Touristenhölle inmitten der Fachwerkhäuser. »Warum nennt sich das Viertel *Petite France*, wo die Architektur eindeutig mittelalterlich ist, also vor der Anwesenheit der Franzosen?«, fragt Ulla. »Weil es hier ein Hospiz gab, wo die Franzosenkrankheit behandelt wurde, also die Syphilis, von Soldaten eingeschleppt!« Peter und Ulla ersparen mir einen Kommentar.

Ich zeige ihnen mein Zimmer im evangelischen Stift, wo ich als Theologiestudent wohnte, bei der Thomaskirche. Direkt neben dem Zimmer von Albert Schweitzer, der im selben Haus studierte, bevor er dessen Leitung übernahm.

Ich füttere meine Freunde mit tausend Anekdoten. »Der Vater von Bernhard Schlink war während der Nazizeit Direktor des evangelischen Stifts. Eigentlich überraschend, weil er der Bekennenden Kirche zugerechnet wird. Er passt also nicht ins Raster der Deutschen, die zwischen 1940 und 1944 die Elsässer vor Ort ideologisch maßregelten.«

Wir betreten die Kirche. »Hier predigte Martin Butzer, der elsässische Luther. Die Katholiken besuchten den Gottesdienst mit bellenden Hunden, um seine Predigten zu stören.«

»Hat Luther mal das Elsass besucht?«, fragt Peter. »Nein, aber sie kannten sich persönlich. Sie trafen aufeinander in Heidelberg. Luther soll sich über seinen elsässischen Akzent lustig gemacht haben.«

Der Blick von Ulla richtet sich auf die mächtige Orgel. »Eine Silbermannorgel. Man wollte sie Anfang des 20. Jahrhunderts gründlich renovieren. Schweitzer stemmte sich erfolgreich dagegen, für ihn gab es keine bessere Orgel in der Welt, um Bach zu würdigen. Später baute man noch eine Chororgel zu der Silbermannorgel. Auch da mischte sich der Urwalddoktor ein und dirigierte den Bau aus dem fernen Lambarene.« Peter und Ulla nicken andächtig.

Ich führe beide zum Chor, wo sich das mächtige Grab von Maurice de Saxe, *Maréchal de France*, unehelicher Sohn von August dem Starken, König von Sachsen, befindet. »Er ist im Schloss von Chambord gestorben. Wie alle *Maréchaux de France* sollte er in der Basilika von Saint Denis begraben werden, aber er war Protestant, also ab nach Straßburg.« Ich lege eine kleine Kunstpause ein. »Maurice de Saxe war der Urgroßvater von George Sand.« Peter und Ulla schnappen kurz Luft. »Die Großmutter von George Sand war die Maîtresse vom Marschall.« »Nein!«, entfährt es Ulla. Ich habe definitiv gepunktet. Sollte noch kommen was will, der Straßburgbesuch ist kulturell gerettet.

Im Temple Neuf, der ehemaligen Dominikanerkirche, wo ich als Pfarrer gearbeitet hatte, besteige ich die Kanzel. Peter fotografiert mich, wie ich die Sportzeitung *L'Equipe* ausbreitete. Die Kirche befindet sich unweit des Straßburger Münsters. Das Gotteshaus wurde 1870 durch die »Dicke Bertha« platt geschossen. Die Deutschen zerstörten ihre eigene Bibliothek. Eine Art geistiges Selbstmordattentat. Um die Kirche herum entstand im Mittelalter die Straßburger Universität mit Größen wie Jakob und Johannes Sturm.

Ich begleite meine Freunde noch zum Kaiserpalast – heute *Palais du Rhin* getauft – gegenüber dem *Théâtre National de*

Strasbourg, das Peter oft besucht, ohne zu wissen, dass hier ab 1911 das elsässische Parlament tagte. Eine partielle Autonomie des Reichslandes Elsass-Lothringen erlaubte den Elsässern, sich politisch zu emanzipieren. Der Erste Weltkrieg vernichtete die Hoffnungen auf ein »geistiges Elsässertum«, wie René Schickele es einmal formuliert hat, endgültig.

*

Die Krönung des Tages findet in Blaesheim statt, bei meinem Freund Philippe Schadt, wo Gastropapst Siebeck sich mit dem ungewollten Hitlergruß verewigt hat. Philippe bietet uns eine Delikatesse: Gänseleber in Brotteig. Ulla lehnt sofort ab. Ich frage: »Aus gastronomischen oder ideologischen Gründen?« »Aus ideologischen Gründen!« Das ist das Angenehme bei deutschen Freunden, sie reden nicht drum herum wie die Franzosen.

Peter schließt sich der Gattin an. Philippe serviert beiden einen frischen Bohnensalat. Ich genieße mit meiner Frau Elisabeth die Gänseleber. Ich kenne natürlich die Vorbehalte meiner deutschen Freunde bezüglich Gänseleber und Froschschenkeln. Es ist nun mal so. Damit kann ich leben, solange sie es nicht schaffen, ein europaweites Gänseleber- und Froschschenkelverbot in Brüssel durchsetzen.

Nun bin ich halt Schriftsteller und Journalist. Meine Freunde, deutsch oder nicht, wissen alle, dass es gefährlich ist, in meiner Nähe zu leben, ganz einfach weil ich die Anekdoten des Alltags, seien sie auch noch so banal, immer wieder in Zeitungen oder Büchern neu verpackt serviere. Nach dem gastronomischen Zwischenfall veröffentlichte ich in einer französischen Zeitschrift einen längeren Bericht über die Deutschen im Elsass. Ich erwähnte den Besuch in Straßburg und den Abend bei Philippe. Dafür griff ich zu einer Anekdote des Karikaturisten Hansi, der es nicht lassen konnte, systematisch über die Deutschen zu lästern. Was ihn übrigens teuer zu stehen kam. Während des Zweiten Weltkrieges entkam er nur knapp den Krallen der Gestapo und rettete sich über die grüne Grenze in die Schweiz. Hansi, der nach dem Zweiten Weltkrieg das weltberühmte *Musée d'Unterlinden* – Stichwort Isenheimer Altar – leitete, schrieb in Sachen Gänseleber: »Die Deutschen mögen die Verzierung, diese gelbe Gelatine, die als Dekoration der Gänseleber gedacht ist. Die stopfen sie in sich hinein wie Schlagsahne. Die Gänseleber selbst wird meistens nur aus Höflichkeit gekostet, wenn es sein muss. Den schwarzen Knopf in der Mitte – also den Trüffel – spucken sie, ohne zu zögern, zum offenen Fenster hinaus.« Als Ulla und Peter diese Salve zu lesen bekamen, waren sie gekränkt. Ulla schrieb mir einen Brief, in dem sie fortan Bedingungen für unsere Freundschaft stellte. »Nie wieder öffentlich über private Erlebnisse schreiben.« Ich willigte ohne wenn und aber ein, weil ich in keinem Fall auf ihre Freundschaft verzichten möchte.

Sie haben es gemerkt, wir lieben uns. Bei runden Geburtstagen schwingen wir uns gegenseitig Reden ins Gesicht, die einen neuen Krieg zwischen Frankreich und Deutschland für die Ewigkeit verhindern werden.

4 Horst und Claudia

Horst und Claudia wohnen seit vierzig Jahren im Münstertal. Horst ist Theaterregisseur. Claudia, genauso wie Ulla, Musikerin. Auch dieses deutsche Paar ist eine kulturelle Bereicherung für die Nachbarn.

Horst hat mir erzählt, dass Julien Green, der berühmte amerikanische Romancier, im Elsass nach dem Ersten Weltkrieg seinen Roman *Adrienne Mesurat* geschrieben hat. Ich wusste das nicht. Sogar nur ein paar Kilometer von unserem Bauernhof entfernt, in Les Hautes-Huttes, einem Weiler, den ich vom Küchenfenster aus sehe. Der Autor hatte sich zunächst in Orbey niedergelassen, nicht weit von Kaysersberg, wo Albert Schweitzer auf die Welt kam. Aber das Haus lag dicht an einem Sägewerk und ein konzentriertes Arbeiten war unmöglich. Deshalb zog er etwas höher in das Gebirge. Green hatte die Region im Krieg als Sanitäter bei der US-Armee kennengelernt.

Horst inszenierte im Staatstheater von Karlsruhe *Süden* von Julien Green. »Im Stück geht es um den amerikanischen Bürgerkrieg. Zehnmal besser als *Vom Winde verweht*«, bekräftigt mein Freund und Nachbar im Brustton der Überzeugung. Ich glaube ihm sofort.

Genauso wie Peter und Ulla geben sich Horst und Claudia Mühe, ihr Gastgeberland zu verstehen. Aber es irritiert mich, dass sie die Lokalpresse übersehen. Zu banal. Das Problem besteht aber darin: Wenn man in Frankreich wohnt und das Frankreichbild nur aus der SÜDDEUTSCHEN ZEITUNG, aus der FAZ oder DER ZEIT – so gut deren Berichte auch sein mögen – aufsaugt, hinkt man der Wirklichkeit des Landes hinterher. Als Deutscher in Frankreich muss man sich auch im französischen Blätterwald orientieren können. Ansonsten bleibt die Wahrnehmung von Frankreich zu deutsch. »In jeder Sprache sitzen andere Augen«, schreibt Herta Müller. Deshalb ist es so wichtig, die Sprache des Gastgeberlandes zu pflegen und die dortigen Zeitungen zu lesen, ob lokal oder national. Ich hatte meinen Freunden auch französische Fernsehprogramme ausgesucht, die ich sprachpädagogisch bereichernd fand. Umsonst, nach ein paar Versuchen schalteten sie wieder die deutschen Sender ein. Sie brauchen die Bilder der Heimat, genauso wie die Türken aus Anatolien.

Sehr heikel bleibt das Thema Skifahren. Ziemlich genau seit dem Tag, an dem sich Claudia den Daumen verstauchte, weil ich auf dem Sessellift in La Bresse den Bügel ungeschickt über unsere Köpfe schwenkte. Schubert musste darunter leiden, weil sie ein paar Tage spielerisch behindert war. Seitdem steige ich nicht mehr mit ihr in den Sessellift. Wenn Claudia und Horst alleine mit den Skiern unterwegs sind, kann es auch brenzlige Situationen geben.

Im vergangenen Winter unternahmen sie einen längeren Ausflug über den Vogesenkamm, mit geplanter Übernachtung im »Hôtel du Grand Ballon«, auf dem höchsten Berg der Vogesen, 1.424 Meter über dem Meeresspiegel. Der Nebel umhüllte das Dorf, die Straße war vereist. Ich versuchte sie zu überreden, das Unternehmen zu vertagen. Peter lehnte dankend ab. »Das Internet meldet Neuschnee in höheren Lagen!« Geplant ist geplant, sie fuhren los.

In der Tat fanden sie Neuschnee auf dem Kamm. Aber auch Nebel und Wind, der die markierte Langlaufpiste verschleierte. Es war schon dunkel, als sie den *Grand Ballon* erreichten. Sie liefen am Hotel vorbei und merkten erst ein paar hundert Meter nach dem Pass, dass sie in die falsche Richtung glitten. Zum Glück zeigte sich der Nebel gnädig und enthüllte ihnen Sekunden später das erleuchtete Hotel, in dem sie eine wunderbare Nacht verbrachten. »Es war grenzwertig«, beichtete mir Horst, als sie am nächsten Tag heil zurückkamen. Diesmal mit Sonne und Blick auf die Alpen, das Rheintal im Nebel.

*

Als die Wende die Mauer sprengte, erfuhr ich, dass Claudia und ihre Schwester Anne in Zittau eine stattliche Villa erben würden. Ihre Familie stammt aus der fernen Oberlausitz, an der Grenze zu Polen und Tschechien. Ihr Großvater Gustav Hiller war ein begabter Erfinder. Er gründete die »Phänomen-Fahrradwerke«. Seine Nachfahren entwickelten Nutzfahrzeuge. Die »VEB Robur-Werke« existierten bis zur Wende. Bei Zittau ist dem genialen Großvater von Claudia ein Museum gewidmet. Beide Schwestern, Claudia und Anne, verzichteten auf die Erbschaft, beziehungsweise sie übergaben die Villa einem multikulturellen Verein, der sich um die deutsch-polnisch-tschechische Freundschaft bemüht.

Bei der offiziellen Einweihung des Kulturzentrums, Ostern 2007, war ich dabei. Die Feier war mit einem runden Geburtstag der beiden Schwestern verbunden. Das private Fest fand in einem kleinen Dorf in der Umgebung von Zittau statt: Großhennersdorf. Als ich entdeckte, dass Großhennersdorf heute zu Herrnhut gehört, war ich aus dem Häuschen.

Dort wurde im 18. Jahrhundert das Paradies auf Erden geprobt. Die Herrnhuter gaben sich als Vorboten des kommenden Himmelreichs. Noch heute sind die Pietisten in allen Kontinenten aktiv. Ich wollte sofort den Gründungsort der »Verrückten Gottes« besuchen. Doch es kam alles anders.

Ich lernte beim Fest Andreas kennen. Er ist Erzieher im Katharinenhof, eine Anstalt für behinderte Kinder, die sich in Großhennersdorf befindet. Eine automatisch gesteuerte Bürste putzt die Räder der Rollstühle. Vom Feinsten. Der aus dem 18. Jahrhundert stammende Katharinenhof ist in Sachsen bekannt. Zehntausende behinderter Kinder wurden dort mit Liebe behandelt. Bis die Nazis es sich anders überlegten. Zwischen 1939 und 1943 wurden 223 Kinder, die im Katharinenhof gepflegt wurden, in der Nähe von Pirna vergast. Schon 1940 gab es in Pirna-Sonnenstein eine Gaskammer, noch vor der Wannseekonferenz, auf der am 20. Januar 1942 die industrielle Vernichtung der Juden beschlossen wurde. Erprobt wurde die Gaskammer also mit Behinderten deutscher Herkunft. Ab 1941 wurden deutsche Aussiedler aus Bessarabien – wo Ex-Bundespräsident Horst Köhler auf die Welt kam – oder aus der rumänischen Dobrudscha im Katharinenhof untergebracht. Später pferchte man insgesamt 500 Elsässer in das Heim, Familienmitglieder von jungen Elsässern, die sich geweigert hatten, in der deutschen Wehrmacht zu dienen. Als Strafe wurden Eltern und Geschwister ins Altreich deportiert und als Arbeitskräfte missbraucht. Befreit wurden sie von den Russen, wobei die Soldaten bei den üblichen Vergewaltigungsorgien keinen Unterschied zwischen elsässischen und deutschen Mädchen machten.

Ich kann es nicht fassen. Weit weg von meiner elsässischen Heimat werde ich bei diesem schönen Fest an die Vergangenheit erinnert. Hätte mein Vater sich geweigert, mit der Wehrmacht in den Krieg zu ziehen, wäre ich vielleicht mit meiner Mutter in Großhennersdorf gelandet. Am nächsten Tag übergibt mir Andreas eine Denkschrift über den Katharinenhof. Als ich sie aufschlage, schaut mich das Bubi-Gesicht von Dr. med. Horst Schumann an. SS-Sturmbannführer, Direktor der Anstalt Pirna-Sonnenstein, wo die behinderten Kinder aus dem Katharinenhof in Großhennersdorf vergast wurden, um den elsässischen Familien Platz zu machen. Er war Mitglied von Ärztekommissionen in Auschwitz, Buchenwald, Dachau, Mauthausen und weiteren Konzentrationslagern. Tausendfacher Mörder. Er sprach sich nach dem Krieg frei von jeglicher Schuld, schaffte es noch, bis 1951 in der Bundesrepublik unter anderem als Sportarzt zu arbeiten. Er flüchtete schließlich nach Afrika. Ein SS-Kumpan lobte ihn später als »zweiten Albert Schweitzer«. Zuviel des Guten. Der Schuss ging für ihn nach hinten los. Die Entlastung wurde Belastung. 1966 erfolgte aus Ghana die Auslieferung Schumanns an die Bundesrepublik Deutschland, 1970 dann der Prozess in Frankfurt. Schon 1972 war er wieder auf freiem Fuß. Schumann starb 83-jährig in seinem Bett.

5 *Les Malgré-Nous*

Hitler fand es nicht nötig, am 22. Juni 1940 – Tag des Waffenstillstands – mit Marschall Philippe Pétain auch nur ein Wort über das Elsass zu verlieren. Für ihn gehörte es selbstverständlich zu Deutschland. Aber die Haltung der Nazis war voller Widersprüche. Die Elsässer waren Stammesbrüder und Feinde zugleich. Die Deutschen verhielten sich in Wirklichkeit wie Banditen. Juden und bekannte Franzosenköpfe wurden sofort nach Frankreich ausgesiedelt. Eine fünfte Kolonne hatte zwischen beiden Weltkriegen Listen angelegt. Die Häuser der Ausgestoßenen wurden beschlagnahmt. Die Möbel geklaut. Zwischen Freiburg und Colmar verwandelte sich die Wehrmacht in eine Speditionsfirma. Der Kurswechsel zwischen Francs und Reichsmark glich einem Jackpot zugunsten der Deutschen. Die Soldaten fegten die Regale leer. Es entstand sogar ein Hamstertourismus der deutschen Zivilbevölkerung aus Baden, die billig im Elsass einkaufte. Irgendwann war Schluss mit lustig. Die Reichsmark ersetzte den Franc. Es gab nichts mehr zu kaufen. Die Preise stiegen horrend. Lebensmittelkarten wurden eingeführt.

Nachdem die Regale der Geschäfte leer waren, machten sich die Nazis an die Regale des Geistes. Da jeder elsässische Dickkopf auch ein französisches Regal im Schädel hatte, sei es noch so dünn besetzt mit französischem Kulturgut – wie zum Beispiel mit den sieben Buchstaben von *bonjour* oder *bonsoir* – strengten sich die deutschen Brüder an, es leer zu fegen. Französische Bücher wurden verbrannt, Namen geändert, Kopfbedeckungen wie das *béret* als Hirnverdunkelungskappe entfernt.

Die Offiziere, die in Paris bei den *demoiselles* im Café mit ihrem guten Französisch kokettierten, führten sich im Elsass wie Rambos auf. Schickten Elsässer, weiblich oder männlich, in Erziehungslager, weil sie vermutlich zu Hause Französisch sprachen und außerhalb des Hauses Französisch dachten. Fremde Radiosender heimlich zu empfangen galt als Verbrechen. Denunziantentum machte sich auch unter Elsässern breit.

Die befreiten Brüder und Schwestern blieben eigentlich die ganze Zeit Verdächtige. Sogar die Autonomistenführer, die zwischen beiden Weltkriegen von den Nazis gehätschelt wurden, gingen oft leer aus. Nach dem Einmarsch der Deutschen erhielten sie selten die erwünschten Posten. Plötzlich verloren die Nazis keine Zeit mehr mit einem autonomen Elsass, das sie vor dem Krieg forderten. Die Umarmung war eine glatte Lüge, am liebsten hätte man alle Elsässer zum Teufel gejagt.

Man hätte die renitenten Elsässer natürlich alle nach Südfrankreich abschieben können, wie man es im Sommer 1940 gemacht hatte, mit all denjenigen, die als Franzosenköpfe abgestempelt waren. Aber Himmler befürchtete mit Recht, im Falle einer Wende im Krieg, dass sie sich später dem Widerstand anschließen könnten. Diese Gefahr wollte er nicht eingehen. Selten war Himmler so hellseherisch.

Sie waren auch zu verdächtig, um im neu gewonnenen östlichen Lebensraum angesiedelt zu werden. Die polnischen Beskiden und die Krim waren im Gespräch. Aber dafür waren sie wiederum zu französisch und hätten die Germanisierung der Bevölkerung gebremst. Die elsässische Frage wurde langsam aber sicher für die Nazis zur Quadratur des Kreises. Als letzte Lösung blieb das Erziehungslager von Schirmeck. Damit hatten die Nazis schon reichlich Erfahrung gesammelt.

Hitler selbst wusste aus Erfahrung, dass die Elsässer schwieriger als die Sudeten, die Schlesier oder die Österreicher zu knacken waren. Schließlich hatte er nicht vergessen, dass die Elsässer sich im Ersten Weltkrieg – obwohl damals offiziell seit 1871 deutsche Staatsbürger – nicht sehr kriegswillig zeigten und oft bereit waren, zu desertieren. Ja, sogar die deutschen Juden galten als bessere Kämpfer. »Links raus« war ein geläufiger Begriff. Elsässer wurden ausgesondert und mit echten Deutschen gemischt. Ein Grund, warum Hitler sie zunächst – trotz wiederholten Ersuchen des Gauleiters Robert Wagner – nicht für wehrmachtstüchtig hielt.

Außerdem waren diese Elsässer, dem ewigen Deutschtumsgeschwätz zum Trotz, französische Staatsbürger. Die Männer hatten noch ein paar Wochen zuvor in der französischen Uniform gegen die Wehrmacht gekämpft. Pingelig, wie sie sind, haben die deutschen Juristen Zeit gebraucht, um aus den volksdeutschen Elsässern mit französischem Pass würdige Reichsdeutsche zu machen. Nur die Freiwilligen bei der Polizei oder Wehrmacht hatten es leichter, aber das war eine verdammt kleine Minderheit.

*

Der schleppende Russland-Feldzug änderte die Meinung des Führers. Erst im Sommer 1942 entschied sich Berlin, die jungen Elsässer für die Wehrmacht zu rekrutieren. Man brauchte Kanonenfutter im Osten. Da die Werbekampagne nicht richtig zog und nicht wenige sich weigerten, musste Druck ausgeübt werden. Am besten auf die Familie. Haut der Junge ab, wird die Familie ins Altreich versetzt, zum Beispiel nach Großhennersdorf. Wird er erwischt, macht man kurzen Prozess mit dem Ausreißer: erschießen. Richard Freisler, der Henker unter den deutschen Juristen, besuchte Straßburg oft, um in Sondergerichten das Todesurteil gegen die Fahnenflüchtigen persönlich bekannt zu geben.

Schließlich wurden ab August 1942 bis Kriegsende 130.000 junge Elsässer in die Wehrmacht rekrutiert. Davon kamen 30.000 nicht zurück. Mein Vater wurde erst im Februar 1944 einberufen und ist am 3. Februar 1945 in Polen gefallen, in Bielitz, Ostoberschlesien, heute Bielsko-Biała.

Man nennt sie *Malgré-Nous*, »gegen ihren Willen«.

Auch die jungen Elsässerinnen wurden zum Reichsarbeitsdienst nach Deutschland versetzt. Genauso wie 6.000 Lehrer und Lehrerinnen zu Germanisierungszwecken über den Rhein geschickt wurden.

Um die psychologische Situation der Elsässer zu verstehen, ist der Vergleich mit den DDR-Bürgern, die mit der Stasi in Berührung kamen, angebracht. Die Stasi drohte mit Vergeltungsmaßnahmen »Machst Du nicht mit, wirst Du nicht befördert. Deine Kinder werden nicht studieren.« »Deine Vergangenheit kennen wir, wenn Du mitmachst, vergessen wir, was passiert ist.« Verrat innerhalb der eigenen Familie war nicht unüblich. Hunderttausende von Bürgern blieben im Polizeinetz gefangen. Einen ähnlichen Druck übten die Nazis auf die elsässischen Familien aus. Die jungen Elsässer entschieden sich für die deutsche Wehrmacht, um sich selbst und die Eltern zu retten. Der Stasi-Mitarbeiter hatte die Hoffnung, unerkannt zu bleiben. Der Elsässer in deutscher Uniform hatte diese Chance nicht. Er wurde dadurch zum Deutschen abgestempelt. Deshalb war es auch umso schwieriger zu desertieren. Wenn man es versuchte, riskierte man auf einen Russen zu treffen, der nur die deutsche Uniform sah und ohne zu zögern abdrückte.

Wenn man überlebte und in deutscher Uniform nach Frankreich zurückkehrte, wurde man als Nazi abgestempelt. Zwangsrekrutiert? Eine Sprachfloskel. Tatsache war, dass man mit dem Feind gekämpft hatte, dass man das Ende des Krieges verhindert hatte. Ab 1944 wurden junge Elsässer gar in die Waffen-SS gesteckt. Zwangsrekrutiert in der Waffen-SS? Das gibt es nicht.

1945 zogen die jungen Elsässer die deutsche Uniform aus, aber ihre Haut blieb mit der Nazivergangenheit befleckt, Zwangsrekrutierung hin oder her. Sie tauchten alle in eine Seelenfinsternis, aus der sie bis zum Tode nicht herauskommen sollten.

Die Franzosen hatten selbst Dreck am Stecken. Die Kollaboration mit den Nazis erfolgte oft freiwillig: Bevor Hitler das Land überrannte, hatte 1936 *le front populaire*, die Volksfront unter dem Juden Léon Blum gesiegt. Jetzt schenkten die Deutschen dem Gegner der Linken die Möglichkeit einer Revanche. Der Kampf gegen den Bolschewismus galt als gemeinsames Ideal. Antisemitismus war damals gang und gäbe in Frankreich. Deutsche Rassengesetze wurden freimütig umgesetzt. 1942 holte die französische Polizei die Pariser Juden zu Hause ab, um sie den Nazis Richtung Auschwitz zu übergeben. So wurden auch die Eltern meines Freundes Dany Richtung KZ abgeholt. Dany selbst hatte Glück, ein befreundeter Arzt versteckte ihn als vermeintlichen kleinen Katholik im Kloster. Er entdeckte sein Judentum erst nach dem Krieg. Vater starb in Flossenbürg. Die Mutter überlebte. Als sie am Pariser Gare de l'Est aus dem Zug stieg, erkannte sie sofort den Nachbarn, der jetzt bei den US-Truppen als Dolmetscher arbeitete. Er hatte die Familie Weinrieb der Gestapo ausgeliefert.

Die Früchte der französischen Revolution, mit den Menschenrechten als Fanal, wurden seit 1789 immer wieder in Frage gestellt. Schließlich feierten Rechte und Linke erst zweihundert Jahre später die historischen Errungenschaften der Revolution zusammen, am 14. Juli 1989. Wobei diese Einschätzung noch zu optimistisch ist. Heute berufen sich schließlich noch Millionen von Bürgern lieber auf Jeanne d'Arc als auf die Erstürmung der Bastille durch das Volk, wie die Wahlerfolge der Familie Le Pen es beweisen.

*

Nach dem Krieg schämten sich die jungen Elsässer in Grund und Boden. Die Kinder der Eltern, die in der Waffen-SS gekämpft hatten, wurden öffentlich als SS-Bubis gebrandmarkt. Die Ereignisse in Oradour-sur-Glane im Limousin spielten eine wesentliche Rolle bei der Beschimpfung der Elsässer als *boches*. Die Mitglieder der SS-Division »Das Reich« töteten am 10. Juni 1944 die 642 Einwohner des Ortes. Unter den Mördern waren vierzehn Elsässer, darunter dreizehn *Malgré-Nous*, Zwangsrekrutierte. Wobei die Führungskräfte der SS-Division ungestört in Deutschland weiterlebten. General Heinz Lammerding, Chef der Division, wurde zwar 1953 in Bordeaux zum Tode verurteilt, aber nie von der Bundesrepublik, wo er ohne sich zu verstecken als Ingenieur arbeitete, ausgeliefert. Er starb 1971 in Bad Tölz.

Die französische Justiz fokussierte sich notgedrungen auf die Elsässer. Als sie 1953 zum Tode verurteilt wurden, ging das gesamte Elsass auf die Straße. Daraufhin wurden 13 von 14 amnestiert. Die Elsässer hatten ab sofort in den Augen der übrigen Franzosen ihre Würde endgültig verloren. Sie blieben naziverdächtig. Als der Straßburger Oberbürgermeister Roland Ries 2008 in der Kirche von Oradour-sur-Glane an einer Gedenkfeier teilnahm, wurde er ausgepfiffen.

Wie konnte man das Schicksal wenden? War es überhaupt möglich, diese Schande jemals wieder gut zu machen? Ohne sich abzusprechen, waren sich die Elsässer nach dem Krieg sofort einig: »Wir werden unsere deutsche Muttersprache zugunsten der französischen Sprache definitiv aufgeben. Am besten fangen wir gleich mit den eigenen Kindern an.« Es klappte nicht auf Anhieb. Viele Eltern beherrschten die französische Sprache kaum. Aber die Lehrer waren behilflich. Auch sie schämten sich, in Deutschland unterrichtet zu haben. Mund zukleben, um zu verhindern, dass ein einziger deutscher Laut durch die elsässischen Zähne zischt. Siehe da, sechzig Jahre nach dem Krieg haben die Elsässer es geschafft. Sie sprechen Französisch, die Kinder und Kindeskinder haben die Muttersprache ihrer Eltern und Großeltern vergessen. Diese Sprachwende haben wir zweifellos Hitler zu verdanken. Es wird nie wieder für einen Elsässer die Gefahr bestehen, weil er Deutsch spricht, in eine deutsche Uniform gesteckt zu werden.

Ich reiste für den Europarat durch ganz Europa. Von Murmansk nach San Sebastian, vom Schwarzen Meer bis zum

Atlantik. Ich fand keine einzige Volksgemeinschaft, die kampflos ihre Muttersprache aufgegeben hat. Das heilige Dogma der Republik: »Eine Sprache – eine Nation«, hat natürlich die Kulturwende erleichtert.

Die deutschen Elsass-Liebhaber haben den Kulturwechsel nicht mitbekommen, weil die Elsässer nach dem Krieg ihre deutschen Namen behalten durften. Anders als in Polen, wo die deutsche Restbevölkerung ihren Familiennamen polonisieren musste und gar die deutschen Grabschriften mit Hammer und Meißel entfernt wurden. Friede, Freude, Eierkuchen. Deutsche sind heute willkommen im Elsass. Die elsässischen Hotelbesitzer lassen die Bettwäsche in Deutschland waschen. Manche mieten sogar deutsche Bettwäsche, um sicherzugehen. Die deutschen Gäste sollen sich wohlfühlen im Elsass.

Wir sind endlich Franzosen. Wir haben keine Angst mehr vor den Deutschen. Im Dezember 2010 hat sich das Jägerbataillon 291 der Bundeswehr ohne Protest der Bevölkerung bei Straßburg niedergelassen. Die Elsässer hoffen, dass die deutschen Soldaten es endlich schaffen, die Wildschweine zu eliminieren. Es gibt zu viele davon und die Schweizer Jäger, die die Felder und Wälder pachten, sind zu alt. Sie sehen schlecht und treffen Kühe statt Wildschweine.

2010 gab es einen peinlichen Zwischenfall. In Guebwiller wurden deutsche Soldatengräber aus dem Ersten Weltkrieg geschändet. Aber die Deutschen brauchen sich keine Sorgen machen. Es werden im Elsass auch jüdische und moslemische Gräber geschändet. *Patr'idioten* gibt es überall. Der Friedhof wurde von deutschen und französischen Soldaten wieder instand gesetzt.

6 Heinrich Henri Strohmeyer

Das hintere Münstertal wird durch eine Felswand abgeriegelt. Lieblingsort der Kletterer, die sich für den Himalaja fit machen. Die Vogesen hatten schon immer mehr alpinen Charakter als der Schwarzwald, obwohl es zwischen beiden Gebirgen keine hundert Meter Höhenunterschied gibt. Die elsässische Seite fällt fast senkrecht in die Rheinebene. Im Vergleich dazu sieht der Schwarzwald lieblicher aus. Die Winde, die vom Atlantik her über Frankreich rasen, werden von den Vogesen zum ersten Mal geblockt. Bäume haben Mühe sich zu halten. Auf dem Kamm denkt man an Bergkuppen in einem russischen Gebirge. Im Winter 1944/45 froren die Gewehre der Kämpfer ein. Tausende blieben im Schnee liegen: Franzosen und Deutsche. Der klimatologische Bremsklotz der Vogesen ist so stark, dass die Wolken völlig ausgehungert im nur 30 Kilometer entfernten Colmar ankommen. Die Geburtsstadt von Bartholdi, des Schöpfers der Freiheitsstatue in New York, gilt als einer der niederschlagsärmsten Orte Frankreichs. Erst über dem Rhein kommen die Wolken wieder zur Besinnung und klettern mühsam den Schwarzwald hinauf.

Hier oben wohnt niemand. Die Bergbauern verlassen im Herbst ihre Hütten und steigen ins Tal, um zu überwintern. Im Schwarzwald genießt man auf derselben Höhe ganzjährig das Leben. Die deutschen Touristen lieben die Vogesen fernab der modernen Zivilisation. Die Alpenkette ist greifbar nah. Das Licht der Wetterstation auf dem Jungfraujoch ist gut zu erkennen. Das Alpenpanorama beginnt beim Mont Blanc und endet mit dem Silvrettamassiv in Vorarlberg. Freiburg erkennt man mit bloßem Auge. Mit dem Feldstecher sehe ich sogar wie sich die Kollegen der BADISCHEN ZEITUNG, Basler

Straße, den Kopf über die Schlagzeilen des Tages zerbrechen. Dahinter der Schwarzwald mit dem Feldberg als Wahrzeichen.

Wenn mich Pariser Journalisten interviewen, führe ich sie immer auf den Hohneck, 1.363 Meter über dem Meeresspiegel, und sage folgendes ins Mikrophon. »Jeden Morgen beobachte ich die Sonne, wie sie auf dem Bosporus aufgeht, über den Schwarzwald nach Frankreich schielt, später in New York untergeht. Paris bleibt meistens im Nebel.« Die Pariser Journalisten haben sich geändert, seit sie wissen, dass wir brave Franzosen sind. Sie nehmen meine Sticheleien gelassen hin. Vor fünfzig Jahren hätten sie das Mikrophon glatt abgedreht. Auch wenn ich ihnen erzähle, dass die Gämsen, die um uns herumspringen, deutsche Gämsen sind, schalten sie die Kamera nicht aus, sondern machen eine Story daraus. 1956 wurden fünfzehn Gämsen aus Deutschland in den Vogesen ausgesetzt. Inzwischen gibt es siebenhundert.

Die ultimative Trekking-Tour nennt sich *le sentier des roches,* Felsenpfad. Die Steinpiste wurde in die Felswand geschnitten. Sie beginnt beim Col de la Schlucht und endet am Fuße des Hohneck, im Frankental. Im Winter wegen Lawinengefahr gesperrt. Aber auch im Sommer verletzen sich oder sterben hier Touristen. Nicht soviel wie bei dem Kurventraining, wie die deutschen Fachzeitschriften die Motorradroute zwischen Munster und dem Schlucht-Pass bezeichnen. Aber Unfälle sind vorprogrammiert. Der Felsenpfad verdient seinen Namen.

Ich hatte mir als Kind und auch als Erwachsener nie Gedanken über die Initiatoren des Pfades gemacht. Im Sommer 2010 erfuhr plötzlich die elsässische und französische Öffentlichkeit, dass ein Deutscher der Urheber der Touristenattraktion ist: Heinrich Strohmeyer.

Der Vogesenclub im Elsass wurde während der deutschen Zeitrechnung gegründet. Damals entdeckte man überall in Europa die Berge, aber im Elsass waren die Deutschen die Vorreiter. Die von ihnen gebauten Pfade waren einfach stabiler. Ihre Berghütten imposanter. Heinrich Strohmeyer übernahm 1908 die Präsidentschaft des Vogesenclubs, der 1885 ins Leben gerufen wurde. Seine Eltern kamen 1871, gleich nach der Gründung des Deutschen Reiches in Versailles, ins Elsass. Vater Strohmeyer war Beamter, zuständig für die Forstwirtschaft. Der junge Heinrich wurde im Elsass geboren und trat in die väterlichen Fußstapfen. Er wuchs im Münstertal auf.

Am 8. August 2010 ist der Felsenpfad zwischen Hohneck und Col de la Schlucht mit mehreren Hundertschaften Bergfreunden vollgestopft. Die Politpromis der Region sind anwesend. Alphornbläser sorgen für Stimmung. Julia Strohmeyer, die Urenkelin von Heinrich Strohmeyer aus Freiburg, steht neben Albert Heinrich, dem heutigen Präsidenten des *Club Vosgien*. Im Felsen eingemeißelt, lesen wir *Strohmeyerpfad / Felsenpfad 1910–2010.*

Heinrich Strohmeyer wurde 1918 mit seiner Familie wie ein Verbrecher aus dem Elsass über den Rhein nach Deutschland gejagt. Die Elsässer, die noch ein paar Wochen früher den Kaiser angehimmelt hatten, hetzten ihre eigenen Kinder gegen die Deutschen auf. Sie bewarfen sie mit Steinen. Heute scheint die Sonne und Heinrich wird als Henri gefeiert, sozusagen als seelisch-semantische Wiedergutmachung. Das Spiel mit dem Vornamen ist ein Muss im Elsass. Gerade weil wir Elsässer deutsche Familiennamen haben, ist es zwingend, dass der Vorname französisch klingt. Der Elsässer Hans Arp hieß schon immer Hans. Als er nach dem Ersten Weltkrieg in Frankreich als Künstler bekannt wurde, hieß er fortan Jean.

Da die deutschen Kunstliebhaber weiter auf Hans bestanden, erzielten die Elsässer einen Kompromiss: Jean Hans Arp.

Albert Heinrich, Nachfolger von Henri Heinrich Strohmeyer, kommt ins Schwärmen – auf Französisch:

> »Mitten in den Vogesen ist der Felsenpfad ein Symbol für Europa. Er wurde von einem Oberförster geschaffen, der im Herzen Elsässer war, mit deutschem Migrationshintergrund. Die Arbeiter kamen aus Italien. An ihrer Seite arbeiteten Elsässer, die als Franzosen oder als Deutsche geboren wurden. Ein Pfad, der damals dicht an der deutsch-französischen Grenze in Granit gehauen wurde. Eine Grenze, die es heute nicht mehr gibt, im Herzen des Rheinlandes, im Herzen Europas.«

Es wundert mich nur, dass Jean Christ, der Abgeordnete des Tals, Henri Heinrich Strohmeyer nicht post mortem die französische Staatsbürgerschaft schenkte. Auch Nicolas und Angela vermisste ich. So ein Tag, so wunderschön wie heute.

*

Die Reiseführer der Kaiserzeit sind wahre Kunstwerke. Ich habe *Die Vogesen. Reisehandbuch für Elsass Lothringen* vor Augen. Verfasser: Carl Mündel, unter Mitwirkung von Prof. Dr. Julius Euting und Prof. Dr. August Schricker, Straßburg 1897. Die Wanderwege sind akribisch geschildert, praktisch Schritt für Schritt aufgezeichnet. Die Wanderzeiten im Minutentakt bemessen. Geschichtliches bei jeder Tour. Hintergründe bis in die Antike. Farbige Karten bebildern die Landschaften. Eine Augenweide. So etwas schaffen die Franzosen einfach nicht. Ein französischer Professor würde sich immer zu gut sein, um sich mit Wanderwegen zu beschäftigen. Die Wegweiser in den Vogesen sind heute einfach eine Katastrophe.

Da wird in allen Richtungen gekritzelt. Als ich für das französische Fernsehen zu Fuß durch die Vogesen wanderte, habe ich an einem einsamen Pass achtzehn Schilder gefilmt. Der Tafelwald sah aus wie eine Müllkippe für vergammeltes Blech. Ich filmte ein Schild, das gut fünf Meter hoch am Baumstamm einer Tanne festgemacht war, also ohne Feldstecher kaum zu lesen. Als der Film ausgestrahlt wurde, entschuldigte sich der Präsident des Vogesenclubs: »An dem Tag, an dem ein Bergfreund neue Schilder an der Tanne anzubringen hatte, waren Baumstämme gegen die Tanne aufgestapelt. Der gute Mann kletterte auf den Haufen und nagelte das Schild auf Augenhöhe.« Als ich vorbeikam, waren die Baumstämme weg und das Schild hing am Himmel. »Das Schild wird heruntergesetzt«, bekräftigte der Präsident.

Bei den Feierlichkeiten zu Ehren des deutsch-elsässischen Bergliebhabers Henri Heinrich Strohmeyer ist niemand abgestürzt.

7 Das alemannische Atompanorama

Nach der Einweihung des Strohmeyerpfades klettere ich auf den Hohneck. Die Rheinebene liegt ruhig zwischen Schwarzwald und Vogesen. Das weiße Gebäude des Atomkraftwerkes von Fessenheim glitzert in der Sonne. Es handelt sich um das älteste Kernkraftwerk in Frankreich. Man hat es damals dicht an die deutsch-französische Grenze gebaut, nicht nur wegen des Rheinwassers, sondern auch, um die Deutschen das Fürchten zu lehren. Außerdem dachte man in Paris, dass im Falle einer Explosion der Westwind die Wolke über den Rhein nach Deutschland schicken würde. Ja, so dachte mal damals, wie Tschernobyl es beweist. Als die Atomwolke nach Westen flog, stoppte sie am Rhein. Es sollte Jahrzehnte dauern, bis man in Paris zugab, dass die Wolke auch Frankreich überflog. Vor kurzem wurde einem neunzigjährigen Verantwortlichen der Atombehörde vorgeworfen, er hätte damals wissentlich gelogen. Der arme Mann musste vor Gericht auftreten und verstand die Welt nicht mehr, hatte er doch im Auftrag des Staates gelogen.

Man muss allerdings fairerweise zugeben, dass die französische Regierung heute im Namen der deutsch-französischen Freundschaft um psychologische Schadensbegrenzung bemüht ist. Das AKW Fessenheim informiert die deutschen Nachbarn auf Deutsch über die atomare Wetterlage. Von Deutschland aus wählen Sie bitte 0800 181 8352. Wenn Sie als deutscher Bürger im Elsass wohnen, bitte die 08000 50568. Es handelt sich um eine sogenannte grüne Nummer, *numéro vert*. Der Anruf erfolgt kostenfrei.

Nicht weit von Fessenheim entfernt liegt der Kaiserstuhl, ein kleiner, längst erloschener Vulkan, wie es die integrationsfreudigen Migranten lernen. Vom Hohneck aus blickt man auch auf Wyhl. In seiner Nähe sollte in den 1970er Jahren ein Atomkraftwerk am deutschen Rheinufer gebaut werden. Aber die jungen Deutschen, mit Hilfe von jungen Elsässern, kippten das Projekt. Das war der Anfang der Öko-Bewegung in Frankreich. Die Elsässer waren ausnahmsweise federführend im eigenen Land dank der badisch-elsässischen Freundschaft. Der elsässische Barde Roger Siffer und der badische Barde Walter Mossmann sangen zusammen am Lagerfeuer die Atomlobby nieder.

Inzwischen sind die Grünen auch in Frankreich salonfähig, nicht zuletzt dank des deutschen, sprachlichen und politischen Multitalents Daniel Cohn-Bendit. Aber die Grünen bleiben in der politischen Landschaft der *Grande Nation* isoliert. Kein französischer Sozialdemokrat denkt auch nur im Traum an Atomausstieg. Ganz zu schweigen von den konservativen Politikern. Unter den klugen Köpfen der französischen Eliteschüler gibt es nicht einmal einen Hauch von Zweifel. Atom ist eine saubere Energie. An die Folgen einer Explosion denkt keiner. Normal. Die berühmten *Polytechniciens*, aus der 1794 gegründeten *école polytechnique*, die am 14. Juli, dem Nationalfeiertag, stolz die Champs-Elysées zwischen den Panzern hinunter marschieren, haben andere Sorgen.

Sie werden von der Armee bezahlt, um noch stärkere und noch größere AKW zu entwerfen. Nach dem Schulabschluss schickt sie der Verteidigungsminister, ob links oder rechts, zunächst in die Pyrenäen, um dort bis zur Bewusstlosigkeit zwischen den Felsen zu kraxeln. Schluss mit lustig. Mit dreiundzwanzig sind sie Offiziersanwärter und haben gelernt, den Mund zu halten. Um diese Atom-Elite beneiden uns sogar die Amerikaner. Ich lerne Kevin und Roland in der Oper von San Francisco – Turandot – kennen. Lebensaufgabe der sympathischen Jungs: die Sicherheit der AKWs. Die gleichaltrigen Deutschen ketten sich an die Schienen, um Atommülltransporte auszubremsen.

*

Ich schrieb diese Zeilen vor dem japanischen Atom-Unglück von Fukushima März 2011. Nichts muss ich am Text ändern. Unsere AKWs sind immer noch die besten in der Welt. Wir bauen sogar Super AKWs, EPR genannt: *European Pressurized Reactor*, die auch den Weltuntergang überleben werden. Ganz neu im Gespräch: eine Art Meeres-AKW-Aquarium. Da staunen selbst die Franzosen. Nicht ausgeschlossen ist, dass die klügsten Köpfe der Republik schon an ein AKW denken, das sich im Kosmos bewegen wird. *Impossible n'est pas français.*

Frankreich hat einen neuen Staatspräsidenten: den Sozialisten Jean-François Hollande. Notgedrungen hat er mit den Grünen die Abschaltung der ältesten AKWs beschlossen. Aber er selbst glaubt nicht daran. Die französische Atompolitik wird nicht aufgegeben. Der Stolz der *Grande Nation* ist radioaktiv. Unverwüstlich. Wir können von Glück reden, wenn das AKW von Fessenheim abgeschaltet wird. Noch ist es nicht so weit.

Der beschlossene deutsche Atomausstieg freut übrigens die Franzosen. Die Experten reiben sich die Hände. Da die Deutschen sich nicht allein mit Kerzen wärmen können, werden wir sie mit Atomstrom beliefern. Ich persönlich befürchte folgendes: Schlau, wie sie sind, werden die Deutschen neue Energiequellen erfinden und somit ihren uneinholbaren wirtschaftlichen Vorsprung gegenüber Frankreich weiter ausbauen. Meine Befürchtungen wurden schon schon im Winter 2012 bestätigt. Frankreich importierte, trotz siebenundfünfzig Atomkathedralen, Strom aus Deutschland. Der *Café au lait* des Präsidenten darf im Palais de l'Elysée, auch *le château* genannt, nicht kalt serviert werden. »Um unseren Bedarf an Strom zu decken, brauchen wir hundert AKWs«, melden die Experten.

8 Eduard und Henri

Eine elektrische Zahnradbahn kletterte 1908 bis auf den Gipfel des Hohneck, 1.363 Meter ü. NN. »Durchquerung der Hochvogesen durch die Elektrische Zahnradbahn Münster-Schlucht. Höchste Bergbahn Deutschland und Tramway Gérardmer-Schlucht« ist auf dem Prospekt zu lesen. (Noch war die Bahn zur Zugspitze nicht gebaut).

Am 27. September 1908, am späten Nachmittag, traf Wilhelm II. im offenen Cabriolet am Col de la Schlucht ein. Vom Col aus war die Zugfahrt bis zum Hohneck geplant. Die Waggons waren von der französischen Regierung kaiserlich geschmückt. Im letzten Augenblick zögerte der Kaiser, weil der Zug ab dem Col ausschließlich auf französischem Staatsgebiet fuhr. Sein Sohn teilte ihm mit, dass die Pariser Presse gegen Deutschland hetzte. Er selbst hatte morgens inkognito den Hohneck zu Fuß bezwungen. Der deutsche Kaiser gab auf.

Vor dem deutsch-französischen Krieg von 1870 planten Deutsche und Franzosen eine neue Bahnverbindung Paris-Wien-Budapest beziehungsweise Paris-Wien-Triest-Venedig-Genua. Der Zug, von Paris-Chaumont-Epinal kommend, hätte im Tunnel unter dem Hohneck die Vogesen durchquert. Die weitere Streckenführung: Munster, Colmar, in Breisach über den Rhein nach Freiburg, das Höllental hinauf bis Donaueschingen Richtung Ulm, dann weiter in Richtung München.

Den Schriftwechsel zwischen dem Freiburger Oberbürgermeister Eduard Fauler und dem französischen Kollegen Henri de Peyerimhoff blieb uns erhalten.

Der Freiburger Magistrat schrieb dem französischen Kollegen:

Wichtig ist der Frieden. Frankreich und Deutschland sind beide stark genug, um sich mit dem zu begnügen, was ihnen heute zusteht. Es wäre endlich Zeit, auf brüderliche Kriege zu verzichten. Sie zerstören nur das Glück und die Freiheit der Völker. Frankreich kann in aller Ruhe, und ohne Eifersucht die Entwicklung Deutschlands begleiten. Sie bedeutet nicht weniger als einen neuen Beweis für den Frieden in der Welt. Diese Entwicklung ist naturgemäß bedingt. Die vereinte deutsche Nation wird sich mit Frankreich verbrüdern, um der Welt dauerhaft die Früchte des Friedens und der Zivilisation zukommen zulassen.

Möchte Frankreich überzeugt sein, dass wir Deutschen nicht die geringste Lust an Eroberungen jeglicher Art pflegen. Ohne Rachegedanken an Vergangenheit, wünschen wir uns ehrlich und für immer mit unseren Nachbarn in Frieden und Freundschaft zu leben.

Freiburg, den 22. August 1867 *Ed. Fauler*

Drei Jahre später bricht der deutsch-französische Krieg aus, weil ein Wisch Papier – die Emser Depesche – falsch übersetzt wurde. Außerdem ging es um die Thronfolge in Spanien. Napoléon III. regte sich auf und erklärte den Deutschen den Krieg. Der Rest ist bekannt.Wilhelm I. wurde am 18. Januar 1871 im Spiegelsaal von Versailles in Anwesenheit der deutschen Fürsten zum deutschen Kaiser ausgerufen. Am 10. Mai kamen das Elsass und ein Teil von Lothringen laut Frankfurter Vertrag an Deutschland. Das französische Parlament willigte mit großer Mehrheit ein.

Das Bahnprojekt Paris-Budapest durch mein Heimattal wurde nie wieder aktiviert. Und die Bahnstrecke Colmar-Freiburg, die zur Kaiserzeit gebaut wurde, mit Rheinüberquerung bei Breisach, wurde im Zweiten Weltkrieg zerstört.

Elsässische Bahnliebhaber träumen täglich von einer neuen Verbindung Colmar-Breisach-Freiburg. Die Schienen bis zum Rhein existieren. Die Autobrücke wurde 2011 renoviert, die Zugverbindung aber vergessen.

9 Renate und Hans

Die eisige Berliner Luft schneidet wie Messer. Die Warteschlange zur Ausstellung »Melancholie« in der neuen Nationalgalerie ist ewig lang. Meine Frau Elisabeth ist erkältet. Ich zücke die Pressekarte. Schon befinden wir uns im Museum. Ohne zu fragen, schieben uns Sicherheitskräfte durch einen schmalen Korridor in einen Salon, wo gezwitschert wird wie in der Abteilung exotischer Vögel eines zoologischen Gartens.

Charmante Frauen und Männer, jung und alt, lächeln sich gegenseitig an. Runde kleine Stehtische sind überfüllt mit Lachsbrötchen in allen Varianten. Schampus wird herumgereicht wie Tafelwasser. Um nicht aufzufallen, greifen wir zu und lächeln zurück.

Erst jetzt erkenne ich Senta Berger und Barbara Rudnik, die in die Kameras parlieren. Kulturstaatsminister Bernd Neumann steht elegant im Dreireiher, Schampusglas in der Hand, lächelt ausgerechnet mich an. Ich nicke zurück, ohne zu lächeln. Schon ist der Nächste dran.

Wir sind schlicht und einfach aus Versehen in die Nominierung zum 56. Deutschen Filmpreis geraten. Wir stellen uns locker an einen Tisch. Ich begrüße meinen unmittelbaren Nachbarn. Auf seinem Brustschild lese ich: *Spree Radio.* Ich stelle mich als Journalist aus dem Elsass vor.

»Das Elsass kenne ich gut«, sagt sofort der junge Mann.
»Sie waren schon im Elsass?«
»Sehr oft!«
»Schön, wo denn?«
»Im Münstertal!«
»Im Münstertal, da kommen wir her!«
»Das gibt es nicht!«
»Wo waren sie genau?«
»Ach! Mitten im Wald in einem verlassenen Berghof, kennen Sie sicher nicht.«

Sagen Sie das nicht zweimal.

»Wie heißt das Dorf?«
»Wie gesagt, es ist kein Dorf, nur ein vergammelter Hof, weit und breit keine Menschen, das mag ich an den Vogesen, die sind nicht so übervölkert wie der Schwarzwald.«
»Wie heißt das nächstgelegene Dorf?«
»Soultzeren!«
»Da wohnen wir, in Soultzeren, jetzt rücken sie raus, wo genau ist diese Scheune?«
»Es ist ein ehemaliges Gasthaus: *Brennäckerle.*«
»Bei Hans und Renate Clemen!« triumphiere ich.
»Sie kennen Hans und Renate?«
»Wir sind befreundet!«

Der junge Reporter gibt sich geschlagen. Wir prosten auf Hans und Renate und reden weiter über das Münstertal, die Elsässer und die Deutschen.

*

Hans Clemen ist ein deutscher Jugendpfarrer aus Braunschweig, den ich vor kurzem kennengelernt habe, obwohl er schon länger das Gasthaus gekauft hat, in dem ich als Jugendlicher oft einkehrte, abseits der Hauptstraße zum Col de la Schlucht. Dort im Tannenwald habe ich meine erste Freundin verführt, oder umgekehrt. Anna, eine Deutsche aus Hinterzarten, deren Vater mit dem Gastwirt Marcel befreundet war.

Hans hat innerhalb von dreißig Jahren schubweise deutsche Konfirmanden hier ausgebildet. André, der Journalist, war einer davon. Eigentlich schade, dass ich lange nichts davon erfahren hatte. Eine gute Story für das Fernsehen. Hans gab sogar eine *Brenni-Zeitung* heraus. (Brenni von Brennäckerle, nach dem Namen des Berghofs). Ich lese zum Stichwort »Jugendseminar, unsere Zukunft«:

> »Wir stellen uns schon einmal in unserer Fantasie vor, was unser Leben bedroht. Spontan wurden Krieg, Erderwärmung, Ozonloch, Hunger, Dürre genannt. Und was hätten wir gern: etwas weniger Krieg, die Reichen geben ab. So wurde es schon ernst. Würde Jesus heute wieder beseitigt werden? Nach kurzer Diskussion gab es sechs Neinstimmen und siebzehn Jastimmen.«

Ich staune, dass Hans kaum Französisch spricht. »Es liegt an den Elsässern«, sagt er mir. Eine faule Ausrede. Der Pfarrer erzählt mir, dass er zwischen 1964 und 1969 mit seiner Theatergruppe durchs Elsass zog. Die Aufführungen fanden in evangelischen Gemeinden statt, besonders im Nord-Elsass, an der Grenze zur Pfalz, wo die deutsche Sprache sich schon immer besser gehalten hat, weil die Eltern in der Karlsruher Gegend als Gastarbeiter arbeiteten. Inzwischen sind vierzig Jahre vergangen. Zwei Generationen. Hans hat die sprachliche Entwicklung verschlafen. Genauso wie Ilse und Karl, meine Nachbarn aus Saarbrücken.

Wenn heute Roger Siffer das Renitenztheater aus Stuttgart in sein *Théâtre de la Choucrouterie* in Straßburg einlädt, spielen die Schauspieler vor leererem Haus, weil sie kein Mensch mehr versteht. Ich erinnere mich auch, in den achtziger Jahren, an einen Abend mit Wolf Biermann im Straßburger Stadttheater *Le Maillon*. Schon damals waren keine Elsässer anwesend. Nur Besucher aus Freiburg, Offenburg oder Karlsruhe. Wolf, mit dem ich später im *Coin des Pucelles* zahlreiche Flammenkuchen mit Hilfe einiger Gläser *Mouton Cadet* verzehrte, war enttäuscht, hatte er sich doch angestrengt *Le Temps des cerises* von Georges Brassens auf Französisch zu singen.

*

Schließlich schaffen wir es doch noch, die Ausstellung zu besuchen. Wir stoßen sofort auf den von den Dämonen gepeinigten Heiligen Antonius des elsässischen Malers Martin Schongauer, dessen Maria im Rosenhag in der Dominikanerkirche in Colmar zu bewundern ist.

André Ehlers, der ehemalige Elsass-Besucher, hat *Spree Radio* verlassen und arbeitet heute für WebTV-Sport beim Online-Portal Bild.de.

Am 14. März 2011 erhalte ich eine Mail von Hans und Renate aus Braunschweig. *Anti-Atom Info.* (Fukushima, 11. März 2011). *Spontaner Protest heute 18 Uhr.* Weitere Nachrichten erreichen mich am 28. Juli 2011 unter dem Stichwort *Brasilien-Rundbrief.* Hans und Renate engagieren sich nämlich auch in der Entwicklungshilfe am anderen Ende unseres Planeten, in Lateinamerika, wo sie regelmäßig aktiv werden.

»Am 15. August wollten wir zu viert die Reise nach Brasilien beginnen, um im Wesentlichen unseren Freund und Organisator der Landbesetzer, der Assentamentos und der Gemüsecooperative um Lebom, Régis Baldomar Schregele zu besuchen. Aber am 10. Juli ist sein Sohn Hilario Schregele in Sao Barnardino ermordet wor-

den ... Plötzlich kam ein Mann mit einem Gewehr, schoss ihn gezielt mit 3 Schüssen nieder und verschwand wieder mit einem Chevro-Auto. Der Mann ist bekannt. Er hatte bis Donnerstag im Gefängnis in Xanxere gesessen. Dort hat er sich inzwischen gestellt. Ob es ein privates Motiv war oder ob er angestiftet wurde, wissen wir nicht. Wir fragen nur, wo hat er so schnell ein Gewehr, ein Auto und jetzt einen Anwalt her ...«

Hans und Renate sprechen zwar immer noch nicht Französisch, aber mit über siebzig bleiben sie am Ball und wissen, worauf es ankommt. *Empört euch!*, wie der noch ältere Stéphane Hessel Junge und Alte auffordert.

10 Guido in Straßburg

Bei der mündlichen Prüfung zum Abitur in Epinal fragte mich der Deutschlehrer, ob ich Straßburg kenne. »Nein«, antwortete ich. »Egal, sie können die Frage dennoch beantworten. Vor der Universität steht eine Statue von Johann Wolfgang Goethe. Er blickt in die Ferne, in welche Richtung?« »Sessenheim!«, fuhr es ohne zu zögern aus mir heraus. Mein Abitur war gerettet.

Als ich ein paar Monate später zum ersten Mal vor dem *Palais Universitaire* stand, wie das Universitätsgebäude aus der Gründerzeit heute genannt wird, prüfte ich als Erstes Goethes Blickrichtung: Der große Mann schaut nicht nach Sessenheim und zu Friederike, seiner elsässischen Geliebten. Er blickt eindeutig Richtung Stosswihr, im elsässischen Münstertal, wo ich aufgewachsen bin. Also nicht nach Norden, sondern nach Südwesten.

Am 4. Oktober 2010 sprach Guido Westerwelle, damaliger

Vizekanzler und Außenminister der Bundesrepublik Deutschland, in der Aula der Universität Straßburg zum Tag der Deutschen Einheit. Die Feier im Elsass wurde um einen Tag verschoben, weil er am 3. Oktober seinen Verpflichtungen in Berlin nachging. Eingeladen hatten das deutsche Generalkonsulat in Straßburg, das Goethe-Institut in Nancy, seine Außenstelle in Straßburg und die Stiftung für Deutsch-Französische Verständigung.

Ich stelle fest, dass es ausgerechnet in Straßburg kein Goethe-Institut gibt, nur eine Außenstelle von Nancy. Nach dem Krieg, trotz Versöhnung, plagte die deutschen Demokraten ein schlechtes Gewissen. Hatten doch die Nazis mit dem erklärten Ziel der Germanisierung des Elsass ein Goethe-Haus in Straßburg eingerichtet. Man entschied sich also für das neutrale Nancy.

Alle Promis der deutsch-französischen Freundschaft im Elsass empfingen mit Applaus den deutschen Außenminister. Die Veranstaltung lief unter dem Motto »*Premières journées allemandes de Strasbourg* / Erste Deutsche Tage in Straßburg«, eine überraschende Formulierung. Deutsche Tage in Straßburg gab es schon zuhauf.

Westerwelle sprach in einem von Deutschen entworfenen Gebäude, das während der Kaiserzeit als kulturelles Aushängeschild gebaut wurde, mit dem angekündigten Ziel, das Elsass endgültig zu germanisieren. Sie hieß Kaiser-Wilhelm-Universität. Über dem Kopf von Guido, auf dem Dach der Uni, wo ich fünf Jahre lang Theologie studierte, stehen mannshoch fünfunddreißig Gelehrte, allesamt Deutsche außer Johannes Calvin, dem französischen Reformator. Ansonsten geht die Reihe von Schleiermacher bis Kant, ohne Luther und Leibniz zu vergessen.

1918 gaben die Franzosen den Altdeutschen den Laufpass. Der Romanist Victor Klemperer schreibt am 19. Juli 1919 in Dresden ins Tagebuch: »Feier des 300. Gründungstages der Universität Straßburg. Bitterkeit gegen die Straßburger. Die Studenten hätten den vertriebenen Professoren, die über die Rheinbrücke zogen, ein Spottgeleit gegeben. Jetzt aber fühle sich Straßburg schon in der Fremde und sehne sich zurück. Kulturzusammenhang fordern. Jetzt leidenschaftlichstes Pathos über das altdeutsche und verlorene Elsass. Keine Gemeinschaft zwischen dem deutschen Elsass und den Franzosen«, zitiert Klemperer die Redner.

Nicht alle Elsässer waren Hurra-*Patr'idioten*. Robert Minder schreibt in *Dichtung und Gesellschaft*: »Still brannten ein paar Kerzen in der nächtigen Kirche von St. Nikolaus, wenn Schweitzer dort zum letzten Mal Orgel für ausgewiesene deutsche Freunde spielte. An anderen Tagen wurde vom tätigen Menschenfreund das Rad bestiegen und ein paar Lebensmittel über die Grenze gebracht.« Kein Wunder, dass Albert Schweitzer, der schon immer gegen den Strom radelte, Mühe hatte, seinen französischen Pass zu bekommen.

Nostalgie war damals unter den geschassten Professoren angesagt. Aber es ist schon erschreckend, wie wenig die Elsassliebhaber aus Dresden vom Elsass verstanden, obwohl sie dort einige Jahre verbracht hatten. Sie sind alle weit weg gewesen von der Weitsicht eines Otto Flake. Der Schriftsteller aus deutschem Elternhaus ist in Metz geboren, in Colmar aufgewachsen und hat in Straßburg studiert. »Zweihundert Jahre von 1680 bis 1870 sind entscheidender als achthundert von 848 bis 1648. Nun bin ich freilich der Meinung, dass zweihundert Jahre der Trennung keine Kleinigkeit sind, zumal in moderner Zeit, in der die Differenzierung der Völker erst Wirklichkeit wurde. Länder, die einerseits nichts von den Schicksalen der deutschen Nation erlebten, weder von der politischen noch von der geistigen (Bildung einer deutschen Nationalliteratur und einer deutschen Nationalität, Goethe und Friedrich der Große) und die andererseits ganz in den Kulturkreis des französischen Lebens gezogen wurden (Revolution, Demokratisierung, Industriebeginn und Bürgertum), mussten, das steht für unvoreingenommene Beurteilung fest, dem Deutschen entfremdet und dem Französischen verwandtschaftet werden.

Die demokratisierten Elsässer in dem bürokratisch-feudalistischen Preußen-Deutschland, damit ist die Tragik genannt. Viele von den ›Brüdern‹ erkannten die Mutter Germania nicht an, sie behaupteten, Frankreich sei ihre Mutter geworden; keine elsässische Familie, die nicht in Frankreich Verwandte hatte, keine, die nicht Offiziere, Ingenieure, Fabrikanten, Angestellte bis zu den Köchen, Dienern und Arbeitern unter ihren Mitgliedern zählte.«

Zwischen beiden Weltkriegen bemächtigte sich die *Université de Strasbourg* der deutschen Mauern. Die Professoren lehrten auf Französisch. Nach dem Sieg über Frankreich 1940 tauften sie die Nazis Reichsuniversität und stopften das Haus mit Mitgliedern der NSDAP und der Waffen-SS voll, um in Straßburg eine ›germanische Sorbonne‹ zu gründen. Während des Dritten Reiches wurden nur drei Universitäten als Reichsuniversität ausgezeichnet: Posen, Prag und Straßburg, alle als Aushängeschild der deutschen Kultur gedacht. Seit dem Krieg, bis heute, sind die Franzosen wieder am intellektuellen Ruder des Hauses.

Im Eingang sind zweihundert Mitglieder der Universität aufgelistet, die Opfer des Nationalsozialismus wurden. Die

Begleiter versperrten Guido die Sicht auf die Tafel. Die Universität nennt sich seit Januar 2009 *Université Marc Bloch*, Historiker und Widerstandskämpfer, im Frühling 1944 von der Gestapo ermordet. Albert Schweitzer war auch als Taufpate im Gespräch. Der elsässische Urwalddoktor hatte keine Chance, galt er doch als »zu deutsch«. Außerdem ein unerbittlicher Gegner der Atombombe, auf die Frankreich heute noch so stolz ist.

Warum also »Erste Deutsche Tage« in Straßburg? Einen deutscheren Ort gibt es nicht in der elsässischen Hauptstadt. Offensichtlich war ein Werbebanause des Auswärtigen Amtes am Werk.

Guido Westerwelle hatte also reichlich Stoff für seine Rede. Leider war der Außenminister nicht zu verstehen. Die Akustik der Aula ist denkbar schlecht. Während der Mai-Revolte 1968 wurde hier über die Zukunft der Menschheit debattiert. Die Teilnehmer haben sich selbst nicht verstanden. Als gewissenhafter Journalist habe ich mich auf die Suche des Originaltextes von Guido gemacht. Umsonst. Strompost aus Berlin: »Die Rede, die der BM [Bundesminister] tatsächlich gehalten hat, habe ich leider nicht. Wenn ich mich recht erinnere, war diese ziemlich frei gehalten und fern des Entwurfs«, antwortete eine erste Quelle. Eine zweite bestätigte die erste: »Meines Wissens wurde eine völlig andere (nämlich völlig freie) Rede vom BM gehalten als die, die eigentlich vorgesehen war. Von einer Tonaufzeichnung weiß ich auch nichts.«

Ich habe dem BM, falls er erneut das Elsass, auch als einfacher Tourist, besuchen sollte, ein Exemplar von Otto Flakes *Ein Leben am Oberrhein. Essays und Reiseskizzen aus dem Elsass und aus Baden*, geschickt. Kein anderer Schriftsteller, außer vielleicht René Schickele, hat die politische, kulturelle und sprachliche Achterbahn der Elsässer durch die Jahrhunderte besser begriffen und beschrieben.

Die Bundeswehr war beim Fest in der Aula sehr gut repräsentiert, ich nutzte die Gelegenheit, um die deutschen Soldaten, die in Straßburg wohnen, zu befragen: »Seit wann ist Straßburg französisch?« Keiner konnte so recht antworten. Die Mehrheit tippte auf 1918, nach dem Ersten Weltkrieg. Stimmt nur halb. Alle staunten, als ich das 17. Jahrhundert erwähnte. »1681 kam der Sonnenkönig nach Straßburg, dann blieb das Elsass ununterbrochen französisch bis 1870!« Staunende Blicke. Nur ein deutscher Soldat wusste es genau. Eric stammt aus einer deutsch-französischer Ehe und ist perfekt zweisprachig. Es leben die deutsch-französischen Paare.

11 Margarethe und Martin

Tomi Ungerer war bei dem Empfang von Guido Westerwelle nicht dabei. Sehr überraschend, weil Tomi Ungerer der einzige lebende Elsässer ist, der alle deutschen Auszeichnungen, die es auf dem Markt der Eitelkeiten gibt, erhalten hat. Bundesverdienstkreuze in allen Farben. Er hat sie auch verdient, kämpft er doch unablässig für die deutsch-elsässisch-französische Freundschaft. Stellvertretend für Tomi ist Dr. Thérèse Willer dabei. Sie leitet das Tomi Ungerer-Museum in Straßburg und beherrscht sein Werk wie keine andere. Thérèse stellt mir Margarethe und Martin Murtfeld vor. Die Dame ist Galeristin in Frankfurt. Auf der Visitenkarte von Herrn Murtfeld lese ich: *Former 1st Vice Governor, Council of Europe Development Bank, Paris / Director, M von Cronenbold LDT, London.* Hört sich wie eine chiffrierte Meldung an.

Margarethe ist blond wie eben eine Blonde aus Berlin, hat aber ein Mundwerk wie eine Frau aus Marseille, sie spricht ebenso perfekt Französisch wie Deutsch. Die deutsche Frau überschüttet mich für den Rest des Abends mit Geschichten über Promis der deutsch-französischen Kunstszene. Die Namen der Künstler und Künstlerinnen, die sie kennt, sausen wie Sternschnuppen an mir vorbei. Ich bin auch nicht auf den Mund gefallen, aber ich muss mich geschlagen geben. Verkrampft versuche ich irgendeinen bekannten Künstler zu zitieren, um mich über Wasser zu halten. Es will mir keiner einfallen und wenn schon, dann haut mir Margarethe neue Namen dazwischen. Ich mache mich nicht über Margarethe lustig. Inzwischen haben wir uns schon mehrmals getroffen. Sie pendelt mit ihrem Mann Martin zwischen Bad Soden und Goxwiller, einem kleinen Dorf bei Obernai, am Fuße vom Odilienberg, das Lourdes der elsässischen Katholiken, auch gut von deutschen Glaubensschwestern und Glaubensbrüdern besucht. Das deutsche Ehepaar wohnt im Haus von Hélène de Beauvoir, der Schwester von Simone. Hélène de Beauvoir war eine bekannte Malerin und verbrachte vierzig Jahre im Elsass, wo ihr Mann als Diplomat im Europarat in Straßburg tätig war. Ich wusste nichts über sie.

Als ich die Murtfelds zum ersten Mal in Goxwiller auf ihrem Gut besuchte, empfing mich Margarethe mit einem Zettel in der Hand. Auf dem Papier hatte sie die Namen der Künstler gekritzelt, die Hélène de Beauvoir hier besucht haben. Natürlich ihre Schwester Simone und Jean-Paul Sartre, aber auch John Dos Passos, Louis Aragon, Pablo Picasso, Colette, Juliette Gréco, Claude Lanzmann, Regisseur von »Shoah«. Während der obligatorischen Hausbesichtigung bekam ich das Zimmer von Hélène zu sehen: unangetastet. Überall hängen Bilder, die mich an Camille Claus erinnern, einen der bekanntesten elsässischen Maler. Ihr Stil hat beim ersten Anblick etwas Naives, führt uns dann, ohne dass wir widerstehen mögen, zwischen Leben und Tod in den Speicher unserer Fantasie.

Margarethe und Martin haben sich ins Dorf integriert. Sie haben ein großes Fest veranstaltet und die Nachbarn eingeladen. Viele staunten, als sie die Bilder von Hélène de Beauvoir zu sehen bekamen.

Jedes Jahr werden in Colombey-les-deux-Eglises, Ruhestätte von General de Gaulle, die Werke eines deutschen und eines französischen Künstlers, beziehungsweise einer Künstlerin, gemeinsam ausgestellt. Margarethe hatte natürlich keine Ruhe, bis sie es geschafft hatte, Hélène de Beauvoir im Château de Vaudrémont aufleben zu lassen. Im Jahre 2011 wurden ihre Werke mit denen der deutschen Künstlerin Christa Näher in der letzten Heimat des berühmten Generals bewundert.

Als ich beim Abschied zum beleuchteten Kirchturm schaue, teilt mir Margarethe mit, dass sie einen netten Pfarrer kennengelernt hat, der zwar schon in Rente ist, aber hier hin und wieder aushilft. Ich frage sie nach dem Namen: »Reinhard Wild!« Reinhard Wild ist ein guter Freund, wir haben zusammen Theologie studiert.

Das Elsass ist wirklich ein kleines Land, jeder kennt jeden. Die Region Alsace ist übrigens die kleinste von 22 Regionen (das Pendant der deutschen Länder ohne deren Autonomie) Frankreichs. Paris versucht immer wieder, das Elsass mit dem viel größeren Lothringen zu verschmelzen. Es soll eine *Région du Grand Est* entstehen. Von den Ardennen bis zum Jura.

Wird nie klappen. Paris kann den Elsässern die deutsche Zunge abschneiden, da geht keiner mehr aus Protest auf die Straße. Aber wehe, das Elsass verschwindet als eigenes Territorium. Ganz tief in der Seele der Elsässer, im Keller ihrer vergessenen Träume, sitzt noch die Erinnerung an die Zeit, in der es eine Dekapolis gab, eine Föderation von unabhängigen Städten. Der Mythos des goldenen Zeitalters steckt im kleinsten Völkchen, auch im elsässischen.

12 »Bons baisers du Hohneck«

Ich habe ein Jahr lang für das französische Fernsehen eine Fernsehdokumentation über meinen Hausberg Hohneck gedreht. Die Endstation der höchsten Bergbahn Deutschlands, anno 1908, als das Elsass zu Deutschland gehörte. Heute Treffpunkt aller Vogesenliebhaber. Alle vier Jahreszeiten erlebte ich mit der Kamera auf dem Gipfel. »*Bons baisers du Hohneck.*« Nur mit Zufallsbegegnungen. Natürlich sind mir immer wieder deutsche Touristen ins Videonetz gesprungen.

Eine Gruppe Herren, um die sechzig, nähert sich der Kamera. Sie sprechen Deutsch unter sich, das höre ich im Kopfhörer, lange bevor sie vor dem Objektiv auftauchen. Ich wiederhole immer dieselben Fragen: »Von wo kommen Sie?« »Was arbeiten Sie?«

Alle reden durcheinander. Fazit. Alle fünf haben etwas mit dem Elsass zu tun. Während der Kaiserzeit war ein Großvater Richter in Colmar. Ein Vater war hier Soldat im Zweiten Weltkrieg. Ein Urgroßvater Oberförster bei Zabern im 19. Jahrhundert. Ein Großvater gar Student mit Albert Schweitzer in Straßburg. Der Letzte, der etwas abseits stehen geblieben war, sagt: »Ich bin in Straßburg geboren!«

»Wann?«

»1943.«

»Was arbeiten Sie?«

»Ich bin Arzt.«

»Was hat ihr Vater gearbeitet?«

»Er war auch Arzt.«

»In Straßburg?«

»Ja.«

Pause.

Ich bin allein bei den Dreharbeiten. Die Einstellung muss stimmen, aber die Fragen auch. Soll ich weiter bohren oder nicht? Bei »Arzt in Straßburg, während des Krieges« poltert es ganz schön in meinem Kopf. Die Medizinische Fakultät der elsässischen Hauptstadt war eine Hochburg krimineller Experimente. Dr. August Hirt suchte sich Häftlinge in Auschwitz aus, ließ sie ins Elsass verfrachten. Im Struthof, dem KZ auf französischem Boden, wurden sie getötet und dann für »wissenschaftliche Zwecke« an die Uni Straßburg weitergeleitet.

Ich denke sofort an einen ZDF-Freund in Mainz, den langjährigen Chef vom Kleinen Fernsehspiel. Er verbrachte während des Krieges ein paar Jahre in Straßburg. Sein Vater war ebenfalls Arzt. Er hopste auf dem Schoß von Robert Ernst herum, dem elsässischen Nazi-Oberbürgermeister. Auch auf dem Schoß von Dr. Hirt, Berufsgenosse von Dr. Josef Mengele.

Mein Freund hatte mir erzählt, dass sein Vater in Baccarat bei den Franzosen im Gefängnis saß, aber freigesprochen wurde. Dennoch möchte er gern wissen, wie es wirklich war, weil Vater nie darüber gesprochen hatte. Hatte Vater vielleicht doch Dreck am Stecken? Wenn ich zufälligerweise bei Recherchen auf Dokumente stoßen sollte, wäre er mir dankbar, ihm das Ergebnis mitzuteilen. Das war vor dreißig Jahren. Ich hatte nichts gefunden und auch nicht gesucht, weil ich damals keine Lust hatte, die Vergangenheit der Väter meiner deutschen

Freunde aufzuspüren. Wichtiger war für mich die neu gewonnene Freundschaft mit den Söhnen.

Bei Dr. Konrad*, im Schatten des Hohneck, habe ich nicht sofort weitergebohrt. Wir tauschten die Adressen. Ich würde mich melden. Es entstand ein regelrechter Schriftverkehr. Dr. Konrad teilte mir mit, dass sogar sein Großvater 1886, also zur Kaiserzeit, in Straßburg Medizin studiert hatte. Er war in der schlagenden Verbindung Corps Rhenania Straßburg, die 1918 nach Marburg verlegt wurde, aktiv. Bei Marburg flackern sofort Erinnerungen auf. Dort lehrte Rudolf Bultmann. Er betrieb die sogenannte Entmythologisierung des Neuen Testaments, indem er feststellte, dass nicht jedes Komma in der Bibel für bare Münze zu nehmen ist. Die Existenz ist wichtiger als die Essenz. So trug er wesentlich zu meiner theologischen Entjungferung bei. Immer wieder tauchen Wahlverwandtschaften zwischen Elsässern und Deutschen auf. Dr. Konrads Großvater arbeitete ein paar Jahre als Gynäkologe in der elsässischen Hauptstadt, die er 1900 zugunsten einer Praxis in Norddeutschland verließ. Der Vater wurde im Zweiten Weltkrieg beim Westfeldzug verwundet, verlor seinen rechten Arm und konnte also nicht mehr, wie angestrebt, Gynäkologe werden. Er machte daraufhin ab Januar 1942 seinen Facharzt für innere Medizin an der Uniklinik in Straßburg, »bei Professor Johannes Stein, Dekan der Medizinischen Fakultät«. Deshalb die Geburt im Elsass.

Mein ZDF-Freund aus Mainz heißt ja auch Stein und sein Vater war ebenfalls Arzt. War also der Vater des Hohneck-Besuchers während des Krieges Assistent beim Vater des ZDF-Freundes? Genauso war es. Mein Mainzer Kollege, inzwischen

* Dr. Konrad bat mich seinen Namen nicht preiszugeben.

in Pension, bestätigt mir, dass sein Vater nicht nur als Arzt arbeitete, sondern während der Naziherrschaft auch als Dekan die Medizinische Fakultät der Reichsuniversität Straßburg leitete.

Der Vater von Dr. Konrad geriet in amerikanische Gefangenschaft, am 23. November 1944, also einen Tag nach der Befreiung der elsässischen Hauptstadt. Man kann davon ausgehen, dass er, wenn er sich etwas vorzuwerfen gehabt hätte, nicht auf die Amerikaner gewartet hätte und sich wie Dr. Hirt und alle eingefleischten Nazis früher abgesetzt hätte. Vater Konrad blieb bis Januar 1945 in Marseille in amerikanischer Gefangenschaft. Dr. Konrad teilt mir mit, dass sein Vater nur »unwillig« mit ihm über die damalige Zeit sprach. Genauso mein Freund aus Mainz: »Vater redete ungern über die damalige Zeit.«

*

Heute werden bei jedem Busunfall die Opfer psychologisch betreut. Im Krieg haben Millionen Soldaten getötet oder waren Zeuge des Tötens. Wie sollte ein Vater seiner Familie vom Krieg erzählen, ohne daran seelisch kaputt zu gehen, gar von der eigenen Familie verurteilt zu werden? Die Beichte war unmöglich. Das Schweigen eine Notlösung, um das Gesicht zu bewahren. Den Preis dafür zahlte jeder Einzelne im stillen Kämmerlein seiner zerschossenen Seele. Warum hat Günter Grass so lange gebraucht um von seiner, wenn auch kurzen Zeit bei der Waffen-SS, zu berichten? Wieso war es für Walter Jens so schwierig, über seine Mitgliedschaft bei der NSDAP zu erzählen?

Ein klassisches Muster: Vater spricht nicht über den Krieg mit dem Sohn. Der Sohn stellt keine Fragen, schon gar nicht, wenn der Vater ein »guter« Vater war. Welcher Sohn will schon

»entdecken«, dass sein Vater früher »ein anderer« war, als derjenige, der heute so ein fürsorgliches Familienoberhaupt ist? Fragen werden erst durch die Enkelkinder gestellt, wenn sie zum Beispiel Hochzeitsfotos des lächelnden Großvaters in Waffen-SS-Uniform entdecken.

Ich staune immer wieder, wie schnell sich aus den Ruinen des Dritten Reiches eine erfolgreiche Demokratie entwickelte. Die Maxime: »Ich habe nichts gehört, nichts gesehen, nichts gemacht«, fegte die Frage nach der braunen Vergangenheit der politischen Akteure vom Tisch. Zu Unrecht, wie im Januar 2012 ein Bericht des Magazins DER SPIEGEL es eindrücklich dokumentiert: »Welle der Wahrheiten. Sechs Jahrzehnte nach den Nürnberger Prozessen gegen die Wortführer des NS-Regimes lassen Ministerien und Behörden zum ersten Mal offiziell die Frage untersuchen: Wie Nazi-braun waren die Gründerjahre der Republik wirklich?«

Die Liste der Bekehrungen ist erstaunlich. Wenn die Nazi-Biographie von Bundeskanzler (1966–1969) Kurt Georg Kiesinger, NSDAP-Mitglied ab 1933, dank der Ohrfeige, die ihm Beate Klarsfeld bei einem Parteitag der CDU verpasste, auch zu Weltruhm gelangte, war ich doch erstaunt zu erfahren, dass auch ein Justizminister (1965/66), Richard Jaeger, ab 1933 Mitglied der SA war. Ein Glück für Deutschland, ein Glück für Europa, dass diese Männer alle national-sozialistische Weicheier waren, die von der Demokratie geschluckt wurden. Die Story hätte ganz anders ausgehen können.

Aber auch in Frankreich gab es Wendehälse: Maurice Papon, später Minister unter General de Gaulle, beteiligte sich an der Deportation der Juden. Genauso wie Mitterrands Freund René Bousquet.

*

Die Begegnung auf dem Hohneck mit Dr. Konrad, in Straßburg geboren, gekoppelt mit den Erinnerungen meines ZDF-Freundes: »Die Nazi-Größen gingen bei uns aus und ein!«, lassen mir jetzt plötzlich keine Ruhe mehr. Ich grabe aus meiner Bibliothek ein Buch aus, dass ich im Infozentrum vom KZ Buchenwald, bei Weimar, erworben hatte: *Die Namen der Nummern. Wie es gelang, die 86 Opfer eines NS-Verbrechens zu identifizieren.* Autor: Hans-Joachim Lang, Jahrgang 1951.

Anatomieprofessor Dr. August Hirt, Jahrgang 1898, zog schon mit sechzehn Jahren in den Ersten Weltkrieg, kam zwei Jahre später mit zerschossenem Gesicht zurück. Es hinderte ihn nicht, inzwischen als Privatdozent in Heidelberg, schon 1930 paramilitärische Wehrsportübungen zu organisieren. Am 1. April 1933 trat er, inzwischen zum außerplanmäßigen Professor für Anatomie ernannt, der SS bei und schaffte es später bis zum SS-Hauptsturmführer. Dr. Hirt kooperierte ohne Skrupel mit der SS-Wissenschaftsorganisation »Das Ahnenerbe« und kam 1941 als Chef der Anatomie nach Straßburg. Fortan diente August Hirt mit Enthusiasmus seinem obersten Dienstherrn Heinrich Himmler.

Als Straßburg am 22. und 23. November 1944 befreit wurde, war Hirt schon mit den Goldzähnen der Getöteten in der Tasche nach Tübingen abgereist, wohin sich die Reichsuniversität Straßburg vorläufig zurückzog. Seine Helfershelfer hatten inzwischen etliche Spuren vernichtet, trotzdem sickerte einiges durch, ein paar Frauenleichen wurden im Keller des Anatomischen Instituts entdeckt. Der britische Daily Mail berichtete über seine dubiosen Arbeiten. In Tübingen verfasste er für Berlin die übliche Nazilüge: »Es ging in Straßburg nur um wissenschaftliche Arbeiten.« Er beschuldigte sogar die

Gaullisten, »deutsche Frauen umgebracht zu haben um ihm, August Hirt, den Mord anzulasten«.

Dennoch bestand die Gefahr, dass seine kriminellen »Humanversuche«, von Himmler finanziell großzügig unterstützt, irgendwann doch ans Tageslicht kamen. August Hirt versteckte sich im Schwarzwald bei Schönenbach auf einem Bauernhof, genauso wie sein Auftraggeber Heinrich Himmler einige Zeit als Heinrich Hitzinger untertauchte. Hirt täuschte sogar die französischen Soldaten, denen er auf dem Hof begegnete, und fungierte als Dolmetscher. Schade, dass Hirt die Hütte von Martin Heidegger in Todtnauberg nicht kannte. Im Winter 1945 verteidigte der Philosoph mit dem Volkssturm noch das »deutsche Elsass« bei Breisach.

Professor Dr. August Hirt borgte sich am 2. Juni 1945 die Pistole des Bauern, bei dem er untergetaucht war, und erschoss sich im benachbarten Wald. Ein paar Tage nachdem Heinrich Hitzinger, inzwischen als Heinrich Himmler enttarnt, am 24. Mai eine Zyankalikapsel in seinem Mund zerdrückte. Hatte er von Himmlers Selbstmord erfahren, bevor er selbst ein paar Tage später den Freitod wählte? Ist er wirklich tot oder entkam er? Da er auch die Schweizer Staatsbürgerschaft besaß, suchte man ihn nach dem Krieg im Alpenland. August Hirt wurde am 23. Dezember 1953 in Metz in Abwesenheit zum Tode verurteilt.

Hans-Joachim Lang reiste unerlässlich zwischen Washington, Jerusalem, Paris, Auschwitz und Straßburg, bis er fündig wurde. Die 86 namenlosen Opfer von August Hirt haben heute einen Namen. Erfreulich ist, dass ein einziger Mann es manchmal schaffen kann, Schattenseiten des Naziregimes zu beleuchten. Deprimierend ist, wie flächendeckend die deutsche Ärzteschaft mit dem Regime vernetzt war. In Straßburg waren sozusagen »die Besten« am Werk, wie Dr. Patrick Wechsler es in seiner Dissertation über die Medizinische Fakultät eindrücklich beweist.

Die gesamte Reichsuniversität Straßburg war ein Nazinest. Auch Dr. Johannes Stein, Vater meines Mainzer Freundes, Dekan der Medizinischen Fakultät, gehörte zur Waffen-SS. Den Aufbau der Naziuniversität bezeichnete er als »ein romantisches Abenteuer«. Dr. Stein arbeitete nach dem Krieg als Arzt in Bonn, wo er 1963 verstarb.

Was machte der Vater des Hohneck-Besuchers bei Professor Stein? Ist er als junger Arzt nur nach Straßburg gekommen, in Erinnerung an den eigenen Vater, der im Elsass studierte, wie die Familie es glaubt? Oder war er selbst überzeugter Nazi? Die Familie weiß nicht, ob er Mitglied der Partei oder gar Mitglied der Waffen-SS war?

*

Der Hohneck-Besucher hat mir noch was zu berichten. 2007 tauchte in seinem Leben ein elsässischer Halbbruder auf: Frédéric, mit dem ich sofort Kontakt aufnehme. Der Elsässer wusste zwar, dass sein Vater Deutscher war, hatte aber lange nichts unternommen, um die genaue Familiengeschichte zu erforschen. Nach dem Krieg hatte seine Mutter ausgerechnet einen französischen Offizier geheiratet. Er wuchs also mit einem Stiefvater und seinen Stiefgeschwistern auf. In der Familie galt er lange als *petit boche* und lebte sogar nicht weit von meinem Heimatdorf. Vielleicht sind wir uns sogar auf den Skipisten begegnet. Ich habe auch schon, genau wie der spätere Architekt, im Naturfreundehaus auf dem Schnepfenried übernachtet.

Frédéric hatte sich erst 2007 auf die Spuren seiner Vergangenheit gemacht. Die Organisation *Cœurs sans frontières*, Herzen ohne Grenzen, wurde innerhalb von zwei Wochen fündig: Frédéric entdeckte, dass sein Vater auch der Vater des Hohneck-Besuchers war. Der Kollege von Dekan Johannes Stein der Reichsuniversität Straßburg hatte eine elsässische Geliebte, Krankenschwester von Beruf, die im Winter 1945 im Schwarzwald Frédéric auf die Welt brachte. Damals saß der Vater schon in Marseille in Gefangenschaft. Der deutsche Arzt und die elsässische Geliebte haben sich nie wieder getroffen. Als Frédéric schließlich seinem Halbbruder Dr. Konrad begegnete, war der Vater ein Jahr vorher verstorben. Der Vater hatte nie von seiner elsässischen Geliebten gesprochen. Wahrscheinlich wusste er nicht einmal, dass er in Frankreich noch einen Sohn hatte, »sonst hätte er, pflichtbewusst, wie er war, für das Kind gesorgt«, meint die Frau von Dr. Konrad. Der Vater von Dr. Konrad und Frédéric hat das Elsass nach dem Krieg noch ein paar Mal besucht.

Die Bundesrepublik Deutschland hat 2008 den französischen Kindern von deutschen Soldaten die deutsche Staatsbürgerschaft angeboten. Frédéric, der französische Halbbruder von Dr. Konrad, meldete sich daraufhin beim Generalkonsulat der BRD in Straßburg. Er staunte nicht schlecht, als er feststellte, dass die deutschen Beamten noch nicht über das Angebot ihrer Republik informiert waren. Schließlich besorgten sie ihm die Formulare, die es auszufüllen galt, um in den Genuss der deutschen Staatsbürgerschaft zu kommen. Frédéric verzichtete letztendlich auf dieses Geschenk. Er hat seine deutschen Halbgeschwister – es gab, außer Dr. Konrad, noch einen Bruder und eine Schwester – nie über seinen Schritt beim Generalkonsulat informiert. Vielleicht auch deshalb, weil der eine Bruder von Dr. Konrad, also sein deutscher Halbbruder, der auch in Straßburg auf die Welt kam, sein *Outing* als elsässischer Halbbruder schlecht verdaut hatte: »Melden Sie sich wegen der Erbschaft?« So eine Entdeckung kann natürlich folgenreiche Konsequenzen mit sich ziehen. Je nach der Chronologie des Todes einzelner Familienmitglieder wird Frédéric auch als Erbe der deutschen Geschwister in Frage kommen – und umgekehrt. Bedenken gibt es in der Familie des Hohneck-Besuchers heute keine mehr. Die Familienmitglieder freuen sich auf gegenseitige Zusammentreffen. Im Sommer 2011 machten sich die drei Söhne des Internisten der Straßburger Reichsuniversität auf eine fünftägige Segeltour im Ijsselmeer entlang der Niederländischen Küste. Sie kamen alle drei heil zurück.

*

In der Doktorarbeit von Dr. Patrick Wechsler gibt es Bilder des Festaktes, auf denen der Vater meines Mainzer Freundes, Dekan der Medizinischen Fakultät, Dr. Johannes Stein, zu sehen ist, als die Reichsuniversität Straßburg am 23. November 1941 in Anwesenheit von achthundert Gelehrten mit Parteiabzeichen eingeweiht wurde. Der Vater von Dr. Konrad ist nicht auf dem Foto. Er kam erst ein paar Monate später ins Elsass. Noch erholte er sich vom Verlust seines Arms zu Hause in Deutschland. Ungefähr an derselben Stelle wie Dr. Johannes Stein 1941 stand Guido Westerwelle am 4. Oktober 2010, um die deutsch-französische Freundschaft zu besingen. In jener Aula fand am 10. August 1949 die erste Sitzung des Europarates statt.

13 Kurt und Reinhold

Mein Heimattal wurde im Sommer 1914, als der Erste Weltkrieg ausbrach, zum Schlachtfeld. Nicolas Sarkozy, bekannt als Historiker, behauptet, dass der erste französische Soldat, der ums Leben kam, an der Vogesenfront von einem Elsässer getötet wurde. Unverschämt. Deshalb hat er meine Stimme bei den Präsidentschaftswahlen 2012 nicht erhalten. Wurde vielleicht der Kronprinz Franz Ferdinand am 28. Juni 1914 in Sarajevo auch von einem Elsässer ermordet?

Die Franzosen überrannten zunächst die deutschen Linien und erreichten Colmar. Bei der Gegenoffensive warfen die Soldaten des Kaisers die Franzosen, leicht erkennbar an ihren roten Hosen, in die Vogesenwälder zurück. Die Front spaltete mein Heimatdorf Stosswihr in zwei Teile. Der Stellungskrieg dauerte vier Jahre. Die Bevölkerung wurde evakuiert, hinter die deutschen oder hinter die französischen Linien. Mein Vater Martin landete auf der französischen Seite. Seine Schwester Georgette auf der deutschen Seite. Sie blieben vier Jahre getrennt, und als die Familie 1918 in Stosswihr wieder zusammenfand, war das Haus nur noch ein Trümmerhaufen.

Frederike Ritzenthaler, 1905 in Munster geboren, war neun Jahre alt, als sie mit ihren Eltern nach Grünstadt in der Pfalz evakuiert wurde. Die Familie Müller nahm sie auf. Kurt Friedrich und Frederike lebten unter einem Dach. Bei Kriegsende war Kurt Friedrich siebzehn und Frederike dreizehn. Die elsässische Familie kam 1918 in die zerschossene Heimat – inzwischen wieder französisch – zurück. Frederike, jetzt Frédérique, auf elsässisch »Rickla«, heiratete Léon, der 1928 plötzlich aus dem Leben schied. In Grünstadt heiratete Kurt Friedrich, inzwischen Buchbinder, Emma. Seine junge Frau starb schon 1926 in den Wehen. 1933 fand der Pfälzer Kurt Friedrich in Colmar eine Arbeit als Buchbinder. Aus Neugierde besuchte er die Familie Ritzenthaler in Munster. Beide, Kurt Friedrich und Frédérique, standen sich nach fünfzehn Jahren wieder erstmals gegenüber, beide verwitwet. Beim sonntäglichen Spaziergang auf dem Strohmeyerpfad, der inzwischen in *le sentier des roches* umgetauft worden war, verliebten sie sich.

Sie heirateten 1934 und schon ein Jahr später kam ein Sohn auf die Welt: Kurt. Sie lebten fortan glücklich als deutsch-französisches Paar im französischen Elsass, wo Vater Müller in Munster eine eigene Buchbinderei gründete. Er fuhr regelmäßig über den Rhein, um in Freiburg Material zu besorgen. Im Sommer 1939 war Vater Müller, auf dem Rückweg ins Elsass, in Breisach von der deutschen Polizei der Grenzübergang verweigert und sein Pass eingezogen worden. Ein deutscher Staatsbürger, mit einer Französin verheiratet? Das passte nicht zum Zeitgeist.

Was machen? Vater Müller zog zunächst nach Grünstadt in seine pfälzische Heimat, dann weiter nach Leipzig, wo er als Buchbinder Arbeit fand. Die Wehrmacht besetzte 1940 das Elsass. Mutter Frédérique konnte jetzt problemlos als Frederike mit Sohn Kurt über den Rhein zum ihrem deutschen Mann. Vater Müller wurde noch 1940 in die deutsche Wehrmacht eingezogen, aber sofort in eine Strafkompanie versetzt. Richtung Ostfront. Laut Sohn Kurt wegen seiner französischen Vergangenheit. Er kämpfte in Stalingrad, überlebte und landete in russischer Gefangenschaft. Das Haus in Leipzig, dicht am Hauptbahnhof, wurde schon 1942 durch einen Fliegerangriff zerstört. Die Mutter, ohne Nachricht von ihrem Mann, zog mit den vier Kindern in ihre elsässische

Heimat, die von den Nazis besetzt war. Vater Müller kam 1947 aus der russischen Gefangenschaft zurück, durfte aber nicht gleich zu seiner Familie ins Elsass. Er fand eine Arbeit in einer Buchbinderei im schwäbischen Künzelsau. Fédérique zog samt Kinder einmal mehr über den Rhein und die Familie war endlich wieder zusammen. Kurt besuchte in Künzelsau die Oberschule.

Das deutsch-französische Paar zog schon ein Jahr später, 1948, ein letztes Mal über den Rhein Richtung Frankreich. Der frühere Arbeitgeber von Vater Müller in Colmar bürgte für den Deutschen, der vor dem Krieg bei ihm gearbeitet hatte. Er besorgte die notwendigen Papiere und nahm ihn in seinem Betrieb wieder als Buchbinder auf. Der Vater starb schon im Sommer 1950 an den Folgen der Gefangenschaft in Russland.

*

Sohn Kurt besuchte erfolgreich die Textilschule in Mulhouse. 1956 war der Militärdienst angesagt. Der junge Elsässer mit deutschem Vater wurde vor die Wahl gestellt: deutsche oder französische Staatsbürgerschaft? Vater Müller, obwohl Deutscher, hatte immer gegenüber seinem Sohn den Wunsch geäußert, dass er sich später für die französische Staatsbürgerschaft entscheiden solle. Er folgte dem Wunsch des Vaters. Ein paar Monate später zeigte sich, dass die Entscheidung, Franzose zu werden, lebensgefährlich war. Frankreich brach einen blutigen und schmutzigen Krieg mit Algerien vom Zaun. Vierundzwanzig Monate in Übersee, darunter achtzehn ohne Heimaturlaub. Kurt überlebte. Als Soldat muss der junge Elsässer den oberen Herren aufgefallen sein. Sie drängten ihn 1958 nach der Entlassung aus der Armee, gleich in die Gendarmerie einzutreten. Obwohl ihn das Angebot lockte, wollte er den Tod nicht ein zweites Mal herausfordern. Die OAS (*Organisation de l'armée secrète*)* legte auch auf dem Festland Bomben. Eine bürgerkriegsähnliche Situation entwickelte sich. General de Gaulle entkam nur knapp mehreren Attentaten. Noch am Tag des Waffenstillstandes von Evian, am 18. März 1962, meldete sich der junge Elsässer bei der Gendarmerie, die in Frankreich dem Verteidigungsministerium untersteht – die berühmten »Blauen«, wie die deutschen Touristen sie nennen, sind Soldaten.

Kurt machte Karriere und leitete *le peloton de gendarmerie* von Schirmeck, wo die widerspenstigen Elsässer während der deutschen Besatzung eingesperrt worden waren. Aber auch im benachbarten KZ Struthof bei Natzweiler, wo 10.000 Menschen ums Leben kamen, darunter die 86 Opfer der von Dr. August Hirt ausgewählten Auschwitzhäftlinge. Das KZ Struthof wurde von zahlreichen Persönlichkeiten besucht. In seiner Eigenschaft als *Chef du peloton de gendarmerie* war Kurt Müller zuständig für die Sicherheit der Staatsoberhäupter. Er erinnert sich an Charles de Gaulle, Georges Pompidou, Giscard d'Estaing, François Mitterrand, Willy Brand.

Der Besuch von Willy Brandt war besonders heikel. Der Kanzler übernachtete im Nobelhotel *La Cheneaudière* in der Nähe des KZ Struthof. Es stellte sich heraus, dass ein gesuchter Verbrecher unter demselben Dach logierte. Der Bandit wurde eigens von Kurt Müller identifiziert. Aber wie zugreifen, ohne mit den Bodyguards in Berührung zu kommen? Stolz lächelt er mich an, weil er es natürlich schaffte, dem

* Geheimarmee, die gegen die bevorstehende Unabhängigkeit Algeriens in Frankreich Bomben legte.

berühmten Gangster die Handschellen anzulegen, ohne dass der Bundeskanzler und seine Begleiter etwas davon mitbekamen.

Später gründete er in seinem Geburtsort Munster *le peloton de gendarmerie de haute montagne,* zuständig für die Bergwacht. Der Bergliebhaber war nach seiner Pensionierung als *gendarme* noch jahrelang Präsident des *Club Vosgien*, also Nachfolger des deutschen Forstbeamten Henri Heinrich Strohmeyer, der den Pfad in die Felswand hauen ließ, auf dem Mutter Frédérique und Vater Friedrich sich zwischen den Kriegen verliebten.

*

1999 begleitete Kurt Müller eine deutsche Touristengruppe durch seine geliebten Berge. Sein gutes Deutsch fiel einer der Touristinnen besonders auf. Sie fragte Kurt, wieso er so gut Deutsch sprach. Er erwähnte seine zwei Jahre in Künzelsau. Die Frau, die ihn angesprochen hatte, unterrichtete ausgerechnet in der Oberschule der Kleinstadt, wo Kurt von 1946 bis 1948 paukte. Die Lehrerin kannte sogar die Nachbarn aus der damaligen Zeit. Ein Besuch wurde organisiert, eine neue Freundschaft, eine mehr, entstand. Nach fünfzig Jahren erkannte er Helga, in die er damals heimlich verliebt war. Beim Besuch in Künzelsau traf er auf weitere Schulkameraden und entdeckte, dass Reinhold Würth, mit dem er auf der Schulbank saß, inzwischen Schraubenmilliardär geworden war.

Der Kreis ist geschlossen. Jährlich wird der Elsässer zum Treffen der Klassenkameraden eingeladen. Selbstverständlich war Kurt Müller 2010 beim 70. Geburtstag des Schwabenwunders und Kunstliebhabers dabei. Er sprach mit Würth über die damalige Zeit. Stolz zeigt er mir die Zeitungsausschnitte der *Fränkischen Nachrichten*: »Firma Würth, 6,2 Milliarden Umsatz, 49.000 Mitarbeiter.« Auch Gerhard Schröder war dabei, aber dies sollte dem Grenzgänger Kurt nicht weiter imponieren, hatte er doch als *gendarme* schon Erfahrung genug mit Staatschefs, von Charles de Gaulle bis Willy Brandt.

Inzwischen wurde mir vom Zimmermann, der meine Scheune ausgebaut hat, bestätigt, dass die Balken dank Schrauben von Reinhold Würth zusammengehalten werden. Ich bin also meinerseits stolz, dass ich zum Reichtum von Kurt Müllers Schulkameraden beigetragen haben, was dem schwäbischen Schraubenmagier wiederum ermöglichte, im elsässischen Erstein ein Museum zu bauen, dass ich endlich besichtigen sollte, weil es von allen Seiten gelobt wird. Auch Günter Grass hat schon im Würth-Museum in Erstein gelesen.

Als ich mich von Kurt Müller verabschiede, besteht er darauf, dass ich mir seinen Keller anschaue. In der Garage ist kein Auto zu besichtigen, sondern hunderte von Aktenordnern über Bergwege in aller Welt. In der Mitte hängt ein Bild von Albert Schweitzer: »Ich verehre ihn, er ist mein Vorbild!«, sagt mir Kurt mit einem feuchten Auge.

In seinen Unterlagen, die er mir zusammengestellt hat, finde ich folgenden Satz: »Nach meiner Ansicht, ohne meinen Willen, wurde ich am 5. April 1935 schon als Europäer geboren.«

14 Beate und Rainer

»Dieser Schrank ist von Berthold Brecht«, sagt mir Rainer Rhiele, als ich ihn in seiner Freiburger Wohnung besuche, im Vaubanviertel, Hochburg der grünen Wohnexperimente. Das Brecht'sche Möbelstück steht ziemlich einsam in der ansonsten modernen Einrichtung des Architekten. Der Augsburger Schrank – so nennt sich das Objekt – gelangte nach einem elsässischen Umweg von Berlin in die badische Solarstadt.

Ein Nachbar von Brecht, Hermann Budzislawski, kam nach dem Tod des Autors in den Genuss der Reliquie. Budzislawski hatte als Jude ein typisch deutsches Schicksal. Er arbeitete bei der berühmten Zeitschrift *Weltbühne* und flüchtete unter der Naziherrschaft via Prag und Paris in die USA. Als er nach dem Krieg nach Europa zurückkehrte, entschied er sich für ein Leben in der DDR, wo er eine beachtliche Karriere machte. Nicht zuletzt als Dekan der Fakultät für Journalistik in Leipzig und als Mitglied der Volkskammer. Sein Enkel, Thomas A. Eckert, kam in den Besitz des Schrankes. Der Philosoph verließ noch vor der Wende die DDR und etablierte sich im Elsass mit dem Nachlass der *Weltbühne* im Gepäck. Er kaufte sich ein Haus in Fréland, oberhalb von Kaysersberg, nicht weit von Stosswihr, meinem Heimatdorf im Münstertal.

Kurz danach machten sich Rainer und Beate Rhiele ebenfalls auf die Suche nach einem Haus im Elsass. Da Rainer aus dem Schwarzwald stammt, hatte er auch noch während seiner Berliner Emigration die *Badische Zeitung* abonniert. Dort entdeckte er ein Angebot in Marckolsheim am Rhein, einen Katzensprung von Deutschland entfernt. Seine deutsche Maklerin, Lisa D., auch in Marckolsheim wohnhaft, hatte dem Brecht'schen Schrankbesitzer das Haus in Fréland vermittelt. So kamen beide deutschen Elsass-Liebhaber zusammen. Der Philosoph brauchte Geld und verscherbelte den Schrank, den ich gerade bewundere, an den Architekten. Ob der Philosoph den Architekten nicht übers Ohr gehauen hat, bleibt offen. »Er wollte auch mir ein Brecht'sches Erbstück verkaufen, nämlich den Schaukelstuhl des Poeten, aber mein Mann warnte mich, er hätte den echten Schaukelstuhl schon im Museum in Berlin gesehen«, sagt mir Maklerin Lisa am Telefon.

Das Haus in Fréland, in dem Rainer und Beate den Brechtschen Schrank zum ersten Mal bewunderten, hat es in puncto Elsass-Deutschland in sich.

*

Wir schreiben 1965. Anton und Edith spazieren im Herbst auf den luftigen Höhen *de la vallée d'Orbey*: das Tal, wo Julien Green seinen Roman *Adrienne Mesurat* schrieb. Green kannten sie nicht, aber sie dachten an Büchner, der seinen *Lenz* im Elsass entwarf, wo er ein paar Jahre lebte. Lenz hatte sich im Steintal beim Universalgenie Pfarrer Jean-Frédéric Oberlin von seinem seelischen Stress erholt. Die Notizen des elsässischen Pestalozzi hatten Büchner inspiriert. Aber die Beschreibung des Gebirges hatte sich der Autor in den Hochvogesen, wo Anton und Edith sich so wohl fühlen, geholt. Die Berge um Waldersbach, im Steintal, wo Oberlin tätig war, sind lieblicher und passten nicht zu Lenz' Lebensmüdigkeit.

Anton war sechzig, Edith fünfundvierzig. Eine ideale Kombination für ein neues Leben. Es war eine Zeit, in der die betagten Deutschen sich generell in die elsässische Landschaft verliebten. De Gaulle und Adenauer hatten sich drei Jahre zuvor in der Kathedrale von Reims ewige Freundschaft geschworen. Jeder Deutsche konnte seine Vergangenheit vergessen. Gab es einen idealeren Ort, um sich seelisch von der grausamen Vergangenheit zu erholen als das Elsass, mit Blickkontakt nach Deutschland?

Anton war ein berühmter Filmarchitekt bei der UFA. Edith galt als arrivierte Fotokünstlerin. Die Ruine, die wie ein gestrandetes Schiff auf der Alm lag, gefiel dem verliebten deutschen Künstlerpaar sofort. Als sie erfuhren, dass der Film »La grande illusion« mit Jean Gabin, Eric von Stroheim und Pierre Fresnay – Elsässer aus Neuf-Brisach – unter der Regie von Jean Renoir teilweise hier gedreht wurde, nannten Sie die Ruine sofort *Coucou* (Guten Tag, da bin ich), küssten sich, kauften den Steinhaufen und machten aus der Ruine ein Haus. Anton hieß fortan Antoine und lebte glücklich mit Edith in Fréland. Er verstarb 1985. Drei Jahre später zog seine Lebensgefährtin nach Straßburg, wo sie 2001 aus dem Leben schied.

Lisa D. vermittelte. Der Berliner Philosoph Eckert kam mit dem Archiv der *Weltbühne* und mit dem Augsburger Schrank von Bertolt Brecht ins Elsass, um *Coucou* zu kaufen. Er verliebte sich nicht nur ins Elsass, sondern auch in den elsässischen Riesling und brauchte bald Geld. So wechselte der Augsburger Schrank von Bertolt Brecht einmal mehr den Besitzer. Seitdem sorgt das Möbelstück bei der Familie Riehle für gute Unterhaltung. Wer befindet sich schon im Besitz einer Brechtreliquie?

*

Rainer und Beate wohnten zwanzig Jahre im elsässischen Marckolsheim, gegenüber von Sasbach bei Wyhl, wo in den 1970er Jahren die elsässisch-badische Ökobewegung das AKW-Projekt von Ministerpräsident Hans Filbinger kippte. Filbinger, dem Erhard Eppler live im Landtag »ein pathologisch gutes Gewissen« bescheinigte, war der übliche deutsche Wendehals der Nachkriegszeit. Er verurteilte noch am 8. Mai 1945 – Tag der Kapitulation des Tausendjährigen Reiches – Fahnenflüchtige zum Tode. Kurz darauf entpuppte er sich, schon in Freiburg, als Mustereuropäer. Seine Vergangenheit, als übereifriger

Nazirichter, kam erst viele Jahre später ans Licht. Daraufhin musste er abdanken.

Die beiden Soziologen gründeten in Marckolsheim das Institut für Internationale Sozialforschung. Es hört sich etwas kompliziert an, beschäftigt sich aber mit dem Alltag der Bürger. Sie verfassten zum Beispiel eine vielbeachtete Studie über ein Dorf im heimatlichen Schwarzwald von Rainer; im Stil des Amerikaners Stanley Hoffmann, der sich in der Provence etabliert hatte, und eine Musterstudie über ein Dorf erstellte, an der die Soziologie-Studenten jahrzehntelang zu nagen hatten.

Als sie sich endlich in Marckolsheim in einem Prachtstück des Bauhauses etabliert hatten, dauerte es nicht lange, bis sie auf die Idee kamen, ein grenzüberschreitendes Projekt zu entwickeln. Der Rhein bildet nicht nur eine Wassergrenze zwischen Frankreich und Deutschland, sondern auch eine Geistesgrenze. Außerdem gab es damals noch Zöllner und Grenzpolizisten, die uns den Alltag verdarben, in dem sie jeden Grenzgänger als potentiellen Schmuggler betrachteten.

Beate und Rainer kamen auf die Idee, ein Kulturzentrum über den Rhein zu bauen, um die Kopfgrenzen der Bürger zu sprengen. Der *Grand Canal d'Alsace* hat zwischen Basel und Straßburg die Landschaft endgültig ästhetisch ruiniert. Die Wasserstraße ist mit Elektrizitätswerken gespickt, mit riesigen Schleusen für die Tanker, die die Basler Chemie-Konzerne versorgen, gar mit dem AKW von Fessenheim, ohne ein paar chemische Industrieanlagen zu vergessen, die aus einem Naturwunder endgültig einen Korridor der Scheußlichkeiten gemacht haben. Dennoch gibt es noch Einiges zu retten und Neues zu gestalten. Damit beschäftigten sich fortan Beate und Rainer.

Ich lernte sie kennen, als sie die elsässischen und badischen Kulturschaffenden in ihr Haus im Elsass eingeladen hatten. Da die Bürgermeister von Marckolsheim und dem benachbarten Sasbach auch noch zu den Veteranen der glorreichen Anti-AKW-Bewegung gehörten, war der Enthusiasmus von Rainer und Beate nicht zu bremsen: »Hier werden wir Geschichte schreiben!«

Leider wurden sie eines Besseren belehrt. Aus den ehemaligen Ökofreaks waren behäbige Verwalter geworden. Die Elsässer haben am Rande der *Grande Nation* ohnehin nichts zu sagen. Es reichte zwar noch für deutsch-französische Saufgelage auf der Rheininsel, was besonders die Russlanddeutschen aus der Ortenau freute. Reden wurden gehalten. Später torkelte jeder Richtung Heimat, Elsass oder Baden. Hin und wieder rutschte der eine oder der andere ins laue atomare Rheinwasser. Ansonsten blieb das deutsch-französische Kulturzentrum, wenn auch immer wieder neu modelliert, in den Kisten der Fantasie unseren beiden Liebhaber der deutsch-französischen Beziehungen.

Inzwischen sind Beate und Rainer nach Freiburg gezogen. Beide Grenzphilosophen staunen nicht schlecht, als ich ihnen einen Bilderband unter die Nase halte, in dem ihr Projekt schwarz auf weiß dargestellt wird: *Centre de documentation franco-allemand*, deutsch-französisches Kulturzentrum am Rhein. Und zwar auf der Gemarkung der Gemeinde Eschbach, südwestlich von Freiburg, gegenüber von Fessenheim in Frankreich. Dort wurde schon 2006 eine Fußgängerbrücke bei Hartheim gebaut, gar von Jacques Chirac eingeweiht.

15 Harald und Fabienne

Die Bürger hören bei den deutsch-französischen Sonntagsreden schon lange nicht mehr zu. Sie begnügen sich mit dem grenzüberschreitenden Einkaufsbummel, wo ist was und wann billiger? Der kleine Grenzverkehr floriert.

Zum Glück gibt es, trotz Europa, noch getrennte Feiertage. Auf der französischen Rheinseite den 8. Mai (Ende des Zweiten Weltkrieges), den 11. November (Ende des Ersten Weltkrieges), den 15. August (Mariä Himmelfahrt). Im Gegenzug auf deutscher Rheinseite Fronleichnam (60 Tage nach Ostersonntag) und der 3. Oktober (Tag der Deutschen Einheit). Wenn die Franzosen frei haben, fahren sie über den Rhein, um die Regale der deutschen Kaufhäuser leer zu fegen. Wenn die Deutschen nicht arbeiten, fahren sie über den Rhein, um die Kneipen und die Tankstellen zu stürmen. Alle fühlen sich als Gewinner, die Geschäftsleute und die Bürger. Vergessen die Zeit, in der Zöllner die Bürger argwöhnisch wie Schwerverbrecher behandelten. Hoffentlich wird Brüssel die Feiertage nie einheitlich bestimmen.

Die Franzosen essen immer lieber in Baden, die Deutschen betrinken sich immer noch gerne im Elsass. Aber schon, wenn es darum geht, die Sprache des Nachbarn zu lernen, lassen sie sich in ihre gepolsterten Sofas zurückfallen und seufzen auf Englisch.

Die Politiker entwerfen zwar dauernd neue Verwaltungsebenen, vom Eurodistrikt bis zur Metropolregion des Oberrheins, aber auch sie glauben nicht mehr richtig daran. Und das, obwohl die Zöllner endlich zu Gärtnern umfunktioniert wurden und die Zollhäuser heute als Restaurants dienen. Sogar die Schweiz hat die Grenzkontrollen dank Schengen gelockert.

Warum wächst dennoch der Europessimismus? Ausgerechnet hier, wo die Friedenssymbole sich übertreffen? Überall neue kleine Rheinbrücken, *la passerelle des deux rives* in Straßburg, die Dreiländerbrücke in Basel, die Hartheimer Brücke südlich von Breisach. Im Dreiländereck Basel, Weil-am-Rhein, Huningue soll im Jahr 2050 sogar eine neue Stadt entstehen!?

Hat Régis Debray, der ehemalige Che-Guevara-Freund, später Berater von Mitterrand, der erfolgreiche Autor und Philosoph, vielleicht doch recht mit seinem Buch *Eloge des Frontières* (Eloge der Grenzen)? – »*Le mur interdit le passage, la frontière le régule.*« (Die Mauer versperrt den Übergang, die Grenze reguliert ihn). Schon holen die Dänen die alten Grenzpfähle aus der Mottenkiste der Geschichte, um sich vor Ausländern zu schützen und Frankreich überlegt sich regelmäßig, ob es das Schengener Abkommen nicht aussetzen sollte. Nein, Debray hat nicht recht, hier entlang der ehemaligen Grenzen entsteht das demokratische Europa, wie sein Kollege Umberto Eco es behauptet.

Dreizehn französische und deutsche Dörfer bilden am Rhein entlang eine deutsch-französische Verwaltungsebene. Die Maginot-Linie ist endgültig ein Museum:

> Frankreich: *Rustenhart / Balgau / Fessenheim / Hirtzfelden / Blodelsheim / Roggenhouse / Munchhouse / Rumersheil-le-Haut;* Deutschland: *Hartheim / Bad Krozingen / Staufen / Heitersheim / Eschbach.*

Die deutschen und französischen Gemeinden sind Herausgeber einer zweisprachigen Zeitschrift: »*Le Pont /* die Brücke«. Bürgermeister Harald Kraus aus Eschbach, und *madame le maire* Fabienne Stich aus Fessenheim schreiben zusammen das Editorial. Ein schönes Paar.

»Heute widmen wir unsere rheinübergreifenden Anstrengungen auf alltägliche Vorhaben, wie die Herausgabe von *le Pont / die Brücke*, um so den Menschen links und rechts des Rheins die Möglichkeit zu geben, sich über ihre Nachbarschaft zu informieren, oder besser noch, sie zusammenzubringen.« Harald und Fabienne haben noch Größeres vor. Ein Themenpark soll über den Rhein hinweg Deutschland mit Frankreich verbinden. Die Gegend ist leider nicht sehr geeignet, um Touristen und Bürger zu verzaubern. Fessenheim bleibt ein Unwort auf deutscher Seite. Der Kulturweg endet ausgerechnet in der *Maison des Energies* neben dem AKW. Im Haus wird zwar Solar- und Wind-Energie erwähnt, aber vor allem die Atomenergie gelobt. Der junge Mann, der den Infostand betreut, will im Buch nicht erwähnt werden. Sein Chef hat ihm mit Rausschmiss gedroht, nachdem er ohne Genehmigung einen SWR-Kollegen über das AKW informierte.

Die Auen wurden durch den Bau des *Canal d'Alsace*, der auch das Atomkraftwerk versorgt, ausgetrocknet. Im Winter sieht die Gegend trostlos aus. Der alemannische Dichter Stefan Pflaum spricht von der Rhein-Savanne. Fahrradwege gibt es schönere.

Eigentlich war der von Beate und Rainer gewählte Standort Marckolsheim-Sasbach ästhetisch geeigneter. Aber dort spielten die Politiker nicht mit. Hier klappt es besser. Harald und seine Freunde haben die besseren *Connections*.

*

Harald Kraus bat mich um eine Neujahrsansprache vor seinen deutsch-französischen Kollegen. Ich erinnere die Herrschaften in Eschbach an das erste deutsch-französische Dokumentationszentrum, das am 5. Mai 1770 auf einer Rheininsel von den Franzosen und den Habsburgern entworfen wurde. Eine Nobelhütte, in der sich Marie-Antoinette, die zukünftige Braut von Ludwig XVI., umzog. »Der Tisch in der Mitte des Raumes stellt symbolisch die Grenze dar«, schreibt Stefan Zweig. »Die Etikette heischt sogar, dass sie keinen Faden heimatlicher Erzeugung, keinen Schuh, keinen Strumpf, kein Hemd, kein Band auf dem nackten Leib behalten dürfe. Von dem Augenblick an, da Marie-Antoinette Dauphine von Frankreich wird, darf nur Stoff französischer Herkunft sie umhüllen. So muss sich im österreichischen Vorzimmer die Vierzehnjährige vor dem ganzen österreichischen Gefolge bis auf die Haut entkleiden; splitternackt leuchtet für einen Augenblick der zarte, noch unaufgeblühte Mädchenleib in dem dunklen Raum; dann wird ihr ein Hemd aus französischer Seide überworfen, *Jupons* aus Paris, Strümpfe aus Lyon, Schuhe aus Hofkordonniers, Spitzen und Maschen; nichts darf sie als liebes Andenken zurückbehalten, nicht einen Ring, nicht ein Kreuz.« Die Tochter von Maria Theresa sorgte für die erste deutsch-französische Modeschau. Als der junge Karl Lagerfeld diese Szene in Stefan Zweigs *Marie-Antoinette* auf dem Schoss seiner Mutter las, reiste er sofort nach Paris.

Rudolf Johannes Lais, der Architekt, der für das grenzüberschreitende Projekt zeichnet, schaut mich verstört an. Auch Harald fragt sich, ob er den richtigen Festredner eingeladen hat. Als Gedankenschmuggler bleibe ich gnadenlos und fahre fort: »Ich träume von einer Theaterbrücke, die wie ein Schiff über die Rheinarme schwebt. Eine Kuppel öffnet sich zu den Vogesen und zum Schwarzwald. Die Theatergruppen der 47 Mitgliedsstaaten des Europarates – dem Labor Europas – werden im Theater auftreten. Künstlerhütten werden die Ufer zieren. Schauspieler, Tänzer, Maler, Bildhauer, Musiker werden das größte Künstlerdorf Europas beleben.

Das AKW Fessenheim wird geschlossen. Das Wasser wird endlich wieder die Rheinauen überschwemmen. Die Schriftsteller werden besonders gepflegt. Bleistifttürme ragen gen Himmel. Jeder Bleistift ein Turm, jeder Turm ein Roman. ›Rheinschreiber‹ werden neue Geschichten zu Papier bringen, die Geschichten werden von den Schauspielern vor Ort inszeniert. Die größte Sprachenschule der Welt wird entstehen. Ein Hafen wird die Passagierdampfer empfangen, die die Besucher des Europatheaters befördern werden. Hotels werden wie Luftballons über Elsass und Baden schweben.«

Während Harald und seine Berater sich ins Nebenzimmer zurückziehen, um das deutsch-französische Projekt neu zu kalkulieren, setze ich mich rein zufällig zu einem Mann im dunklen Anzug, um die fünfzig, an den Tisch. Wir löffeln zunächst schweigsam die wunderbare Gulaschsuppe, die Christine, Sophie und Karin zubereitet haben. Danach stellen wir uns gegenseitig vor. Wolfgang ist Managing Direktor von *Liebherr France*. Wir verstehen uns sofort. Wolfgang redet Badisch, ich Elsässisch, beides sind alemannische Dialekte. Alemannisch wird im Elsass, in Süddeutschland, in der Schweiz und in Vorarlberg gesprochen. Wir vereinbaren ein Treffen in der Zentrale des Baggergiganten in Colmar.

16 Wolfgang und Tante Odile

Ein paar Wochen später ist es soweit. Dr. Wolfgang Burget empfängt mich in seinem Büro mit Blick auf die Vogesen. Graue Jacke, offenes Hemd, Drei-Tage-Bart, einladendes

Lächeln. Wir reden weiter auf Alemannisch, er auf Badisch, ich auf Elsässisch. Dann wechseln wir ins Deutsche und Französische, manchmal sprechen wir gar durcheinander. Die Experten nennen dies *Code Switching*. Da die Plagiatsvorwürfe zur Doktorarbeit des Verteidigungsministers Karl-Theodor zu Gutenberg aktuell sind, frage ich ihn als Erstes zum Thema seiner Doktorarbeit.

»Wollen sie das wirklich wissen?«

»Klar!«

»Werkstoffmechanische Untersuchungen zur Bewertung des Festigkeits- und Zähigkeitsverhaltens von Mehrlagen-Schweissungen an höherfesten Feinkornbaustählen.«

»Haben Sie abgeschrieben?«

Dr. Burget lacht und fragt mich, ob ich einen Kaffee möchte.

Der Maschinenbau-Ingenieur, Jahrgang 1956, stammt aus Eschbach, wo ich ihn kennengelernt hatte, nach der Neujahrsansprache über meine imaginäre Theaterbrücke, die Elsass und Baden über den Rhein hinweg verbinden soll. Dort ist er aufgewachsen, später studierte er Maschinenbau an der Technischen Hochschule in Karlsruhe. Seine Karriere begann er als Forscher im Fraunhofer-Institut in Freiburg. Später wechselte er in verschiedenen Funktionen zu Liebherr in Colmar. Heute ist er der Boss über ein Heer von 1.700 Mitarbeitern. Liebherr ist der größte Arbeitgeber der bürgerlichen verschlafenen *Capitale des vins d'Alsace*. Ab 20 Uhr, wenn die deutschen Touristen Richtung Heimat fahren: tote Hose.

Sein perfektes Französisch hat Wolfgang einer Elsässerin zu verdanken: Tante Odile aus Ingersheim, seiner Patentante. Odile war Lehrerin. Die Nazis versetzten 6.000 elsässische Lehrer nach Baden, um sie zu germanisieren. Dafür kamen

6.000 deutsche Lehrer, in der Mehrheit fanatische Nazis, um die elsässische Jugend zu germanisieren. Im Zuge dieses Bildungsaustausches entdeckte Odile Eschbach am Rhein. Die Eltern von Wolfgang freundeten sich mit der Elsässerin an. Als der Krieg vorbei war, blieben sie in Kontakt und besuchten sich gegenseitig. So war es selbstverständlich, dass Odile Patentante von Wolfgang wurde. Als Kind kam er oft ins Elsass. Da wo Feindschaft geplant war, entstand Freundschaft. Den Felsenpfad, *le sentier des roches*, heute Strohmeyerpfad, kennt er auswendig, genauso wie den *Lac Vert*, die Seeperle des Münstertals.

*

Als die Baggerfirma sich 1961 in Colmar etablierte, war auch Freundschaft im Spiel. Hans Liebherr verstand sich sofort mit Joseph Rey, Oberbürgermeister von Colmar. Rey sollte dreißig Jahre im Amt bleiben. Beide trafen sich nach dem Krieg stets in Freiburg beim Metzger Eugen Gruninger, Roßhaldeweg 6. In der Küche bereitete Hedwig Gruninger immer einen elsässischen Wurstsalat für Hans und Joseph. Selbstverständlich war das nicht. Hatten doch die Nationalsozialisten Joseph Rey drei Jahre hinter Gitter gebracht, und dies ausgerechnet in Freiburg.

Der Naziboss in Colmar hatte dem Hobbydirigenten angeboten, das Stadtorchester zu dirigieren. Sein »Nein« genügte, um eingesperrt zu werden. Hans Liebherr wurde seinerseits am 27. Juli 1944 mit dem Ritterkreuz des Eisernen Kreuzes dekoriert. Er diente als Oberfeldwebel im II. Nachtgeschwader 4, das 1940 in Metz gegründet wurde. Metz gehörte zum deutschsprachigen Teil Lothringens, der genauso wie das Elsass von Hitler annektiert worden war.

Dennoch hatte sich Joseph Rey nach 1945 wie kein anderer für die deutsch-französische Freundschaft eingesetzt. Die Adresse von Liebherr France spricht Bände: 2 Avenue Joseph Rey.

*

»Was ist anders im Elsass als im übrigen Frankreich?«, frage ich den Liebherr-Boss in Colmar. »Zunächst was ähnlich ist! Jedes Jahr muss die Geschäftsleitung mit vier unterschiedlichen Gewerkschaften diskutieren. Es gibt keine nationalgültigen Verhandlungen – wie von der IG Metall – die dann über eine längere Zeit eingehalten werden.« – »Die Elsässer allerdings haben immer noch eine deutsche Art zu arbeiten. Sie sind zuverlässiger. Ohne das französische *savoir-vivre* zu vergessen«, ergänzt Dr. Burget mit einem offenen Lächeln, als ob er mich beruhigen müsste. »Eine perfekte Mischung zwischen Frankreich und Deutschland!«

Ein paar Tage nach unserem Gespräch gingen 400 Liebherr-Mitarbeiter auf die Straße und verlangten glatt einen Führungswechsel. Schließlich begnügten sie sich mit 2% Gehaltserhöhung und Dr. Wolfgang Burget blieb im Amt.

Sprachlich gesehen muss die Führungsriege von Liebherr in Colmar Deutsch und Französisch beherrschen. In Colmar gibt es ein *centre des langues* für den Nachholbedarf. Beim Gros der Arbeiter hat der Chef einen sprachlichen Generationswechsel festgestellt. Die Jüngeren sprechen nicht mehr elsässisch und tun sich schwer mit der deutschen Sprache. Der Altersdurchschnitt der Mitarbeiter liegt bei 34.

Wir verabschieden uns. Wolfgang schenkt mir einen kleinen Bagger. Mein Enkel wird sich freuen. Als ich das Haus verlasse, teste ich Karin, die Empfangsdame. »Mit Vater und

Mutter sprach ich nicht Elsässisch. Aber meine Großeltern haben die Situation gerettet. Hochdeutsch lernte ich im Gymnasium.«

17 Nathalie und Rico

Wenn man auf dem Land wohnt, merkt man jede kleine Veränderung in der Umgebung. Der Renault Espace mit Berliner Kennzeichen war mir gleich aufgefallen: Rico, 35, stammt aus Weißwasser bei Cottbus an der deutsch-polnischen Grenze. Nathalie, 33, aus Bourges. Die Stadt gilt als die Mitte Frankreichs. Sie haben sich in Montpellier auf der Uni kennengelernt. Stichwort Erasmus, das europäische Studienprogramm. Inzwischen haben sie drei Kinder: Valentine 9, Rodrigue 4, Rosalie 2 Jahre alt. Rico und Nathalie sind zweisprachig, Valentine und Rodrigue besuchten in Munster eine zweisprachige Schule. Der Vater spricht Deutsch mit den Kindern, die Mutter Französisch. Nathalie ist Psychologin von Beruf, arbeitet beim Arbeitsamt in Colmar. Rico ist ein Internetfreak. Seine Firmen sitzen in Berlin. Eine davon heißt: *Telekommunisten.net.*

Beide haben das Elsass aus geografischen Gründen ausgewählt. Nähe zu Frankreich, Nähe zu Deutschland. Rico hatte aus deutscher Perspektive ein positives Bild vom Elsass mitgebracht. Als er noch in Berlin studierte, galt für ihn die Landschaft zwischen Rhein und Vogesen als Region, die nicht wirklich französisch war, sich dennoch in Frankreich befand. Für Nathalie war das Elsass eine etwas verlorene Gegend, weit weg, in der die Menschen ein merkwürdiges Kauderwelsch sprechen. Sie lernte zwar Deutsch als Fremdsprache im Gymnasium, aber ohne Begeisterung. »Der Lehrer war schlecht!«, sagt Nathalie.

Rico lernte erst in Frankreich Französisch. Heute sind beide zweisprachige Europäer, gar dreisprachig, weil sie auch Englisch beherrschen. Nach den Wünschen Umberto Ecos also. In »Schüsse mit Empfangsbescheinigung« schreibt der italienische Sprachakrobat: »Erasmus würde sich nicht nur intellektuell, sondern auch sexuell oder, wenn man so will, genetisch auszahlen. Ich habe viele Studierende kennengelernt, die nach einer gewissen Zeit im Ausland dort geheiratet haben. Wenn dieser Trend sich verstärkt und immer mehr zweisprachige Kinder geboren werden, können wir in dreißig Jahren eine europäische Führungsschicht haben, deren Mitglieder in der Regel mindestens zweisprachig sind. Das wäre nicht wenig.« Hier in meinem kleinen Dorf wächst, trotz »Euro-Zweifel«, die von Eco gewünschte »europäische Identität«.

Ich beobachte Rico und Nathalie, wie sie untereinander reden. Sie spricht Französisch. Er spricht Deutsch. Oder umgekehrt. Wenn Valentine ihren Vater anschaut, spricht sie Deutsch. Wenn ihr Blick zur Mutter wechselt, parliert sie Französisch. So einfach kann das Leben sein. Der Sprachwechsel findet fließend statt.

*

Der Zufall will, dass vor zehn Jahren schon mal eine deutsch-französische Familie im Haus von Rico und Nathalie wohnte. Der Vater war Deutscher aus München. Die Mutter war Französin aus Orléans. Géraldine wuchs zweisprachig auf und sprach mit achtzehn so verdammt gut beide Sprachen, dass ich weder in der einen noch in der anderen auch noch eine Spur von Akzent heraushörte. »Es ist mir unmöglich zu sagen, in welcher Sprache ich besser schreibe oder spreche. Genauso kann ich nicht zwischen Frankreich und Deutschland wählen. Ich fühle mich in beiden Kulturen wohl. Ich will keine der beiden bevorzugen«, sagte mir Géraldine damals. Als wir auf die Elsässer zu sprechen kamen, war sie gnadenlos: »Sie sind blockiert. Ich verstehe ihr ewiges Zaudern überhaupt nicht. Sie wagen es immer noch nicht, ohne Komplexe Deutsch zu lernen. Das macht mich fertig, Mehrsprachigkeit ist heute eine Selbstverständlichkeit.« Sie sprach mich vor kurzem auf dem Markt in Munster an. Géraldine arbeitet im Straßenbau in Frankreich. Vorübergehend verbesserte sie auch schon deutsche Straßen. Stolz stellt sie mir ihren fünfjährigen Sohn Gérard vor: zweisprachig.

*

Ich klicke eigentlich nicht im Sekundentakt im Internet herum. So besuchte ich erst ein paar Tage nach unserer Begegnung die Webseite von Rico: *Telekommunisten.net.* Ich staunte nicht schlecht:

> »*Telekommunisten is controlled by it's workers and committed to staying that way, we believe we can serve our customers best and at the lowest cost by remaining focused on meeting the needs of our workers and costumers not on profits for outside shareholders. Venture communism is a form of worker's self organisation which provides a model of sharing property and forming mutual capital that is compatible with anti-capitalist ideals.*«

Frei übersetzt: Wir wollen uns nicht von Weltfirmen ausbeuten lassen und sind bereit, unser Wissen und Besitz zu teilen, getreu unseren antikapitalistischen Idealen.

Ich hatte das Wort *Telekommunisten* eigentlich nicht für

bare Münze genommen, eher als Gag. Sofort sause ich zu Rico um unser Gespräch auf politischer Ebene fortzusetzen:

»Bist Du Kommunist?«

»Nein.«

»Warum heißt die Firma Telekommunisten?«

»Das ist ein Wortspiel zwischen Telekommunikation und Kommunisten. Wir sind eine kleine verschworene Gruppe in Berlin, die mit dem Mainstream kapitalistischer Unternehmen, wie Facebook und Twitter, nicht mitmachen will. Wir sind schon antikapitalistisch. Mein Kompagnon Dmitry Kleiner ist ein Star in der Branche. Wir leben von Aufträgen größerer Firmen. Aber wir arbeiten gleichzeitig an einem Projekt für ein Open Web, alternativ zu Facebook und Twitter, die uns abzocken. Klicke *auf Thimbl.net.*«

> »*Thimbl is a Manifesto for the Open Web written in code. The most significant challenge the open web will need to overcome is not technical, it is political.*
> *Welcome to Thimbl, the free open source, distributed micro-blogging plattform. I you're weary of corporations hi-jacking your updates to make money, or if being locked in to one micro-blogging platform tires you-well, then Thimbl is for you!*«

Ich schnalle sofort die Langlaufski an. Nach drei Stunden komme ich erschöpft, aber erlöst, zurück. Ist mein deutscher Nachbar ein neuer Steve Jobs?

*

Inzwischen kennen wir uns besser. Ich brauche mir in Zukunft keine Computer-Sorgen zu machen. Rico ist ein Zauberer. Wir fuhren zusammen nach Berlin, als im Sommer 2011 der Mauerbau sich zum fünfzigsten Mal jährte. Auch er hat mir eine Mauergeschichte zu erzählen. Sein Vater Hans-Jürgen erhielt Ende 1988 ein Visum, um im Jahre 1989 allein mit der behinderten Großmutter den Westen besuchen. Mutter Käthe hatte einen getrennten Antrag gestellt. Er wurde ebenfalls genehmigt. Geplant war, im Westen zu bleiben und einen Antrag auf Familienzusammenführung zu stellen. Bis es soweit war, sollte sich Onkel Christian um die beiden Kinder, Rico, 13, und Martin, 8, kümmern. Der Plan ging perfekt auf. Die Eltern blieben im Westen samt Großmutter. Beide Kinder erhielten im August das erwünschte Visum, um am 14. November 1989 in den Westen auszureisen. Rico freute sich auf Kino und Video. Der kleine Bruder blieb verunsichert. Inzwischen fiel die Mauer. Die Eltern stürzten sich nicht zurück in die DDR, um Rico und Martin abzuholen. Man weiß ja nie. Die Kinder warteten brav den 14. November beim Onkel ab. Sie sind vielleicht die einzigen Ex-DDR-Bürger, die nicht gleich von der neuen Freiheit profitierten und sich an das abgemachte Reisedatum hielten. Aber die Stasi hatte, als bekannt wurde, dass sie im Westen bleiben, sofort die Wohnung der Eltern geräumt.

Heute lebt Rico mit seiner deutsch-französischen Familie im Elsass. Er staunt allerdings nicht schlecht, als ich ihm die Kriegsbilder seiner neuen Heimat zeige. Auch das Haus, das er gekauft hat, wurde nach dem Ersten Weltkrieg neu gebaut. Das ganze Dorf war 1918 plattgeschossen. Vom Wohnzimmer aus blickt er auf die Bergkuppen vom Lingenkopf, 10.000 Tote. Von der Küche aus auf den Reichsackerkopf, 5.000 Tote. Sinnloses Gemetzel. Nie wieder.

18 Sylvie und Bernhard

Alle Grenzbewohner sind potentielle Schmuggler. Aber nicht alle Ortschaften haben eine Schmugglertradition wie Leimersheim am Rhein, südlich von Karlsruhe. Dort findet jedes Jahr ein Schmugglerfest statt. In der Nacht vom 14. zum 15. November 1811 wurde nämlich einmal mehr geschmuggelt und sogar geschossen. Der Zöllner Peter Hollander blieb am Boden liegen. Der Verdacht fiel auf fünf Jungs aus dem Dorf. Sie wurden gefasst, verurteilt und landeten hinter Gittern in Straßburg. Leimersheim gehört heute zu Deutschland. Zwischen 1801 und 1811 gehörte das Dorf zu Frankreich.

Bernhard, mit dem ich ein Bier trinke auf der Terrasse des *Bistro des Vosges* in Munster, wuchs in Leimersheim auf. Er ist mit Sylvie verheiratet. Sie ist Bretonin. Der Pfälzer ist von Beruf Graphiker und konzipiert Image-Werbung. Inzwischen hat er sich allerdings auf die Malerei konzentriert: zeitgenössisch. Das Elsass war ihm damals nicht fremd genug. Er suchte die Weite und die hieß Lassay-les-Châteaux, Département Mayenne, Pays de la Loire. Französisch lernte er vor Ort, als Barkeeper in der Diskothek *l'attraction*, eine Anspielung auf die *Traction*, das mythische Modell von Citroën, das früher in allen französischen Gangsterfilmen, von Lino Ventura bis Alain Delon, zu bewundern war. Er entwarf das Logo der Disco, ein Kotflügel der Gangsterkutsche.

Er lernte Sylvie kennen. Die Lehrerin, die aus der Bretagne stammt, verliebte sich sofort in den jungen deutschen Künstler. Sie verbrachten glückliche Jahre *dans la France profonde*, wie die französische Provinz von den Parisern bezeichnet wird. Ein paar Lehrer-Stellen wurden im Elsass frei. Bernhard recherchierte für seine Frau. Sie entschieden sich für Munster.

Zwei Kinder, Eloan und Hannah, wachsen zweisprachig im Vogesental auf. »Das Magnet Elsass war stärker als die Bretagne«, kommentiere ich. Bernhard zuckt: »Vielleicht unterbewusst, die Nähe zum Rhein.«

19 Danièle und Eberhard

Eberhard strahlt Ruhe und Gelassenheit aus. Man vertraut ihm auf den ersten Blick. Kein Draufgänger. Wenn ich einen Anwalt bräuchte, würde ich blind seinen Ratschlägen folgen. Er hatte Devorah und Wolfgang, das Liebespaar aus Oberfranken, Hautärztin und Philosoph, das sich kurz im Elsass verirrt hatte, mit Erfolg gegen Abzocker verteidigt.

Was seine Klienten kaum wissen, ist: der deutsche Anwalt ist ein Pionier. Genau einen Tag nach dem Inkrafttreten des europäischen Binnenmarktes, am 1. Juli 1993, überquerte er den Rhein und öffnete seine Kanzlei in Straßburg. Inzwischen soll es mehrere hundert deutsch-französische Anwälte in Frankreich geben. Aber Eberhard war der erste.

*

Am 2. Juni 2011 trafen sich 1.500 deutsche Anwälte in Anwesenheit der deutschen Justizministerin Sabine Leutheusser-Schnarrenberger in Straßburg, um ihr jährliches Seminar abzuhalten. Michel Mercier, der französische Justizminister, hieß sie willkommen in der »wunderschönen Stadt«. Daniel Cohn-Bendit war Gastredner und plädierte für eine europäische Regierung. Thema der Tagung: »Anwälte in Europa. Partner ohne Grenzen.« Eine Premiere seit 1945.

Eigentlich war das Elsass sowohl für deutsche als auch für französische Juristen schon immer ein willkommenes Experimentierfeld: Für die Deutschen lautete die Frage: »Wie macht man aus französisch gewordenen Alemannen – nach dem Westfälischen Frieden (1648) – deutsche Staatsbürger?« Für die Franzosen lautete die Frage: »Wie macht man aus deutschen Elsässern französische Staatsbürger?« Die französischen Juristen brauchten nach dem Sieg des Sonnenkönigs ein gutes Jahrhundert, und zwar bis zur Französischen Revolution 1789, um den Elsässern Paris schmackhaft zu machen und ihre deutschen Marotten wie regionale Demokratie auszumerzen. Nach dem deutsch-französischen Krieg (1870/71) wurden die Elsässer laut Frankfurter Vertrag (10. Mai 1871) offiziell deutsche Staatsbürger und Elsass-Lothringen wurde zum Reichsland ausgerufen. Wer lieber französischer Staatsbürger blieb, durfte optieren, musste aber das Elsass verlassen. Damals führte Berlin den sogenannten »Diktaturparagraphen« ein, der erst 1902 außer Kraft gesetzt wurde. Die Eingliederung des Elsass ins junge Deutsche Reich war ein Genuss für Juristen. Die Entwicklung kulminierte am 26. Mai 1911 in einer bescheidenen Autonomie. Das neue Landesparlament bestand aus zwei Kammern. Die Erste bildeten vierzig vom Kaiser und den Ständen ernannte Mitglieder. Die zweite Kammer zählte sechzig vom Volk gewählte Abgeordnete.

Die französischen Juristen waren nach dem Ersten Weltkrieg wieder an der Reihe. Sie versuchten über Nacht aus den Elsässern vollwertige Franzosen zu machen, um jegliche Volksbefragung, wie vom amerikanischen Präsidenten Wilson gewünscht, zu verhindern. Sie tüftelten clevere Einbürgerungstest aus: A, B, C, D. *Patr'idioten* hatten Hochkonjunktur. Die Juristen teilten die Elsässer je nach ethnischer Herkunft auf. Eine Mode, die immer wieder aktuell ist. »Ab wann ist man Franzose?«

Als Hitler 1940 das Elsass in den Gau Baden integrierte, hatten die deutschen Juristen wieder ihren Spaß. »Wie macht man aus französischen Alemannen, auch wenn man sie als Volksdeutsche betrachtet, vollwertige Reichsdeutsche?«

Nach 1945 kamen die französischen Juristen erneut ins Spiel. Da ich am 22. Juni 1944 auf die Welt kam, wollte ich wissen, ab wann ich Franzose wurde. Am 3. Februar 1945, Befreiung von Stosswihr im Münstertal? Oder am 8. Mai 1945, Kapitulation der Wehrmacht? Jean-Marie Woehrling, Jurist und Experte der elsässisch-deutsch-französischen Juristerei, schickte mir ein Bündel von Texten. Ein Paragraphen-Dschungel, der seinesgleichen sucht. Die juristische Wende fand statt, bevor mein Dorf befreit war. *Ordonnance du 14. septembre 1944*. Paris war befreit: da baute die französische Regierung per Dekret die deutschen Gesetze von 1940 ab. Ich wurde also auf dem Papier als Franzose geführt, bevor ich es in Wirklichkeit war, da die Deutschen im September 1944 das Elsass noch fest im Griff hatten. Juristisch gesehen hatte ich ein Doppelleben. Die Situation grenzt ans Paranormale. Elsässischer Surrealismus.

Es dauerte noch Jahre nach dem Krieg, bis alles geregelt war. Zum Beispiel: »Was machen aus den Erbschaftsgesetzen, die die Nazis eingeführt hatten?«

Als ich 2001 in Munster heiratete, brauchte ich eine Geburtsurkunde. Ich erhielt ein schönes Blatt Papier, *extrait de naissance* genannt, mit allen Angaben auf Französisch. Die Geburtsurkunde war eine Übersetzung der Originalurkunde aus der Hitlerzeit. Kosten der Übersetzung: 350 Francs. Ich verweigerte mit Erfolg die Zahlung und verlangte, die Originalurkunde einzusehen. Auf der deutschen Originalurkunde, einen Tag nach meiner Geburt ausgestellt, also am 23. Juni

1944, las ich auf Deutsch: »Münster, den 23 Juni. Die Marie Luise Graff, geborene Buhl, evangelisch, wohnhaft bei ihrem Ehemann, Ehefrau des Hilfsmonteurs Martin Graff, evangelisch, wohnhaft in Stossweier-Ampfersbach Nr. 117, hat am 22. Juni 1944 um 19 Uhr 45 Minuten zu Münster, Mühlgasse 6, einen Knaben geboren. Das Kind hat die Vornamen erhalten Georg Martin, Eingetragen auf schriftliche Anzeige der Leiterin des Hospiz Loewel.« Handschriftliche Ergänzung auf Französisch: »*Graff, Georges Martin, adopté par la nation en vertu d'un jugement rendu par le tribunal civil de Colmar, le cinq mai mil neuf cent cinquante-quatre: le vingt-trois juin mil neuf cent cinquante-quatre. Le Maire, Jean Roess.*«

Die glorreiche Nation brauchte also ziemlich genau zehn Jahre nach Kriegsende, um mich zu adoptieren. Ich bin *Pupille de la Nation,* die Nation ist mein Patenonkel, obwohl mein Vater in deutscher Uniform gefallen ist. Ich bedanke mich.

*

Eberhard war beim Treffen der deutschen Anwälte in Straßburg nicht dabei. Er pflegte seinen Garten im Kochersberg, ein Stück elsässische Erde, das auch schon der letzte deutsche Kaiser besucht hatte. Mein Freund wäre ein geeigneter Anwalt gewesen, um über das Thema »Partner ohne Grenzen« zu sprechen. Aber Propheten sind bekanntlich nicht nur im eigenen Land unerwünscht, auch im eigenen Beruf werden sie oft übersehen. Außerdem ist Eberhard kein Mensch, der sich auf die Bühne der Öffentlichkeit drängen würde.

Ich habe Eberhard gefragt, ob es Unterschiede gibt zwischen deutschen und französischen Anwälten? »Und wie!«, antwortete mein Freund. »Die Rhetorik spielt eine größere Rolle bei französischen Kollegen. Wer nicht eloquent ist, sieht alt aus. Wir Deutschen machen weniger *effets de manche*, bleiben sachlicher.« Dies wird seine französischen Kollegen freuen. Aber jetzt kommt die Retourkutsche. »Die deutsche Ausbildung ist besser!«

Der Anwalt ist mit Danièle aus Tours verheiratet. Sie arbeitet als Richterin in Nizza. Die drei Söhne, Marc-Antoine, Emmanuel und Raphael, sind zweisprachig aufgewachsen und scheffeln die Diplome wie Sand am Meer, um die Burg Europa nicht als Festung, sondern als Aussichtspunkt zu bauen. Sie fühlen sich in beiden Sprachen und Kulturen wohl. Alle sprechen außerdem Englisch und Marc-Antoine sogar Russisch.

*

Nicht alle Eltern sind so offen. Anita ist Deutsche, der Mann, François, Franzose. Sie leben in meinem Tal. Ihre Tochter Françoise möchte sich heute in Berlin etablieren, spricht aber kein Deutsch. Sie wirft ihrer Mutter vor, dass sie nie mit ihr Deutsch sprach. Antwort der Mutter: »Du bist halt auch ein Opfer des Zweiten Weltkrieges, meine Schwiegereltern wollten nicht, dass ich Deutsch mit meinen Kindern spreche!«

Außerdem glaubte Anita an ein im Elsass weitverbreitetes Märchen: »Zweisprachigkeit ist psychologisch schädlich, zum Schluss spricht das Kind weder die eine noch die andere Sprache korrekt.« Julien, ihr Sohn, ist ebenfalls sauer auf die Familie, weil er nicht zweisprachig erzogen wurde.

Die Widerstände im Elsass sind nicht zu unterschätzen. Ein Berater des elsässischen Bildungsministers schreibt hemmungslos: »Hochdeutsch und Elsässisch haben sprachlich nichts miteinander zu tun. Es handelt sich um Fremdsprachen!« Der Berater ist ein elsässischer *Patr'idiot*. Die zweisprachigen Experimente – dreizehn Stunden Unterricht auf Deutsch, dreizehn auf Französisch – sollen reduziert werden, beziehungsweise die Unterrichtstunden auf Deutsch zugunsten der auf Französisch verringert werden. Immer wieder sperren sich im Elsass Lehrer und Eltern gegen die deutsch-französische Zweisprachigkeit und befürworten lieber Spanisch statt Deutsch. Medienwirksame Proteste gegen den *Patr'idiotismus*, wie in Korsika, im Baskenland oder in der Bretagne gibt es nicht. Elsässer bleiben Schlafmützen.

Es gibt immer noch kein deutsch-französisches Gymnasium in Straßburg. Es gibt dennoch eine Schule für die Kinder der internationalen Organisationen, sprich Europarat oder Europäischer Gerichtshof für Menschenrechte. Davon profitieren einige Elsässer. In Saarbrücken und in Freiburg findet man dagegen je ein deutsch-französisches Gymnasium.

Die elsässische *Intelligenzija* ist links orientiert und antideutsch. Da ich für die deutschen Medien tätig bin, gelte ich bei manchen Kommilitonen als prodeutsch. »*Martin, tu n'aimes pas la France!*« Stimmt: Ich liebe meine Frau. »Bundespräsident Gustav Heinemann hat auch mal gesagt: Ich liebe nicht Deutschland, sondern meine Frau!«, flüstert mir ein Freund aus Freiburg ins Ohr.

Träume sind erlaubt, aber mit anderen Voraussetzungen als gestern und heute. Die Zukunft liegt in den Händen der zweisprachigen Kinder, erzogen durch deutsch-französische Ehepaare. Einige habe ich erwähnt, aber es gibt noch viele mehr. Ich kenne davon schon eine ganze Menge, Emmanuel, Raphael, Valentine, Frédéric, Peter, Caroline und so weiter. Viele besuchten in Freiburg das Deutsch-Französische Gymnasium. Wie sagte mir Olivier aus der Pfalz, Mutter Französin, Vater Deutscher? »*Premièrement, je suis de cœur français. Deuxièmement mon âme est allemande. Troisièmement mon esprit est européen!*« Bernadette, Mutter Deutsche, Vater Franzose, formuliert es umgekehrt: »Erstens, mein Herz ist deutsch. Zweitens, meine Seele ist französisch. Drittens, mein Geist ist europäisch!« Auf den dritten Punkt kommt es an.

20 Stéphanie und Peter

In Colmar findet ein trinationales Treffen statt. Als Dichter habe ich da nichts verloren, aber als Journalist gebe ich mir hin und wieder einen Ruck. Vielleicht wird was dabei rauskommen? Selbst in der langweiligsten Versammlung kann man auf eine interessante Person stoßen. Schweizer, Deutsche und Franzosen sind anwesend. Charles Buttner, Chef des *Département du Haut-Rhin*, lobt die Zusammenarbeit der deutsch-französischen Polizei. Ich melde mich zu Wort:

»Alles wunderbar, *Monsieur le Président* (in Frankreich gibt es eine Inflation von *présidents* und *directeurs*, das psychologische Pendant zum deutschen Doktortitel), aber die deutschen und französischen Handschellen haben unterschiedliche Schlüssel, was eine zügige Festnahme der Verbrecher bremst. Verliert der französische Polizist seinen Schlüssel, kann der deutsche Polizist ihm mit seinem Schlüssel nicht aushelfen!« Das Publikum lacht und *Monsieur le Président* ist beleidigt. Er glaubt an einen Witz, dabei stimmt meine Information. Deutsche und französische Handschellen sind nicht kompatibel.

Während der Veranstaltung beobachte ich eine junge Frau. Sie spricht perfekt Deutsch und Französisch. Beim Umtrunk spreche ich sie an. Visitenkarten-Austausch. Stéphanie Fuchs, *Chef du Service de l'Action Internationale, Transfrontalière et Européenne.* Also Chefin der grenzüberschreitenden Beziehungen. Wir verabreden uns. Stéphanie, 40, stammt aus einer deutsch-französischen Ehe; Vater Deutscher, Mutter Französin, aus dem Elsass. Die Familie pendelte aus beruflichen Gründen zwischen Frankreich und Deutschland, mit einem Abstecher nach Kanada. Als sie im Elsass in die Grundschule ging, wurde sie – in den siebziger Jahren – als *boche* abgestempelt. Ein Armutszeugnis für die Elsässer. Stéphanie hat alles überlebt. Die Beamtin ist mit Sylvain, einem Zahnarzt aus dem Elsass, verheiratet. Alle drei Kinder, Margot, Lucile und Jeanne, sind zweisprachig. Stephanie besitzt die doppelte Staatsbürgerschaft und strebt sie auch für ihre Kinder an. Heute arbeitet sie an der Entstehung einer europäischen Metropolregion, die beide Seiten Oberrheins einbezieht. »Es handelt sich um eine neue Art und Weise zu denken! Mit den Kollegen aus Deutschland und der Schweiz bündeln wir unsere Kräfte um den Bürgern den Alltag zu erleichtern.« Keine leichte Aufgabe, weil Paris, Berlin und Bern oft die Projekte bremsen.

Ich bitte sie um ein konkretes Beispiel: Was könnte man bis zum Jahr 2020 erreichen?

»PET-scan!«

»PET-scan?«

»Es handelt sich um Krebsuntersuchungen. In Straßburg gibt es eine Einrichtung, in Colmar keine, in Freiburg drei. Es mangelt an Kooperation. Im Elsass gibt es viel zu lange Wartezeiten. Aber die Ärzte sehen es nicht gern, wenn Patienten in Freiburg behandelt werden. Ich war selbst davon betroffen, als meine Mutter krank wurde. Man wollte sie nicht nach Freiburg gehen lassen und in Straßburg war die Wartezeit zu lange. Schließlich klappte es doch, weil ich es schaffte Druck auszuüben. Das können aber nicht alle.«

»Die französische Sozialversicherung ist die beste in der

Welt«, wiederholen die französischen Politiker jeglicher Couleur ununterbrochen. Das Problem ist nur, dass sie Pleite ist. Allein die elsässische Sozialversicherung, ein Erbe der Kaiserzeit, fährt Gewinn ein. Nach dem Ersten Weltkrieg, als das Elsass zu Frankreich zurückkam, blieb das Versicherungssystem vom Pariser Modell abgekoppelt. Ich frage mich jeden Morgen, wieso die Pariser unser Modell nicht übernehmen. Eine Antwort auf die Frage habe ich noch nicht gefunden.

Eine letzte Frage an Stéphanie:

»Ein Traum für das Jahr 2100?«

»Alle AKWs abschalten!«

*

Peter Kuhn, 45, übt eine ähnliche Tätigkeit im Landratsamt Breisgau-Hochschwarzwald aus. Er war auch in Colmar anwesend, als ich Stéphanie zum ersten Mal begegnete. Den zweisprachigen Badener aus Sexau kenne ich allerdings schon länger. Nach dem Abitur im Goethe-Gymnasium studierte er an der Fachhochschule von Kehl und wurde Beamter in Karlsruhe, Baden-Württemberg. In den achtziger Jahren zog es ihn nach Frankreich, wo er deutsch-französische Treffen mitorganisierte, sei es von den elsässischen Kirchen aus oder mit dem Deutsch-Französischen Jugendwerk. Schließlich fand er seinen Weg in der grenzüberschreitenden Zusammenarbeit. Die Initialzündung seiner Frankreich-Liebe hat er seiner Mutter Elsbeth zu verdanken. Sie arbeitete nach dem Krieg als Näherin in Emmendingen und befreundete sich mit Hélène, der Frau eines französischen Besatzungsoffiziers. Beide Familien sind bis heute befreundet. Seine Frau Waltraud spricht nicht Französisch, aber beide Kinder, Pascal und Alice, sind auf dem besten Wege zweisprachig zu werden.

Sein Traum für 2020: »Eine zweisprachige europäische Metropolregion Oberrhein«, die ohne Paris und Berlin auskommt. Peter fordert neue juristische Strukturen und eine breitgefächerte zweisprachige Ausbildung von dem Kindergarten bis zur Universität.

»Für das Jahr 3000?« – »Eher für 2100«, korrigiert Peter meine Frage. »Eine Volksumfrage am Oberrhein. Der erste Präsident der neuen Oberrheinrepublik wird ein Elsässer sein. Die Region erhält einen Autonomiestatus, bleibt aber natürlich in die EU eingegliedert. Wir werden weltweit für Furore sorgen, nach dem Beispiel der Stromrebellen von Schönau. Unser Ziel: die erneuerbaren Energiequellen im abgeschalteten AKW Fessenheim zu installieren, als Symbol einer neuen Welt.«

Hüben und drüben gibt es also Beamte mit Visionen. Hoffentlich bekommen die Chefs von Stéphanie und Peter diese Zeilen nie zu lesen. »*Mais il est permis de rêver*«, wie der Poet sagt.

21 Jo Nesbø und Arto Paasilinna im Elsass

Ich lese grundsätzlich jedes Buch des norwegischen Autors Jo Nesbø, genauso wie Bücher von Paul Auster, Eric-Emmanuel Schmidt, Otto Jägersberg, Dieter Wellershof, Bernhard Schlink, Michel Tournier oder Johannes Willms. Ich kann es nicht erklären, außer dass sie mir gefallen.

»Rotkehlchen« von Nesbø, habe ich auf Französisch gelesen: »*Rouge-gorge*«. Die Geschichte hat mit dem Zweiten Weltkrieg zu tun. In Norwegen gab es Zwangsrekrutierte wie im Elsass, aber auch Freiwillige, die in der Wehrmacht oder in der Waffen-SS kämpften. Harry Hole, der Kommissar von

Nesbø, hat es mit mehreren Morden zu tun, deren Motive in der Nazizeit zu suchen sind. Eine komplizierte Geschichte über Identitätswechsel, Racheakte, Kollaboration, Fälschung.

Ich stoße auf folgenden Satz: »*Sennheim, dans cette chaude et belle Alsace allemande.*« – »Sennheim im schönen, warmen deutschen Elsass.« Sennheim? Dort befand sich laut Autor während des Krieges ein Trainingslager der Waffen-SS, in dem auch Norweger ausgebildet wurden. Noch nie davon gehört.

Sennheim? Hört sich an wie Sessenheim, wo Goethe die Pfarrerstochter Friederike verführte, als er die Straßburger Universität besuchte. Welcher Franzose, gar Elsässer, kommt schon darauf, dass Sennheim heute Cernay geschrieben wird? Ich weiß es rein zufällig. Das KZ Struthof war mir natürlich bekannt, auch die Napola (Eliteschule der Nationalsozialisten) in Rouffach, aber nicht das Ausbildungslager der Waffen-SS in Cernay/Sennheim, untergebracht in der Institution Saint-André, einem Heim für Behinderte. Cernay wird heute als das Land der Störche gepriesen, *le pays des cigognes*, die überall im Elsass die Touristen amüsieren, klappern sie doch mit ihrem Schnabel wie ein Orchester von Kastagnettenspielern.

Jean-Pierre Bevilacqua unterrichtete ab 1970 Geschichte im Gymnasium von Cernay. Auch er wusste nichts vom Ausbildungslager der Waffen-SS. »Es gab Gerüchte, aber niemand sprach darüber. Das Thema war tabu«, sagt er mir. Heute ist der pensionierte Lehrer »*Président de la société d'histoire*« und weiß mehr. Über 11.000 Waffen-SS-Soldaten haben das bildhübsche Städtchen am Fuß der Vogesen zwischen 1940 und 1944 kennengelernt. Auszubildende und Ausbilder der Waffen-SS. Die Offiziere hatten sich die schönsten Villen unter den Nagel gerissen. Bei einer solchen Zahl von Deutschen gab es auch Kollaboration mit den Besatzern. Deshalb die Omertà nach 1945.

Das Institut pflegte 600 Behinderte. Ich denke natürlich sofort an das Schicksal der 200 Kinder von Grosshennersdorf in Sachsen, die umgebracht wurden. Aber Professor Bevilacqua beruhigt mich: Alle Behinderten wurden samt Personal noch vor der Ankunft der Nazis nach Auch, im Südwesten Frankreichs, evakuiert. Sie hatten Glück im Unglück. Die Pläne der Evakuierung waren schon in den dreißiger Jahren geschmiedet worden. Die Armee wollte im Falle eines Krieges mit dem Deutschen Reich das Institut zum Lazarett umfunktionieren. Es war wohl der einzige Fall, in dem die französische Armee etwas vorausgesehen hat.

Damals hatte sich Charles de Gaulle unbeliebt gemacht, hatte er doch in seinen Denkschriften für Mobilität plädiert, gar für den Einsatz von Panzern. Die französische Generalität bevorzugte dagegen die berühmte Maginot-Linie, die nie zur Geltung kam, da die Wehrmacht sie ignorierte und über Belgien nach Frankreich eindrang.

Die Deutschen benutzten das Heim zunächst als Transitlager für Juden und frankophile Elsässer, die 1940 nach Frankreich abgeschoben wurden. Später trafen Waffen-SS-Anwärter aus ganz Europa, auch aus Norwegen, in Sennheim/Cernay ein. Die blutige Abrechnung alter Kämpfer, die Dreck am Stecken hatten, nahm im Elsass ihren Lauf. Die Mitglieder der norwegischen Waffen-SS, die Kommissar Harry Hole verfolgt, waren Freiwillige. Auch Franzosen kamen freiwillig zur Waffen-SS nach Sennheim/Cernay, um dem deutschen Führer zu dienen. Ich kann es nicht fassen, als ich im Internet einen Bericht finde: »*Sennheim porte de l'avenir*« (Sennheim, Tor zur Zukunft), von einem gewissen Philippe Merlin, der sich als SS-Unterscharfführer ausgibt. Für ihn war die Waffen-SS die Elite Europas und die Juden galt es zu vernichten. Wieso ist so eine Propaganda heute überhaupt möglich?

Kommissar Harry Hole hatte auch nie was von Sennheim gehört. Er verfolgte die Spur einer Waffe, Typ Märklin, mit der man aus einer Entfernung von 500 Metern eine Stahltür wie Butter durchbohrte, bis nach Johannesburg in Südafrika. Der Käufer: ein Unbekannter, Codename Urias. Hochner, ein internationaler Waffenhändler, hatte vermittelt. Inzwischen war er in Gewahrsam der südafrikanischen Polizei. Hole war beim Verhör dabei. Die Familie Hochner stammte aus dem Elsass, so hatte Urias beim Waffenkauf Sennheim im Elsass erwähnt, wo er als Norweger in einem Trainingslager der Waffen-SS während des Zweiten Weltkrieges ausgebildet worden war. Hole hatte daraufhin vergeblich in einem deutschen Atlas nach Sennheim gesucht, weil er das Elsass, genauso wie Nicolas Sarkozy in seiner Neujahrsansprache in Truchtersheim, Deutschland zuordnete. Später klärte ihn ein Historiker auf: »Warum sie Sennheim in keinem deutschen Atlas gefunden haben, ist auch einfach zu erklären: Sennheim liegt nicht in Deutschland, sondern im Elsass, in Frankreich.«

»Aber …«

»Das Elsass war in der Vergangenheit mal französisch, mal deutsch, deshalb spricht man dort Deutsch.«

1999 erschien in einem elsässischen Verlag eine Dokumentation: »*Cernay 40–45. Sennheim. Le SS-Ausbildungslager de Sennheim*«, von Henri Mounine. Als ich das Buch bei der *Société d'histoire* von Cernay-Sennheim abholte, erfuhr ich, dass weder Autor noch Verleger in Cernay erschienen sind um es vorzustellen. Es gab auch keine öffentliche Debatte über den Inhalt. Die Omertà funktioniert weiter. Sowohl der Verleger als auch der Autor sind inzwischen verstorben.

Nicht genug. Es wurde in Cernay auch ein Außenlager des KZ Struthof gebaut. Ich schaue mir die Fotos mit Professor Bevilacqua genau an. An die hundert Bilder vom Besuch eines dickbäuchigen SS-Generals. Picknick-Ambiente im Schatten der Obstbäume. Der Historiker weiß nicht, um wen es sich handelt. Zu Hause entdecke ziemlich schnell die Identität des Besuchers: Gottlob Berger, eingefleischter Nazi, Himmlers Freund. In Nürnberg wurde er zu zwanzig Jahren Gefängnis verurteilt. 1951 wurde die Strafe auf zehn Jahre reduziert, aber er verließ das Gefängnis noch im selben Jahr und starb 1975 gemütlich zu Hause in Stuttgart.

Das SS-Ausbildungslager von Cernay-Sennheim sorgte für noch einen einmaligen Vorfall: Im Herbst 1943 wurden 300 Studenten, die des Widerstandes bezichtigt wurden, in Oslo festgenommen. Die Nazis glaubten an die Möglichkeit einer ideologischen Umschulung, sahen sie doch so verdammt gut aus, die arischen Musterknaben aus dem hohen Norden. Mehr als 250 trafen im Elsass ein, um in Sennheim ausgebildet zu werden. Aber es war nichts zu machen. Die jungen Norweger beugten sich nicht. Einige starben vor Ort. Auf dem Rückzug über den Rhein bei Burkheim verweigerten sie wieder einmal die Befehle. Sie lehnten es ab zu kämpfen. Die Überlebenden staunen heute noch, dass sie nicht vor Ort alle erledigt wurden. Schließlich landeten sie in Buchenwald, wurden in Neuengamme mit anderen skandinavische KZ-Gefangenen zusammengeführt. Heinrich Himmler hatte damals mit dem Vertreter des Roten Kreuzes, Folke Graf Bernadotte, verhandelt. Er wollte eigentlich nur seine eigene Haut retten. Immerhin entkamen dadurch über 20.000 Menschen, darunter die norwegischen Studenten, die das Elsass zwangsweise in der Waffen-SS-Uniform entdeckt hatten, dem sicheren Tod. Als Hitler vom Alleingang Himmlers hörte, wurde er aus der Partei ausgeschlossen und aus allen seinen Ämtern ausgestoßen. Das geschah einen Tag vor dem Selbstmord des Führers.

*

Jo Nesbø ist nicht der einzige Autor aus dem hohen Norden, der sich mit dem Elsass beschäftigt. Auch für den Finnen Arto Paasilinna hat die Landschaft zwischen Rhein und Vogesen etwas zu bieten, wie der Leser es im Roman »Der wunderbare Massenselbstmord« erfährt. In der französischen Version trifft der Titel besser zu: »*Petits suicides entre amis*« (Kleine Selbstmorde unter Freunden). Die skandinavischen Selbstmordkandidaten unternehmen in einem neuen Pullman-Bus noch eine letzte Europareise, bevor es ernst wird. Auf dem Wege nach Portugal, wo sie am Ende der Welt mit dem Bus in den Atlantik stürzen wollen, verbringen sie eine Woche im Schwarzwald, ein paar Kilometer von der französischen Grenze entfernt. Sie erholen sich von einer Schlägerei mit Skinheads in Hamburg.

Hellevi Nikula aus Senäjoki, Bankangestellte, Leena Mäki-Vaula, Briefträgerin aus Haukipudas und Lisbeth Korhonen, Friseurin in Espoo, entscheiden sich, ohne den anderen Selbstmordkandidaten etwas zu sagen, noch schnell über den Rhein zu fahren und das französische Elsass zu besuchen. Dort verbringen sie acht fantastische Tage, bewegen sich von einem Weinfest zum anderen und werden von sämtlichen Weinbauern, die sich alle als unverheiratet ausgeben, mit französischem Charme angebaggert. In Ostheim, Bergheim, Ribeauvillé und Riquewihr werden sie glatt als Weinköniginnen gefeiert. Die eifersüchtigen elsässischen Winzerfrauen halten es nicht mehr aus und schalten die Polizei ein. Die Finninnen werden des wiederholten öffentlichen Ehebruchs bezichtigt. Schließlich landen die drei überdrehten finnischen Selbstmordkandidatinnen in einer hässlichen Betonzelle des Colmarer Kommissariats. Oberst Kemppainen und Schuldirektorin Helena Puusaari, verantwortlich für die Busfahrt, spüren sie in Colmar auf. Die Reise kann nach Süden fortgesetzt werden.

22 Hügel und Söhne oder *Hugel et Fils*

Es trifft sich gut. Mein nächster Termin ist Riquewihr, wo die finnischen Selbstmordkandidatinnen die Weinbauern verführten. Im elsässischen Märchendorf, bis nach Amerika bekannt, wohnt die Familie »*Hugel et Fils*«, Weinbauern seit 1639. Damals hieß Riquewihr noch »Reichenweiher« und die Weinfamilie »Hügel und Söhne«. Das Elsass gehörte zum Heiligen Römischen Reich Deutscher Nation. Ab 1648, als Louis XIV. das Elsass als *Banlieue* von Versailles nach Westen holte, hieß die Firma fortan »*Hugel et Fils*«. Zwischen 1870 und 1918 wieder »Hügel und Söhne«. Bis 1940 erneut »*Hugel et Fils*«, zwischen 1940 und 1945 »Hügel und Söhne«, ab 1945 bis heute »*Hugel et Fils*«. Als elsässischer Weinbauer sollte man die Flaschen-Etiketten beim jeweiligen Regimewechsel nie vernichten und sorgfältig aufbewahren. Zehntausende von Weinflaschen neu umbenennen, kostet viel Geld, abgesehen vom Arbeitsaufwand: französisches Etikett weg, deutsches draufkleben und umgekehrt.

Die Geschichte der Familie Hugel habe ich im Buch der Amerikaner Don und Petie Kladstrup entdeckt: »Wein & Krieg. Bordeaux, Champagner und die Schlacht um Frankreichs größten Reichtum«. Im Weinkrimi erfahren wir, dass Hitler Weinspezialisten nach Frankreich entsandt hatte, um die besten Weine nach Deutschland zu holen, obwohl er selbst keinen Wein trank. Die Franzosen tauften sie umgehend »Weinführer«. Die Herren verstanden in der Tat was vom Wein. Einige unter ihnen verbargen nicht ihre frankophile Neigung. Adolph Segnitz zum Beispiel, zuständig für das Burgund, sprach sehr gut Französisch. Seine Eltern besaßen vor dem Ersten Weltkrieg mehrere Weingüter in der Nähe von Bordeaux: Château Chasse-Spleen und Château Malescot Saint Exupéry. Beide wurden nach dem Krieg vom französischen Staat konfisziert.

Die Franzosen versuchten natürlich, die Deutschen übers Ohr zu hauen. Manche »Weinführer« drückten sogar ein Auge zu, weil ihnen klar war, dass die Deutschen an der Front oder in der Heimat in der Regel keine Wein-Gourmets waren.

Die Weinfamilie Hügel war ab sofort mit mehreren Problemen konfrontiert. Das Elsass galt fortan wieder als deutsches Gebiet. Die französische Kundschaft fiel aus. Wie alle elsässischen Winzer mussten die Hügels jetzt den deutschen Markt beliefern, zu Konditionen, die Ihnen von den Nazis diktiert wurden. Natürlich lieferten sie den schlechtestmöglichen Jahrgang. Der Zufall wollte, dass 1939 ein sehr schlechter Jahrgang war – was die Hügels nur freuen konnte. Den Soldaten an der Front war der Jahrgang sowieso wurscht. Jeder Schluck war willkommen, um die Grausamkeiten des Krieges zu vergessen.

Die Familie Hügel hatte ein zweites Problem. Sie galt nicht nur als frankophil, sondern auch noch als deutschfeindlich.

Obwohl Vater Emile, lange Jahre Bürgermeister des Weindorfes, unter der Kaiserherrschaft im Elsass aufgewachsen war. Als *Maire* empfing er nach dem Krieg Marschall Joffre zu Hause. Es gibt Bilder, die Mutter Sophie in Riquewihr, am 19. August 1919, an der Seite von Raymond Poincaré, *Président de la République* samt Frau zeigen.

Die Nazis waren bestens darüber informiert. Eine Kusine aus Gunsbach, wo Albert Schweitzer zu Hause war, hatte die Familie bei der Gestapo denunziert: »Sie reden nur französisch zu Hause«, was strikt verboten war. Zwei der drei Kinder, Georg (Georges) und Hans (Jean) Hügel, wurde für die Wehrmacht zwangsrekrutiert. Sich weigern hätte die Eltern im Namen der Sippenhaft als Zwangsarbeiter ins Reich befördert. Das wollten die Kinder Vater und Mutter nicht antun.

Wie viele elsässische Familien hatten die Hügels auch Verwandte in Deutschland. Der Bruder von Jeans Mutter, Martin, war Vertreter der Schweizer Firma Maggi in Berlin. Die Mutter der Kinder Hügel war sogar in Berlin geboren. André, der jüngste der drei Kinder, der mich heute empfängt, hatte 1936, als Siebenjähriger, während eines Urlaubs bei Onkel und Tante mit dem Zug von Hermann Göring spielen dürfen. Die Familie wohnte in einem Berliner Nobelviertel, neben dem damaligen Botschafter André François-Poncet, dessen Sohn Jean sich nach dem Krieg für die deutsch-französische Versöhnung engagierte.

André Hugel, der Jüngste, wurde nicht in den Krieg eingezogen. Heute leitet er mit seinen zwei Söhnen, Jean und Frédéric Etienne, den Weinbetrieb und schreibt ein Buch nach dem anderen über die zwangsrekrutierten Elsässer. Aber der Weinhändler erinnert an die Vergangenheit, um eine friedliche Zukunft zu schaffen. Zusammen mit Eberhard Neher und Wolfgang Krebs schrieb er: »Wir waren Feinde«. Die Schlacht von Dezember 1944 ging als »*Poche de Colmar*« in die Geschichte ein. Straßburg war schon befreit, aber hier in den Weinbergen starteten die Deutschen eine hilflose Gegenoffensive. »Unser Kennenlernen nach so vielen Jahren empfinden wir als Verpflichtung, endlich an die Opfer dieser sinnlosen Kampfhandlung im Elsass zu erinnern«, lese ich in den Memoiren der Kämpfer.

*

Um ein Haar gäbe es den Betrieb der Familie Hugel nicht mehr. Die Gestapo drohte mehrfach mit Schließung. Irgendwie überlebten aber alle. Georges, der Älteste, verwundet an der Ostfront, kam 1944 verletzt in die Heimat zurück und beendete den Krieg gar in der französischen Armee. Die Kapitulation erreichte ihn am Bodensee, wo sein Bruder Jean immer noch in der Wehrmacht kämpfte. Fast hätten sich beide noch gegenseitig umgebracht. Obwohl André, wie die gesamte Familie, frankophil ist bis auf die Knochen, verschlägt es ihm die Sprache, als ich die übliche Frage stelle: »Sprechen ihre Kinder elsässisch?« »Nein!« Nach einer längeren Pause: »Was habe ich falsch gemacht?« Wie die Mehrheit der elsässischen Eltern nach 1945 hat André es nicht geschafft, seine Muttersprache an seine Kinder zu vererben.

In der Chronik der Familie Hugel entdecke ich im Tagebuch des Vaters, datiert Ende 1921, folgenden Satz auf Französisch: »*Maintenant, posons la question, l'administration française en Alsace et en Lorraine, a-t-elle donné satisfaction aux habitants de ces provinces? C'est la tête baissée que je dois répondre par un gros NON.*« (Stellen wir die Frage, hat die französische Verwaltung den Erwartungen der Elsässer und Lothringer entsprochen? Mit gesenktem Haupt muss ich die Frage mit einem dicken NEIN beantworten.)

Eric-Emmanuel Schmitt, der meistgelesene französische Autor in der Welt, stellt in seinem Roman »Adolf H. Zwei Leben« (*La Part de l'autre)* zwei Hitler vor. Den einen kennen wir aus der Geschichte. Er hat Millionen von Menschen auf dem Gewissen. Der andere zieht als Maler nach Paris und lebt dort ein Boheme-Dasein. Wenn Hitler nur ein Hirngespinst geblieben wäre und der Zweite Weltkrieg nur in der Literatur stattgefunden hätte, kann man ernsthaft davon ausgehen, dass das Elsass sich vielleicht von Frankreich abgekapselt hätte, ohne sich automatisch an Deutschland anzuschließen. Das Elsass ist ein kleines Land, aber mit seinen 1,8 Millionen Einwohnern ist es größer als Malta (408.000), Luxemburg (500.000) und Estland (1,3 Millionen), ohne Liechtenstein und Monaco zu vergessen. Aber die nationalsozialistische Tötungsmaschine hat es verhindert und das Elsass für die Ewigkeit an Frankreich gebunden.

Das Gespräch mit André Hugel fand im Salon einer edlen Renaissance-Villa statt. André Hugel warnte mich gütig: »Behalten sie ihren Mantel an, der Raum ist nicht geheizt, wir sind sparsam aber nicht *knagerig* (geizig).« Kaffee, Tee oder Wein gab es nicht. Wochen später lachten meine Freunde über die eisig trockene Atmosphäre im Hause Hugel. »*Nous ne sommes pas chez Hugel*«, ist im Elsass ein geläufiger Ausdruck, wenn man sich unter Freunden auf ein Glas Wein trifft. Der Gastgeber schenkt mit dem Satz nach: »Wir sind nicht bei Hugel«, wir sind nicht knauserig wie bei Hugels.

23 Weihnachtsdemenz im Elsass

Im Winter ist Riquewihr zu verkraften, im Sommer braucht man zehn Minuten, um die mit Touristen verstopfte Dorfstraße zu überqueren. *Féérie de Noël* meldet ein Schild, obwohl Weihnachten längst vorbei ist. Ich trete ein und werde sofort unter einer Kitschlawine begraben: »Wie romantisch! Wie schön! Wie einzigartig! Das Weihnachtsgeschäft *Féérie de Noël* im Herzen der mittelalterlichen Stadt Riquewihr müssen Sie besuchen. Es ist ein Kleinod mit schneebedeckten Fachwerkhäusern und einer einzigartigen, weihnachtlichen Ausstrahlung. Es erwartet Sie eine exquisite Auswahl an Weihnachtsdekorationen aus dem Hause Käthe Wohlfahrt. Feine Ornamente aus Holz, Glas, Zinn und Stroh, die wertvolle limitierte Edition Kindertraum, traditionelle Nussknacker, Räuchermännchen, Pyramiden und ein ausgewähltes Sortiment hochwertiger Tischwäsche.«

Die Elsässer hatten eigentlich die deutsche Tradition der Weihnachtsmärkte längst vergessen. Alles zu deutsch. Bis eine rumänische Event-Besessene in den neunziger Jahren das Konzept in Straßburg wieder ins Leben rief. Rasch wurde die Stadt zur *Capitale de Noël* ausgerufen. Die Dörfer imitierten Straßburg, überall entstanden Christkindlmärkte. Sogar die Privatleute fingen damit an, ihre Häuser in Girlanden einzuwickeln. Bunte Weihnachtsmänner kletterten auf die Dächer und das obligatorische illuminierte Rehlein ersetzte die Straßenlaternen. Das AKW von Fessenheim musste hochgefahren werden, um der Weihnachtsdemenz der Elsässer gerecht zu werden. Ein Pilot der *Air France* verwechselte glatt die Lichterkette der elsässischen Weihnachtsdörfer mit der Landebahn von Straßburg Airport. Die Katastrophe wurde in letzter Minute von einem elsässischen Steward verhindert, der den Piloten über die elsässischen Traditionen informieren konnte.

Heute besuchen ab ersten Advent Millionen Franzosen das Elsass. Die Hotels sind im Dezember ausgebucht wie im Sommer. Weihnachten wurde glatt in den Januar verlängert, um die Gäste zu befriedigen. Die Familie Wohlfahrt zögerte nicht und kam nach Riquewihr, wo sie Weihnachten rund um das Jahr feiert. Die Operation Weihnachten hatten sie schon längst zu Hause getestet: »Besuchen Sie auch die Hauptstadt von Käthe Wohlfahrt in Rothenburg ob der Tauber, Germany. Das Weihnachtsdorf ist ganzjährig für Sie geöffnet.«

Das Phänomen Weihnachten im Elsass war nur möglich, nachdem klar war, dass es kein Zurück mehr geben wird nach Deutschland. Die Elsässer sind mutiert, sie haben ihre deutsche Zunge freiwillig abgeschnitten, sie haben sich selbst das deutsche Auge verstümmelt. Erst jetzt werden der deutschen Tradition die Schleusen weit geöffnet. Sie spiegelt sich im deutschen Glasauge der Elsässer wider. Kommt Kinderlein kommt, das Himmelreich der deutsch-kitschigen Glückseligkeit steht euch offen. Der Glühwein ersetzt den Pastis.

Kein Wunder, dass die Soldaten der Wehrmacht im Winter 1944/45 Mühe hatten, das hübsche Dorf zu verlassen. Als die Amerikaner schon in den mittelalterlichen Wohnbuden mit den elsässischen Mädels poussierten, kamen sie ein letztes Mal zurück und sausten wie Wahnsinnige durch die Hauptstraße von Riquewihr, ohne Erfolg. Die GIs nahmen kurz ihre Hände von ihren elsässischen Gastgeberinnen, um sich ihrem Maschinengewehr zu widmen und knallten die Deutschen ab wie Hasen. Heute liegen die Helden auf dem deutschen Soldatenfriedhof von Sigolsheim bei Colmar mit Blick auf den Schwarzwald. Es gab zwar in den Siebzigern kurz einen

Streit, weil die deutschen Kriegsveteranen eine hohes Kreuz mit Blick auf den Schwarzwald zu errichten gedachten. Aber die Geister haben sich beruhigt. Ich besuchte den Friedhof mit Carlo Schmid, Übersetzer von Baudelaires Gedicht: *Der Tod der armen Leute*, auch Mitgestalter des Grundgesetzes der Bundesrepublik Deutschland.

Voltaire, der Freund vom Alten Fritz, hatte in Riquewihr einen Weinberg erworben. Nachdem er sich sowohl mit Berlin als auch mit Paris verkracht hatte, fand er zeitweilig im Elsass einen Ort der Ruhe. Die Elsässer bezeichnete der Weltphilosoph als »Irokesen, weder deutsch noch französisch«.

24 Marthe und Jean

Nur ein paar Kilometer von Riquewihr entfernt, in Beblenheim, wohnt das Lehrerpaar Jean und Marthe. Jean arbeitete früher als Schuldirektor im Münstertal, wo ich zu Hause bin. Als ich Jean von meinem Buchprojekt über die Deutschen und das Elsass erzählte, kamen wir auf den Krieg zu sprechen. Wie mein Vater war auch sein Vater in deutscher Uniform in Europa unterwegs. Wir hatten drei Unterschiede festgestellt. Mein Vater war gefallen. Sein Vater überlebte. Mein Vater war in der Wehrmacht. Sein Vater kämpfte in der Waffen-SS. Sein Vater war Mitglied der NSDAP. Mein Vater nicht.

Als Kind wurde Jean als »Schwowa Biawala« gehänselt. Im Elsass werden heute noch, ob Schwaben oder Hanseaten, die Deutschen als »Schwowa« bezeichnet. Nach dem Krieg galt die Bezeichnung »Schwowa Biawala« – Sohn deutschfreundlicher Elsässer – als Schimpfwort. Damit war klar, dass die Eltern während des Krieges den Deutschen wohlgesonnen waren. Als Jean im Alter von zwanzig Jahren der Mauer des Elternhauses einen neuen Anstrich verpasste, entdeckte er beim Entfernen des alten Putzes ein SA-Emblem. Jean zögert bis heute. War sein Vater Nazi oder nicht? Ist er freiwillig in die Waffen-SS eingetreten oder nicht? »Mein Vater war ein guter Vater!«, sagt mir mein Freund im Brustton der Überzeugung. »Ich will ihn als solchen in meiner Erinnerung behalten.«

Wir schauen uns die Fotos an. Oscar, damals Oskar, sah gut aus und war sportlich aktiv. Das Wort SA fällt in den Raum. »Gab es eine SA-Sportgruppe?«, fragt sich laut Sohn Jean. SA deutet eindeutig auf freiwillig, aber die Bezeichnung SA-Sportgruppe mindert wieder die Zugehörigkeit zur Schlägertruppe der Nationalsozialisten. Ich muss meinen Freund Diethelm Blecking fragen. Er unterrichtet Sportgeschichte an der Uni Freiburg.

Es ist nicht einfach, auch nicht als Freund, in der Vergangenheit des Vaters herumzustochern. Plötzlich der Befreiungsschlag. Marthe und Jean singen *a capella*:

Im Elsass und in Baden
war lange große Not
da schossen wir für unsre Herren
im Krieg einander tot.
Jetzt kämpfen wir für uns selber
in Wyhl und in Marckolsheim
wie halten hier gemeinsam
eine andere Wacht am Rhein.
Auf welcher Seite stehst Du?
He! Hier wird ein Platz besetzt.
Hier schützen wir uns vom Dreck
nicht Morgen sondern jetzt!

Wir vergessen den SS-Vater. Jean holt die gesammelten Werke von Walter Mossmann, dem Barden von drüben, aus der Bibliothek. Den Rest des Abends baden wir in der Öko-Vergangenheit, als der Feind klar identifiziert war: das AKW-Projekt von Wyhl (1974), das Kind von Hans Filbinger, Kommunistenfresser und Ministerpräsident von Baden-Württemberg. Bevor ich die Familie Gilg verlasse, übergibt mir Jean alle vorhandenen Dokumente über die Vita seines Vaters.

Mein Freiburger Sport-Professor antwortet via Strompost auf die Frage nach dem Verhältnis von Sport und SA.

> »Lieber Martin, die Frage ist kompliziert. Es gab vor 1933 Wehrsport in der SA und in anderen paramilitärischen NS-Organisationen. Die SA war wohl auch scharf darauf, nach 1933 den ganzen Sport zu okkupieren. Dazwischen kam jedoch 1934 der sog. Röhmputsch, die Liquidierung der gesamten SA-Führung. Man hat der jetzt bedeutungslos gewordenen Truppe dann als letztes Butterbrot Wehrsport, Schießsport und die Organisation der NS-Kampfspiele für den Sporttag des Reichsparteitages gelassen. Insofern gab es SA-Sport. Nachzulesen alles bei Christiane Eisenberg: ›English sports‹ und deutsche Bürger. Eine Gesellschaftsgeschichte 1800–1939. Paderborn 1999. S. 378 ff. Schöne Grüße, Diethelm.«

Ich vertiefe mich in die Akten von Oscar.

Vater Gilg wurde im Mai 1945 in Österreich in Bad Ischl festgenommen und geriet in amerikanische, später in Rum bei Innsbruck in französische Gefangenschaft.

Als erstes lese ich die Briefe von Oscar aus der Gefangenschaft an seine Frau Gretel, auf Deutsch geschrieben. Er bedauert im Oktober 1945, dass er fast ein Jahr nicht dazu kam zu schreiben. Oscar betet sehr viel, dankt immer wieder Gott, dass er ihn geschützt hat: »Nur wer auf Gott vertraut, hat auf keinen Sand gebaut.« Oscar hat keine Nachricht von zu Hause. Macht sich Sorgen um die Familie, um Gretel, seine Frau, um Huguette, die älteste Tochter, und besonders um Hänschen, »der seinen Vati nicht kennt«. Macht sich Sorgen um das Haus, um seine Schreinerwerkstatt.

Als Gretel sich meldet, freut er sich und spricht »von einem neuen Anfang«. Oscar hat offensichtlich ein schlechtes Gewissen. »Ich habe euch vernachlässigt.« Er bittet seine Frau um Naturalien, Speck, Butter, Brot, aber auch wiederholt um »Scheine« vom französischen Militär, die bestätigen sollen, dass »er politisch einwandfrei ist«. »Ausgewiesen habe ich zum Glück niemanden und auch niemanden ins KZ gebracht. Gestern hat es auch geheißen, dass wir nun nicht mehr als Kriegsgefangene angesehen werden, sondern als ›politisch Verschleppte‹, das heißt ›*déporté politique*‹.«

Plötzlich schreibt Oscar zwei Briefe auf Französisch. Immer wieder drängt er Gretel »*pour les pièces nécessaires, d'autant que je fus un bon Français*«. (Ich brauche die Papiere, ich war doch ein guter Franzose). »*J'ai besoin d'une attestation que je n'étais pas engagé volontaire pour la SS et que je n'ai pas commis de faute politique envers les citoyens du patelin ni contre l'état.*« (Er beteuert seine Unschuld, er sei nicht freiwillig bei der SS gewesen, hätte nichts gegen den Staat unternommen.) Oscar spricht vom »*retour dans notre patrie*«, von der Rückkehr in unser Vaterland Frankreich. »Ohne diese Papiere kann ich nicht entlassen werden.« Er bittet Gretel um eine Bescheinigung vom Bürgermeister, »dass ich mir politisch nichts habe zu Schulden kommen lassen«, schreibt er am 24. Oktober 1945. Was Oscar nicht weiß, ist, dass die politische Säuberung im Elsass auf Hochtouren läuft. Eine Prüfungskommission hat schon am 10. Oktober einen Bericht über Oscar Gilg veröffentlicht: Es wird festgestellt, dass Oscar Mitglied der NSDAP war, dass er die SA Beblenheim gegründet hat, dass er schon vor dem Krieg seine deutsche Gesinnung nicht verheimlichte und dass er während des Krieges dabei war, als die französischen Bücher auf dem Dorfplatz verbrannt wurden. Allerdings rechnet man ihm positiv an, dass er sich nicht an der Verbannung der französisch gesinnten Bürger beteiligt hat und keine Bürger bei der Polizei denunziert hat.

Oscar wird ungeduldig, versteht nicht, dass seine Frau es nicht schafft, ihn zu entlasten, liest zwischen den Zeilen, dass was nicht stimmt. Noch weiß er nicht, dass Gretel zwischen dem 2. Februar und dem 13. April 1945 im *Centre de séjour surveillé de Sainte-Marie-aux Mines* unter Arrest stand. Dies auf Grund seiner Mitgliedschaft in der Partei und in der Waffen-SS. Er hat weiterhin nicht die geringste Ahnung davon, was in Frankreich nach der Befreiung von der Nazi-Herrschaft los ist. Schnellgerichte. Selbstjustiz. Racheakte. Auch im Elsass werden Frauen, die mit Deutschen poussiert haben, kahlgeschoren und wie Rindvieh durch die Straßen geschleppt. Während der Übergangszeit zur Friedenszeit sollen mehrere tausend Franzosen von Franzosen willkürlich exekutiert worden sein. Oscar strickt weiter völlig ahnungslos an seiner neuen Biographie. Den ersehnten Stempel der *sécurité militaire* wird er bekommen, aber nicht wie erhofft, als Opfer, sondern als Täter.

*

Als er am 26. Oktober 1945 ins Elsass zurückkommt, geht es erst richtig los. Er wird in Straßburg, wie alle Elsässer, die in der Waffen-SS dienten, verhört. Die Spreu wird vom Weizen getrennt. Ab April 1944 wurden Elsässer auch in die Waffen-

SS zwangsrekrutiert. Die deutschen Behörden bedienten sich bei den Widerspenstigen eines äußerst gemeinen Tricks. Sie legten Papiere zum Unterschreiben vor. Die erste Seite war belanglos. Der Junge unterschrieb, ohne zu wissen, dass er seine Unterschrift auf einer zweiten oder dritten Seite durchdrückte, auf der er sich freiwillig zur Waffen-SS meldete.

Durch seine Mitgliedschaft bei der NSDAP hat Oscar schlechte Karten. Am 5. November kehrt er kurz nach Beblenheim zurück, bevor er in Colmar ins Gefängnis kommt. Am 7. November wird er erneut verhört. Oscar gibt zu, dass er in Beblenheim die SA führte, weil er Turner war. Vor dem Krieg war er schon als Trainer tätig: »Es handelte sich ausschließlich um Sport.« Er war Mitglied des Opferrings, verneint aber, an der Bücherverbrennung im Dorf beteiligt gewesen zu sein. »Wenn jemand durch mich Schaden erlitten haben sollte, bitte ich mit ihm vor der Justiz konfrontiert zu werden«, gibt er zur Kenntnis. »Als Schreinermeister und Präsident der Schreinerzunft des Kreises bat ich die Behörden, mich nicht in die Wehrmacht aufzunehmen. Beim zweiten Anlauf am 18. April 1944 war ein SS-Angehöriger zugegen. Er reichte mir ein Schreiben, dass mich aufforderte, in Morange (Moselle) vorstellig zu werden. [...] Zunächst weigerte ich mich, schließlich gab ich nach, um meiner Familie nicht zu schaden. Ich wurde nach Nürnberg geschickt und arbeitete fortan in einer Fernmeldetruppe hinter der Front, wo ich im September 1945 von den Amerikanern befreit wurde.«

Oscar vermeidet das Wort »SS«, betont, dass er zunächst französischer Soldat war, und dass er vor dem Krieg noch nie deutschen Boden betreten hatte. Am 17. November wird Oscar erneut verhört. Er ergänzt, dass er 1941 Mitglied der Partei wurde und 1943 die deutsche Staatsbürgerschaft erhielt. Am

26. November 1945 wird er aus dem Gefängnis entlassen. Die Auflage ist brutal: Aufenthaltsverbot im Elsass und in Deutsch-Lothringen, mit sofortiger Wirkung (24 Stunden). Oscar erreicht mehrmals einen Aufschub. Schließlich muss Oscar in die Gegend von Nancy auswandern. Wie lange, weiß mein Freund Jean nicht. 1943 geboren, erinnerte er sich erst an das Jahr 1949, als Vater wieder zu Hause war.

Ein halbes Jahr später, am 12. Juni 1946, um 14 Uhr, steht Oscar in Colmar vor Gericht. Anklage: »Bewusst Deutschland und seine Alliierten unterstützt zu haben, der Einheit Frankreichs geschadet zu haben, der Freiheit und der Gleichheit der Franzosen Schaden zugefügt zu haben.« Die Lokalzeitung meldet das Urteil am nächsten Tag: *Gilg Oscar. 10 Jahre NU.* Gemeint ist: zehn Jahre *d'indignité nationale.* (Wortwörtlich: Oscar wird zehn Jahre als national unwürdig, NU, Franzose zu sein, betrachtet). Konkret bedeutet die Strafe: zehn Jahre Verlust der bürgerlichen Ehrenrechte.

Am 2. Mai 1949 wird auf Grund der Amnestie vom 28. August 1947 das Urteil vom 13. Juni 1946 getilgt. Oscar ist wieder ein freier Mann. Sein Strafregister ist geleert. Wie viele Elsässer, zwangsrekrutiert oder nicht, bekam Oscar Gilg später einen *Diplôme de combattant 1939–1945. Le départ – la résistance – la gloire – la paix* ist auf der Urkunde zu lesen. (Die Flucht – der Widerstand – der Ruhm – der Frieden). Das ersehnte Papier gilt für meinen Freund Jean als Rehabilitierung der Ehre seines Vaters.

Das Bild meines Vaters hängt im Salon meiner Mutter in französischer Uniform. Aber er starb in deutscher Uniform. Am 11. November 2011 – Feiertag zum Ende des Ersten Weltkrieges – werden die übliche Reden in Erinnerung an die Toten geschwungen: »*Morts pour la France.*« Stimmt natürlich nicht. Damals waren die Elsässer deutsche Staatsbürger und kämpften gegen Frankreich. Im Zweiten Weltkrieg waren sie zwar keine deutschen Staatsbürger, aber sie kämpften, zwangsrekrutiert oder nicht, in deutscher Uniform gegen die Alliierten.

Im Winter 2012 sitze ich neben einem 80jährigen Skilehrer auf einem Sessellift im Schatten der Eigernordwand in den Berner Alpen. Wir unterhalten uns auf Alemannisch. Er fragt mich, ob ich wüsste, wie die Elsässer sich während des Zweiten Weltkrieges bezeichneten? Ich passe. »**N**ous **S**ommes **D**es **A**llemands **P**rovisoires.« (Wir sind provisorische Deutsche.) Ich kapiere nicht gleich: **NSDAP**. Die Schweizer Witze sind wie die Lawinen: unvorhersehbar.

*

Vater Gilg sprach nie über die damalige Zeit mit Sohn Jean, der es wiederum nicht wagte, Fragen zu stellen. Die Fragen stellt dagegen Yan, der Sohn von Jean und Marthe, der Enkelsohn von Oscar. Er leitet eine Theatergruppe in Straßburg. Sie nennt sich nicht von ungefähr »*Compagnie Mémoires Vives*« – das Theater der wachen Erinnerung. Der Enkelsohn ist sauer auf den Großvater: »Er hätte nicht mitmachen sollen, wieso war er so feige, der Partei und der Waffen-SS beizutreten?« »Aber mein Sohn ist nicht deutschfeindlich!«, beruhigt mich mein Freund Jean.

25 Yan und Mathias

Ich warte auf Yan Gilg, den Sohn meines Freundes Jean, dessen Vater wiederum in der Waffen-SS kämpfte, in der *Brasserie du Scala* im Straßburger Stadtviertel Neudorf, ein paar Minuten vom Rheinufer entfernt. Yan stürmt die Gaststätte. Offenes Gesicht, modische Glatze, um die vierzig. Die Vergangenheitsbewältigung ist sein Thema. Die Entdeckung der SS-Vergangenheit seines Großvaters Oscar war für ihn der Auslöser. Als Erstes stieß er auf das Foto von Großvater Oscar im braunen SA-Hemd mit der roten Hakenkreuzbinde. Es beschäftigt ihn Tag und Nacht.

»Je ne sais pas grand chose, mais je veux savoir!« (Ich weiß nicht viel, aber ich will wissen, was los war!) Yan spricht kein Elsässisch und schlecht Deutsch. Die Eltern sprachen Französisch mit ihm, wie die Mehrheit der gebildeten Elsässer nach dem Krieg. Ein Glück, dass meine Mutter Putzfrau war, dadurch wuchs ich zweisprachig auf. Yan spricht von *»expiation«*, von Sühne, gar von Buße. Diese Arbeit haben seine Eltern nicht geleistet. Aber er fühlt sich verpflichtet weiterzuforschen. Im Alter von zehn Jahren gründete er die *Patrouille des aigles* (Adlerstaffel), straff organisiert, mit Ausschlussverfahren. Das Abzeichen war das Malteser Kreuz, ohne dass er wusste, was es bedeutet. »Vielleicht wäre ich auch ein kleiner Nazi geworden, wenn ich damals gelebt hätte? Wieso hatte ich als Kind faschistoide Tendenzen? Hat dies mit Großvater zu tun? Später, als Jugendlicher, begann ich Deutschland glatt zu hassen. Ich wollte nicht Deutsch lernen!«

Als Student engagierte sich Yan in der *Ligue communiste révolutionnaire* und war bei allen anti-kapitalistischen Demos dabei. Das Theater brachte ihm die notwendige Distanz zum politischen Engagement. Schließlich entdeckte er, dass auch damals im Elsass mutige Menschen lebten. Schon vor 1933 gab es im Straßburger Arbeitervorort Schiltigheim Faschingsumzüge, die den aufkeimenden Faschismus in Deutschland und Italien anprangerten. Dies versöhnte Yan mit seiner Heimat, die er verlassen wollte. Seine *Compagnie Mémoires Vives* hat sich mit Hip-Hop- und Rap-Darbietungen in Frankreich einen Namen gemacht. Inzwischen ist sein bester Freund ein deutscher Musiker: Mathias Schillmöller, aus Freiburg, mit dem er zusammen in einem sogenannten *Café Rhénan,* Rheinischen Café, auftritt, in dem Hip-Hop mit klassischer Musik verbunden wird.

Nicht nur die Elsässer beschäftigen ihn, sondern auch das Schicksal der Menschen in Indochina und Afrika, die im Ersten und Zweiten Weltkrieg in die französische Armee zwangsrekrutiert wurden, um später in Vergessenheit zu geraten. Noch heute warten die Überlebenden auf eine würdige Rente. Es trifft sich gut. In ein paar Tagen wird Yan Gilg mit seiner Truppe im Freiburger E-Werk auftreten. »Die vergessenen Befreier«, nennt sich das Stück, »*À nos Morts!*«

*

Ich fahre nach Freiburg und treffe vor der Vorstellung Dr. Mathias Schillmöller, den Freund von Yan, im *Café Furioso.* Thema seiner Doktorarbeit: *L'Enfant et les Sortilèges*, eine Oper von Maurice Ravel. Der Musiker unterrichtet am Deutsch-Französischen Gymnasium von Freiburg. Seine Frau Sophie ist Französin und arbeitet als Werbechefin im Dominikanerkloster von Guebwiller. Das ehemalige Gotteshaus gilt als musikalisches Labor am Oberrhein. Beide Kinder wachsen in Freiburg zweisprachig auf. Mathias studierte sechs Jahre in Paris. Die Familie hat sich schließlich zwischen Schwarzwald und Vogesen etabliert, um von beiden Kulturen zu profitieren.

Typisch: Yan, der Elsässer, ist nicht mehr zweisprachig wie seine Eltern Jean und Marthe. Mathias, der Deutsche, ist zweisprachig geworden. Der Musiker spricht perfekt Französisch. Dr. Schillmöller schreckt vor nichts zurück. Er nennt sich *Magicologue*, semantischer Zusammenbau aus Magie und Musikologie, »um eine neue Sinnlichkeit zu schaffen«. In der Tat besitzt Mathias die Augen eines Magiers, die wie Leuchtraketen im dunklen *Café Furioso* seine Worte unterstreichen. Er erzählt mir von Eva Kimminich, einer Romanistin, mit deren Hilfe er ein Buch geschrieben hat *R'apprends le français*. Also Französisch lernen via Rap. Man lernt nie aus.

Ich werde später erfahren, dass Mathias der Musiklehrer von Frédéric war. Frédéric ist der Sohn des Kulturgeographen Dr. Rudolf Michna, der mit Claire, Französischlehrerin aus Saint-Etienne, verheiratet ist. Noch ein deutsch-französisches Paar, das sich in der Grenzregion etabliert hat. Frédéric spricht, genauso wie sein Bruder Peter, so gut Deutsch wie Französisch. Am Akzent ist unmöglich zu erkennen, ob sie Deutscher oder Franzose sind. Sie gehören zu der Elite, die an den alten Grenzen entlang das neue Europa aufbauen. Frédéric war mehrere Jahre im Deutsch-Französischen Gymnasium in Freiburg.

Immer wieder kommen wir zu der Feststellung, dass nicht die Elsässer, sondern die Franzosen und die Deutschen, die zusammen deutsch-französische Kinder erziehen, die Zukunft der Region bilden. Die Elsässer bleiben verkrampft auf ihrem Trauma sitzen. Sie sind unfähig, mit den Sprachen zu spielen.

Ein paar Minuten später tritt Yan im ausverkauften E-Werk auf. Eine Mischung von Rap, Hip-Hop und Kino begeistert das Freiburger Publikum, das der *Compagnie Mémoires Vives* stehende Ovationen beschert.

Das Thema der Elsässer in deutscher Uniform bleibt auch in den Medien tabu. Im Frühling 2011 stellte das französische Fernsehen *France Télévisions* in Colmar im Kino Le Colisée eine sechzigminütige Dokumentation vor. »Vermisst« heisst das Opus. Verwandte und Kinder von vermissten, zwangsrekrutierten Elsässern in die Wehrmacht sprachen in die Kamera. Die Zwangsrekrutierung in die Waffen-SS wurde nicht erwähnt. So blieben die Zuschauer, einschließlich des anwesenden Präsidenten des Regionalrates des Elsass, Philippe Richert, in der Opferhaltung, stellvertretend für die Väter. Aber ein Elsässer, zwangsrekrutiert oder nicht, war in Russland auch ein Täter.

Auch in der Literatur wird das Thema nur mit Samthandschuhen angepackt. Ich kenne nur ein einziges Buch, das unbequeme Fragen stellt. *Un village si paisible*, ein Roman von Gabriel Schoettel. Monsieur Lehmann, Bürgermeister von Hangstett, gilt als Widerstandskämpfer und wird mit Auszeichnungen überhäuft. Allein Thomas, sein Enkelsohn, entdeckt die Wahrheit und nimmt sich daraufhin das Leben. Opa war gar nicht zwangsrekrutiert in der Wehrmacht, sondern hat freiwillig mitgemacht. Als Mitglied der Sicherheitspolizei beteiligte er sich im Osten am Morden. Er beichtet schließlich Rebecca, der jungen Pastorin, die Wahrheit auf dem Sterbebett. Aber die Öffentlichkeit erfährt nie davon.

Überraschend ist auch die Theaterarbeit einer fünfundzwanzigjährigen Autorin: Claire Audhuy. Die Wahlelsässerin scheint meiner pessimistischen Analyse in puncto schleppender Vergangenheitsbewältigung zu widersprechen. Wir treffen uns im *Café Jupiter* in Colmar. Das Handy klingelt ununterbrochen. Der dicke Terminkalender passt kaum in ihre Tasche. Die Proben gehen gleich weiter. Heute Abend wird das Stück »Stimmen in der Nacht / *Des Voix dans la nuit*«, aufgeführt. Sie deckt von Februar bis Oktober 2011 das ganze Elsass ab mit Vorstellungen, Konzerten und Ausstellungen zum Thema Vergangenheitsbewältigung. Theresienstadt, Natzweiler, Buchenwald, Ravensbrück, Compiègne, Auschwitz, die gesamte Topographie des Todes wird akribisch aufgelistet. Zeitzeugen gesucht. Das Werbematerial ist zweisprachig. »*Faire de la mémoire le prolongement de leurs combats, le moteur de notre engagement.* Durch die Erinnerung dieser Zeugen soll der Kampf, den sie geführt haben, weiter gehen und unser Engagement angestoßen werden.« Claire hat schon in Oradour-sur-Glane eine Rede gehalten, als der Straßburger Oberbürgermeister Roland Ries ausgepfiffen wurde. Sie war in Tambow, dem russischen Gefangenenlager, in dem Elsässer, die als Wehrmachtsoldaten erwischt wurden, noch nach dem 8. Mai 1945 qualvoll dahinvegetierten, bevor sie befreit wurden.

Was treibt die junge Frau? Niemand aus der Familie war unmittelbar von den Grausamkeiten getroffen. Sie ist weder Jüdin noch Elsässerin. Die Familie stammt aus dem fernen Massif Central. »Als kleines Mädchen fand ich die Uniform der Urgroßvaters im Ferienhaus der Familie in einem Schrank. Er war schon tot. Oma erzählte mir vom Krieg. Dann packte es mich. Ich wollte wissen warum die Menschen sich gegenseitig töten.« Abends besuchte ich die Aufführung. Ich erinnere mich an einen Satz: »*Les Alsaciens ne sont pas des Français, ce sont des criminels.*« (Elsässer sind keine Franzosen, sie sind Mörder.) Ich verlasse das Haus etwas skeptisch.

26 Die Strompost von Carmen

Das Schöne am Schriftstellerdasein ist der Kontakt mit den Lesern, denen man bei Lesungen begegnet. Jan Weiler hat diese Erfahrungen in seinem Buch *In meinem kleinen Land* wiedergegeben. Aber ich mag auch die Gespräche via Internet. Carmen nennt das »Strompost«.

Sie hatte mich gesucht und gefunden, weil sie eine Leserin meiner zweisprachigen Kolumnen in der RHEINPFALZ ist: »Zungenknoten«. Ich mische dort Französisch und Deutsch im Satz. Das Modell benutze ich auch in der BADISCHEN ZEITUNG; früher in der BASLER ZEITUNG.

In den Briefen an seine zukünftige Frau Hélène Bresslau springt Albert Schweitzer auch vom Französischen ins Deutsche und umgekehrt.

> *Strasbourg, mardi soir, 9 novembre 1909: »Ce sont des journées très agitées … Demain, ce sera mon tour de pratiquer à la* Augenklinik. *Il faut que je lise encore beaucoup ce soir pour de nouveau m'orienter. L'orgue du* Sängerhaus *avance. Mais il me cause encore des ennuis.* Rapp hat ein falsches Mass für das Verhältnis von Pedal und Spieltisch angegeben. Ich muss den Fehler corrigieren so gut es geht. Er ist ein Strudelkopf. *Quelle est la musique que je dois vous envoyer?* Total vergessen! Weiss nur, dass es etwas von Schubert war.
>
> *Dimanche, c'était très beau;* es war weihevoll wieder zu predigen und goldener Sonnenschein lag über der Welt und in meinem Herzen.
>
> *Je dois déjà penser à mon prochain sermon. Je vous baise la main, à vous* AS.«

Carmen war im Stress, weil sie an der Uni Mannheim über »die Sprachsituation im Elsass« berichten sollte. Sie brauchte dringend Informationen. Ich vermittelte ihr die vorhandene Literatur und warnte sie vor dem einschlägigen Vorurteil des deutschen Besuchers im Elsass, dass nämlich die Menschen zwischen Rhein und Vogesen alle Sprachakrobaten seien, die Sprachen wie das Hemd wechselten. Das war einmal. Die Zeit von Albert Schweitzer ist vorbei. Heute sind die elsässischen Intellektuellen nicht mehr zweisprachig. Eher noch die elsässischen Verkäuferinnen von dm, Aldi oder Lidl im Grenzgebiet.

Daraus entstand ein reger Strompostaustausch und Carmen vergnügt mich inzwischen – als Dankeschön für meine Tipps – mit Geschichten über den »kleinen Grenzverkehr«, wie Erich Kästner es formulieren würde.

Carmen schreibt:

»Ich kann mich noch erinnern, dass mein Vater, als wir noch klein waren, für den Sonntagsausflug nie gerne ins Elsass rübergefahren ist, weil er den Hickhack an der Grenze fürchtete. Außerdem musste er sich dann immer einen Nationalitätenaufkleber mit ›D‹ drauf an der Tankstelle kaufen, welchen er auf der Rückfahrt auf deutscher Seite sofort wieder vom Auto abgemacht hat, weil er fand, dass man, wenn man in Deutschland rumfährt, nicht extra ein D-Schild am Auto kleben haben muss.

Unsere Nachbarn mussten an der Grenze immer ihren Hund abgeben. Er kam dann in einen Käfig und durfte nach dem Sonntagsausflug wieder abgeholt werden. Wir Kinder fanden es aber immer spannend, ins Elsass zu fahren. Von den Umständen, die die Erwachsenen fürchteten, hatten wir ja nichts verstanden. Und von der Geschichte erst recht nichts. Später wurde alles immer weniger kompliziert, in der Schule wurde dann die deutsch-französische Freundschaft und der europäische Gedanke ›propagiert‹. Ich glaube meine Generation ist von allem, was davor geschah schon ziemlich weit entfernt. Umso wichtiger ist es für mich, mich jetzt damit auseinanderzusetzen. Und ich freue mich über Ihre Hilfe dabei.

Sie haben geschrieben, dass es nicht mehr viele Leute im Elsass gibt, die ohne groß nachzudenken vom Elsässischen ins Französische wechseln und zurück. Sie selbst gehören auch zu diesen Sprechern. Unterhalten Sie sich auch mit ihren

Freunden auf diese Weise? Sicher können Sie sich vorstellen, dass mich das als Linguistin extrem interessiert.«

»Liebe Carmen, ich rede noch elsässisch mit meiner Mutter, 92, das wäre es dann schon. Ausnahmsweise mit Schulfreunden aus dem Dorf, wobei die Mehrheit dabei ist, die Muttersprache fleißig zu vergessen. Wenn wir zusammen essen, reden wir nur noch Französisch. Molières Sprache veredelt die Persönlichkeit des Elsässers. Wir finden uns plötzlich cleverer als der deutsche Tischnachbar, der sich, trotz Anstrengung, bei der Bestellung gnadenlos verheddert. Ich persönlich spreche gern Elsässisch, wenn Franzosen, die kein Elsässisch verstehen, am Nebentisch sitzen. Aber ich bin eine Ausnahme. Meine Freunde fürchten, als Depp wahrgenommen zu werden, also reden sie Französisch in der Öffentlichkeit. In der Pfalz, in Baden, in der Schweiz und in Vorarlberg rede ich grundsätzlich Elsässisch, um zu üben. Mein Freund Pierre Kretz hat schon 1994 ein Buch veröffentlicht: *La langue perdue des Alsaciens.* (Die verlorene Sprache der Elsässer.) Er schreibt: »Es ist einfach so. Es verschwinden laufend Sprachen in der Welt. Schade, aber kein Grund zu jammern. Die Welt wird nicht untergehen. Wir Elsässer sind Schlappschwänze, basta Amen.«

»Die gesprochene Sprache ist sehr flüchtig, aber immer der ›bessere‹ Beweis als die geschriebene Sprache. Man kann sie eigentlich nur mit Tonaufnahmen einfangen. Nur ist es oft so, dass, wenn man ein Aufnahmegerät auf den Tisch stellt, alle Leute sehr um eine korrekte Aussprache und um eine ordentliche Standardsprache bemüht sind. Wenn dann auch noch der wissbegierige Forscher anwesend ist, ist es vorbei mit der ›authentischen‹ Sprachkontaktsituation. Haben sie eine Idee, wie ich dennoch etwas vom noch existierenden ›Code-switching‹ im Elsass einfangen könnte?«

»Liebe Carmen, ich empfehle Ihnen sich ganz einfach in Wissembourg, Lauterbourg, Haguenau oder gar Straßburg in ein Café zu setzen. Hören Sie gut zu und machen sie sich Notizen. Sie können natürlich auch ein Tonband in ihrer Handtasche verstecken, um die Gespräche aufzunehmen.«

»Lieber Herr Graff, ich wollte mich noch einmal für das gestrige Telefonat bedanken. Und ich wollte Ihnen schreiben, dass ich finde, dass Sie recht haben, wenn Sie sagen, dass die Leute auf beiden Seiten der Grenze sich um die jeweils andere Sprache bemühen sollten. Ich habe auch beschlossen, mein Französisch zu verbessern und habe hier in Deidesheim eine sehr nette Lehrerin gefunden. Aber es ist ein Kampf mit der Sprache, bis man sie halbwegs beherrscht. Mit herzlichen Grüßen, Carmen.«

Ein paar Tage später:

»… ist mir noch eine Geschichte von einem Sonntagsausflug ins Elsass eingefallen: Mein Vater, was den französischen Zentralismus anbelangt, ganz unbedarft, ist mit uns einmal über Wissembourg hinaus ins Land gefahren. Auf einmal waren wir auf einer Schnellstraße, auf der er immer wieder ›Paris‹ als Zielrichtung ausgeschildert war. Es kam einfach keine Abfahrt und man hatte das Gefühl, sich tatsächlich auf dem direkten Weg nach Paris zu befinden (was ja auch irgendwie stimmte). Außerdem musste man ja fürchten, irgendwann einmal Autobahngebühren bezahlen zu müssen (etwas, was in Deutschland überhaupt nicht üblich ist und daher bei den Frankreichausflügen immer sehr gefürchtet war – man beschränkte sich bei der Fortbewegung durchs Elsass auf die Landstraßen).

Ich habe heute noch im Ohr, wie mein Vater allmählich ungeduldig wurde, voll konzentriert hinter dem Steuer klemmte und immer wieder den Satz wiederholte: ›Isch will net noch Paris‹ (auf bestem Pfälzisch). Irgendwann kam dann doch noch eine Abfahrt vor der Mautstelle und alle waren sehr erleichtert. Der Satz ›Isch will net noch Paris‹ war aber seitdem bei uns in der Familie beinahe geflügeltes Wort.«

»… *Bonne chance Carmen et merci.* P.S.: Ich habe Ihnen vergessen mitzuteilen, dass mein Freund Raoul Weiss im Reise Know-How Verlag in Bielefeld, ein Büchlein veröffentlicht hat: *Kauderwelsch.* Band 116: *Elsässisch, die Sprache der Alemannen.* Es gibt sogar eine Audio-CD: Aussprachetrainer, Originalsound zum Nachsprechen, MP3 Direktdownload und Sprachführer fürs Handy.«

Noch eine Information, die für die Studenten von Interesse sein kann: Thomas Mann wechselt die Sprache im »Zauberberg«, im Kapitel »Walpurgisnacht«, als Hans Castrop sich mit Clawdia Chauchat unterhält. Genauso spielt er mit den Sprachen in »Bekenntnisse des Hochstaplers Felix Krull«: Madame Houplé, alias Diane Philibert, aus Straßburg, hat ein Verhältnis mit dem Liftjungen Armand (dem Hochstapler) in einem Pariser Hotel. »Ab und hinweg, dass ich dich sehe, dass ich den Gott erblicke! Hilf rasch! C*omment, à ce propos, quand l'heure nous appelle, n'êtes-vous pas encore prêt pour la chapelle? Déshabillez-vous vite! Je compte les instants! La parure de noce!* So nenn' ich deine Götterglieder, die anzuschauen mich durstet, seit ich zuerst dich sah. Zu mir, zu mir…« – »Nenne mich du!« stöhnte sie plötzlich nahe dem Gipfel. »Duze mich derb zu meiner Erniedrigung! *J'adore d'être humiliée! Je t'adore! Oh je t'adore, petit esclave stupide qui me déshonore …*« – »Ein kleiner nackter Lifttreiber liegt bei mir und nennt mich ›liebes Kind‹, mich Diane Philibert! *C'est exquis … ça me transporte! Armand chéri,* ich wollte dich nicht kränken.«

27 Karlheinz und die grüne Straße

»*La route verte* ist eine touristische Straße, die Schwarzwald und Vogesen verbindet. *Elle a été inaugurée en 1961 par* Joseph Rey, Oberbürgermeister von Colmar, während des Krieges von den Nazis eingesperrt, *et par* Joseph Bueb maire de Breisach. *Tout un symbole*, 1961 war der Zweite Weltkrieg erst sechzehn Jahre zu Ende. Gerade eine Generation lebte in Frieden. *J'étais au lycée à Epinal* und wir spielten Fußball gegen Schüler aus Ludwigshafen. *J'ai oublié le nom de l'école.* Aber Jahre später lernte ich Werner Ludwig kennen, *qui était encore adjoint au maire en 1961* bevor er ab 1965 *pour une durée de 28 ans la fonction de* Oberbürgermeister ausübte. *Je me souviens d'une biographie extraordinaire.* Zu gleicher Zeit war sein Zwillingsbruder Oberbürgermeister von Sarreguemines in Frankreich. *Quel destin!*

Beim Schreiben habe ich die *route verte* sozusagen vor der Nase. *Elle traverse Munster, Stosswihr et Soultzeren en escaladant le col de la Schlucht*, wo die deutschen Motorradfahrer *pratiquent le* Kurventraining. Napoléon III., Wilhelm II., Albert Schweitzer, Adolf Hitler haben sie benutzt ...«

Prompt erhalte ich »Strompost«, um den Ausdruck von Carmen zu benutzen.

»Sehr geehrter Herr Graff,

Möglicherweise haben wir Anfang der sechziger Jahre als 15/16 jähriger Schüler in Epinal gegeneinander Fußball gespielt. Denn ich habe damals als Schüler des Gymnasium an der Jägerstrasse in Ludwigshafen (so der damalige Name, heute Carl-Bosch-Gymnasium) in der Schulmannschaft gespielt und an einem Schüleraustausch mit Epinal teilgenommen, trotz vorhandener Ängste meiner Eltern wegen der damaligen Aktionen der OAS (*Organisation de l'armée secrète*) und der immer noch latent vorhandenen Einordnung der Franzosen als Erbfeinde. Ihr frankophiler (jüngster von fünf Kindern) machte schon damals immer Probleme …

mit herzlichen Grüßen aus dem schönen Deidesheim.
Karlheinz Schaedler.«

Das Fußballspiel in Epinal fand drei Jahre vor der Gründung des Deutsch-Französischen Jugendwerkes statt. Karlheinz studierte später in Freiburg Mathematik. Als Lehrer arbeitete er sowohl in Frankreich im Lycée Franco-Allemand von Buc, bei Versailles, als auch in der Deutsch-Polnischen Begegnungsschule in Warschau, also ein echter Gedankenschmuggler. Schließlich beendete er seine berufliche Laufbahn in Speyer am »Institut für schulische Fortbildung und schulpsychologischen Beratung«. Nicht genug, heute leitet er deutsch-französisch-polnische Studiengänge, in Polen und im Elsass.

Karlheinz teilt mir telefonisch mit, dass er mit Freunden ein paar Tage Urlaub in La Bresse verbringen wird, auf der westlichen Seite der Vogesen, nur ein paar Kilometer von Soultzeren entfernt. Adresse: Hotellerie et Restauration de Montagne. Famille Morel, Home des Hautes-Vosges. Schon fahre ich über den Col de la Schlucht zwischen den deutschen Motorradfahrern. Karlheinz sieht mit fünfundsechzig sportlich aus. Wir plaudern ohne Hemmungen, als ob wir uns schon lange kennen, drauflos. Der Vater von Karlheinz war stellvertretender Chef der Pfalzwerke, Parteimitglied und nach dem Krieg fünf Jahre arbeitslos, bis er schließlich entnazifiziert wurde. Sein Vater hatte noch den Ersten Weltkrieg als Offizier erlebt und war im Zweiten Weltkrieg Leutnant der Reserve. Mutter hatte sich mit den vier älteren Geschwistern im Finsterbrunnental bei Pirmasens »vor den Schwarzen« versteckt. Gemeint waren die Soldaten aus Nordafrika, die von der Nazipropaganda als Untermenschen angekündigt waren. Karlheinz kam dort auf die Welt.

Dem Vater war es nicht recht, als sich sein jüngster Sohn nach dem Krieg als Frankreichfreund entpuppte. Er selbst wollte nie wieder nach Frankreich, wo er bei Verdun gegen den Erbfeind gekämpft hatte. Als Karlheinz in Freiburg studierte, schaffte der Sohn es doch noch, seinen Vater über den Rhein zu schleppen. Sie besuchten den Vogesenkamm, wo noch die alten Grenzsteine F/D zu besichtigen sind, aber heute von Käfern als Aussichtspunkt benutzt werden.

Karlheinz versorgt mich mit Material: »Europäische Perspektiven« nennt sich das Programm. Ich lese: »Deutsche Gesellschaft der Mitglieder der Französischen Ehrenlegion und des Französischen Nationalen Verdienstordens e.V.« Ich wusste gar nicht, dass es so was überhaupt gibt, dabei ist mir schon klar, dass es keine medaillengeilere Nation als Frankreich gibt. Regelmäßig werden auch Ausländer mit blau-weiß-rotem Blech versorgt. Die Tagungen im Elsass werden im Schloss Klingental durchgeführt. Ich zucke zusammen: Hat das Schloss nicht etwas mit der Töpfer-Stiftung zu tun?

*

Dahinter steckt das Geld eines deutschen Getreidehändlers, Alfred Töpfer. Beim Geldgeber wurde immer wieder pangermanisches Gedankengut vermutet. Nachdem seine Nähe zu den Nationalsozialisten im Elsass bekannt wurde, kippte 1996 auch sein 1962 eingerichteter »Straßburg-Preis für Beiträge zur deutsch-französischen Verständigung.« Alfred Töpfer verteilte schon zur Zeit des Nationalsozialismus Preisgelder wie Weizenkörner. Vom »Kopernikus-« bis zum »Shakespeare-Preis«, vom »Prinz Eugen von Savoyen-« bis zum »Rembrandt-Preis«.

Der Mäzen ist inzwischen verstorben, aber die vorhandenen Gelder werden weiter großzügig vergeben. Dennoch kann man der Stiftung heute keine pangermanischen Ziele mehr vorwerfen. Aber die Vergangenheit haftet am Geld. Vorgewarnt, verweigerte die französische Star-Regisseurin Ariane Mnouchkine 2005 die Annahme des »Hansischen Goethe-Preises«, auch von Töpfer-Geldern gestiftet. Die Stiftung hat sich nach Basel zurückgezogen.

Dasselbe Spiel treibt die Erwin-von-Steinbach-Stiftung, nach dem Bauherrn des Straßburger Münsters genannt. Sie wurde 1921 als »Wissenschaftliches Institut der Elsass-Lothringer im Reich« an der Universität Frankfurt am Main gegründet, mit dem Ziel, »die gemeinsamen wirtschaftlichen und kulturellen Interessen der Elsass-Lothringer im Reich unter Ausschluss politischer Bestrebungen zu fördern«. Der Ausdruck »unter Ausschluss politischer Bestrebungen« war nicht ernst zu nehmen. Es handelte sich um »wissenschaftliche« Propaganda. Aber damals gab es Elsässer, die nach 1918 Deutschland als Wahlheimat gewählt hatten. Viele davon paktierten offen mit den Nazis, wie der spätere Oberbürgermeister von Straßburg Dr. Robert Ernst. Für die Verteidigung ihres Deutschtums waren einige bereit, auf die Demokratie zu verzichten. Nicht alle, Julius Leber, Galionsfigur der SPD, wechselte 1918 über den Rhein nach Deutschland, bekämpfte die Nazis und wurde nach dem Stauffenberg-Attentat in Plötzensee erhängt. Der Elsässer war als Innenminister vorgesehen.

Da sich nach 1945 alle deutschen Elsass-Liebhaber damit abgefunden hatten, dass das Elsass französisches Territorium bleibt und die Elsässer sich eindeutig als Franzosen outen, wird das Ziel der Erwin-von-Steinbach-Stiftung ab 1960 neutraler formuliert: die »Förderung von wissenschaftlichen und kulturellen Arbeiten zum Themenbereich Elsass-Lothringen«.

Vor dem Krieg hatte sich Alfred Töpfer allerdings auch bei der Erwin-von-Steinbach-Stiftung finanziell engagiert. Er stiftete schon 1935 einen »Erwin-von-Steinbach-Preis«, mit dem Ziel, das alemannische Volkstum zu unterstützen. Später taufte er die Stiftung in Töpfer- oder, je nach politischer Wetterlage, in Goethe-Stiftung um.

Auch bei der Erwin-von-Steinbach-Stiftung haben sich heute die Geister beruhigt. Dennoch sorgte die Stiftung noch im Frühling 2011 im Gemeinderat von Sélestat für einen Eklat. Ein Teil der Mitglieder witterte Hintergedanken bei einer Spende von 3.000 Euro an die weltberühmte Humanistenbibliothek mit Autoren wie Johannes Wimpfeling und Beatus Rhenanus, Freund von Erasmus, der zu Ehren seines elsässischen Freundes »Schlettstadts Lobe« veröffentlichte. Prompt holten die Deutschenfresser des Gemeinderates Beweise aus der Mottenkiste der Geschichte und sprengten die Sitzung, die sich mit dem »Geschenk« der deutschen Elsass-Liebhaber beschäftigte. Aber wir schreiben eben 2011 und nicht 1933 oder 1940.

Es gibt zweifellos noch *Patr'idioten* im Elsass, aber es gibt auch deutsche Gelehrte, die die Erfahrung der Elsässer mit ihren deutschen Cousins falsch einschätzen und nicht verstanden haben, dass die Elsässer »freiwillig« ihre Muttersprache aufgegeben haben. Sie haben es allerdings getan, weil die Deutschen, ohne sie zu fragen, sie zwischen 1940 und 1945 in das Korsett des Faschismus eingepfercht hatten. Töpfer und Konsorten waren damals Freunde und Unterstützer dieser Anti-Demokraten.

Aber die Zeiten haben sich geändert. Der pangermanische Geist der Stiftungen ist erloschen. Die heutigen Kuratoren sind Demokraten und die elsässischen Deutschenfresser sollten sich lieber um den Erfolg der Rechtsextremen im Elsass kümmern, statt Gespenster zum Leben zu erwecken. Die Verantwortlichen der Erwin-von-Steinbach- und Goethe-Stiftungen sollten die Bekämpfung des Rechtsextremismus in Deutschland finanziell unterstützen, statt dem elsässischen Kulturerbe unter die Arme zu greifen. Seit der Wende sind mehr als einhundertfünfzig Menschen in der Bundesrepublik ums Leben gekommen, alles Opfer von radikalen Vertretern des Deutschtums. Die Vereine, die gegen Rechtsextremismus kämpfen, brauchen Geld.

Ich komme mir etwas inquisitorisch vor, als ich Karlheinz, der über jede pangermanische Nostalgie erhaben ist, nach seiner Meinung über die Vergangenheit des Stifters frage: »Unsere Gesellschaft der deutschen Mitglieder der Ehrenlegion wurde für einen einmaligen Studiengang von der Stiftung Johann Wolfgang von Goethe eingeladen. Zu Alfred Töpfer, er soll kein aktiver Nazi gewesen sein, sondern eher ein Mitläufer.«

Für das Neujahr erreicht mich folgende Strompost von Karlheinz: »Wird's besser? Wird's schlimmer?, fragt man alljährlich. Seien wir ehrlich: Leben ist immer lebensgefährlich.« (Erich Kästner)

28 Monika und Claudia

Als ich 1968 während der Mai-Revolte in Straßburg mein Theologie-Studium abschloss, traf ich auf keinen einzigen deutschen Theologie-Studenten in meinem Jahrgang. Die gesamte Fakultät war sehr frankophil orientiert, Deutschland war weit weg im Osten. Der Krieg hatte – trotz deutsch-französischer Freundschaft – seine Spuren hinterlassen. Charles Hauter, der Dekan der Evangelischen Fakultät, hatte bis 1954 den deutschen Theologiestudenten Haus- und Berufsverbot erteilt. Als der Rektor der Freiburger Universität sich ein paar Jahre nach dem Krieg zum ersten Mal mit dem Rektor der Straßburger Universität in der elsässischen Hauptstadt traf, hatte Charles Hauter den Kollegen glatt verboten, daran teilzunehmen. Kurzum, überall gab es deutsch-französischen Austausch, nur nicht unter evangelischen Theologen, obwohl sie alle denselben Schirmherr hatten: Martin Luther. Und Martin Luther war nun mal Deutscher und nicht Brasilianer.

Das persönliche Schicksal des Dekans der Evangelischen Fakultät hatte etwas mit seiner geistigen Blockade zu tun. Charles Hauter unterrichtete schon als Professor, als das Elsass 1918 wieder zu Frankreich kam. Er hätte glatt seine Karriere in Deutschland fortsetzen können, wo er als Theologe bekannt war. Er blieb im Elsass und integrierte sich in das französische System. Als er es endlich geschafft hatte, kamen die Nazis ins Elsass und gründeten die Reichsuniversität Straßburg als Speerspitze der germanischen Kultur Richtung Paris. Französisch war fortan verboten. »Raus mit dem welschen Plunder«, war überall zu lesen.

Bevor die Straßburger Universität von den Nazis gekapert wurde, wurde sie nach Clermond-Ferrand ins unbesetzte Frankreich verlegt. Aber 1942 besetzten die Deutschen das gesamte Land. Der Dekan wurde nach Buchenwald deportiert. In dieser Zeit verhaftete die Gestapo beide Söhne des Professors und ermordete sie. Damit war die Entscheidung getroffen: keine Versöhnung mit den Deutschen.

Das war einmal. Heute arbeiten sogar vierzehn Pfarrerinnen und Pfarrer aus Deutschland im Elsass. Oft hat es etwas mit der persönlichen Situation zu tun, sprich: deutsch-französische Partnerschaft. Wie bei Rico und Nathalie, Bernhard und Sylvie, Eberhard und Danièle, ist das Elsass auch für Theologen die ideale Drehbühne, um beide Kulturen zu vereinen und nicht zu weit von der Heimat zu arbeiten.

*

Ich mache mich also auf die Suche nach einer deutschen Pfarrerin. Mein Freund Michel, selbst Theologe, zuständig für den interreligiösen Dialog, fragt mich ohne Umschweife: »*Quelle genre d'Allemande souhaites-tu rencontrer? Emancipée, féministe, pulpeuse, coincée, avec ou sans sex-appeal?*« (Was wünscht Du dir für eine Deutsche? Eine Emanzipierte, eine Feministin, eine Pulpöse, eine Verklemmte, eine mit Sex-Appeal?)

Das Adjektiv »pulpös« hat unter meinen deutschen Bekannten einen grammatikalischen Tsunami ausgelöst. Mein Nachbar Peter hat mir um zwei Uhr morgens gar mit der Kündigung der Freundschaft gedroht: »Pulpös gibt es nicht auf Deutsch!«

Nicht einmal die beste Dudenausgabe beruhigte die Lage: »Von spätlat. pulposus (bes. Med): aus weicher Masse bestehend, fleischig, markig.«

»Da haben wir es doch, Peter!«

»Das Wort pulpös gibt es nicht!«, schrie mich Peter wiederholt nieder.

Auf Französisch nennt man eine Frau *pulpeuse*, wenn es sich um ein knackiges Weibsbild handelt. Im Wörterbuch steht: »*Une jeune créature pulpeuse, aux formes pleines.*« Füllig wie etwa Gina Lollobrigida oder noch besser, Jane Mansfield.

»Such dir eine für mich aus! Mit oder ohne Sex-Appeal!«, maile ich meinem Freund Michael zurück. »Gut, ich empfehle dir Monika, sie ist nicht besonders pulpös, aber sympathisch, außerdem eine gute Freundin!«

Ich melde mich telefonisch bei Monika, die in Straßburg eine Gemeinde betreut. Die Antwort ist vielversprechend:

> »Ich habe in der Tat eine gewisse Erfahrung, da ich sowohl in Deutschland als auch im Elsass als Pastorin gearbeitet habe oder arbeite. Ich kann ihnen einiges über die Unterschiede beider Kirchen erzählen. Ich möchte aber sicher sein, wenn sie das Gespräch in einem Buch veröffentlichen, dass ich das Ergebnis vor dem Druck prüfen kann, um Klischees zu verhindern. Wenn man zwei Situationen vergleicht, sind nämlich die Klischees auf der Lauer.«

Also dann, wir verabreden uns. Am nächsten Tag Strompost aus dem Pfarrhaus.

> »Ich habe meine Meinung geändert. Ich habe schließlich nichts Interessantes zu sagen, auf jeden Fall nichts, was wichtig genug wäre, um in einem Buch veröffentlicht zu werden. Dafür gibt es mehrere Gründe. Zusammengefasst: *je n'y crois plus*, ich glaube nicht mehr.«

Mein Gott! Hat Monika den Glauben verloren? Auch Pastoren sind manchmal von Zweifeln geplagt. Ich denke an den Roman von Dieter Wellershoff: »Der Himmel ist kein Ort.« Irrtum. »Ich glaube nicht mehr«, schreibt Monika weiter,

»dass Bücher, in puncto deutsch-französische Beziehungen etwas bewirken können. Diese Fragen gehören zur Vergangenheit, spätestens seit dem Nein der Franzosen bei der Europawahl. Das Elsass ist nicht mehr elsässisch, auch nicht mehr französisch.

Die Deutschen haben Probleme mit ihrem eigenen Selbstverständnis, was mich persönlich echt überfordert. Das Geld scheint allein ihre Priorität zu sein. Kurzum, ich bin überfordert, Ihnen eine Analyse zu liefern. Die Herausforderungen der Zukunft spielen sich anderswo in der Welt ab. Da kann ich persönlich nicht mithalten. Vielleicht ist es auch gut so, dennoch habe ich den Glauben an ein gutes Essen nicht verloren. Wir werden uns vielleicht streiten, ohne uns ernst zu nehmen. Es muss nicht jedes Wort gedruckt werden.«

Ich schnappe nach Luft. Eine Theologin, die nicht mehr an die Kraft des gedruckten Wortes glaubt? Die nicht mehr an die deutsch-französischen Beziehungen glaubt? Mir natürlich auch nicht traut? In meiner langen Karriere als Journalist ist mir aufgefallen, dass Theologen oft in Panik geraten, wenn sie selbst von außen hinterfragt werden. Dabei predigen sie als Pfarrer beziehungsweise als Pfarrerin Sonntag für Sonntag ohne Widerspruch von der Kanzel herab. Soll ich das Essen absagen?

Wir treffen uns schließlich, zusammen mit meiner Frau Elisabeth und mit meinem Freund Michel. Wir umarmen und küssen uns im Flur des Pfarrhauses, als ob wir uns schon lange kennen. Patrick, ihr Mann, Architekt von Beruf, ist dabei. Außerdem eine Tochter, Florina, die noch das Gymnasium besucht.

Monika spricht sehr gut Französisch. Tochter Florina spricht akzentfrei Französisch und Deutsch. Patrick schafft es auf

Deutsch. Die Pastorin hat eine Suppe mit Roter Beete vorbereitet, danach Hähnchen mit Sauerkraut. Zum Dessert Joghurt. Alles zusammen mit einem guten Rotwein. Die Atmosphäre ist entspannt. Michel erzählt von seinem neuen Roman über einen ausgeflippten Pastor, in dem ich auch vorkommen soll, zusammen mit Kevin Costner. Warum nicht?

*

Die Badische-Zeitung berichtet über eine deutsche Pfarrerin aus Colmar, Claudia Schultz, die nach Fukushima über die Atomgelassenheit der Franzosen staunt. Ich melde mich bei Claudia. Wir verabreden uns. Ich warte vor dem Pfarrhaus. Die Vierzigjährige lächelt im Regen vom Fahrrad herab und winkt mich in den Hof. Ein Arbeiter repariert gerade eine Tür, die vom Sturm zerschmettert worden ist. Ich schaffe es im letzten Augenblick, einer Hundelache auszuweichen. Claudia lächelt immer noch und erzählt ohne Wenn und Aber aus ihrem Leben.

Die deutsche Pastorin der lutherischen Kirche Saint-Marc in Logelbach bei Colmar hat sich im Alter von dreizehn Jahren in Frankreich verliebt. »*Je suis tombée amoureuse de la France à l'âge de 13 ans.*« Im Gegensatz zu Monika ist sie nicht nur unkompliziert, sie spricht auch akzentfrei Französisch. Sie verbrachte die Schulferien in der Familie Gibeaumey in Toul, bei Nancy. Es war Liebe auf den ersten Blick. Mit Anne, der gleichaltrigen Tochter der Familie, bleibt sie bis heute befreundet. Später studierte Claudia Evangelische Theologie in Münster und Romanistik in Nancy. In Paris unterrichtete sie Deutsch in zwei berühmten Lycées, Arago und Voltaire. Sie schaffte noch einen Master in Angewandter Sprachwissenschaft und orientierte sich überraschenderweise in die Werbeabteilung des Joghurtkönigs Danone. Noch hatte sie keine Berührung mit dem Elsass, nur mit Frankreich. Ihre deutsche Herkunft brachte ihre Chefs auf den Gedanken, sie in die Ostgebiete der *Grande Nation* zu schicken, nämlich um sich mit dem Verkauf der *Biscuiterie alsacienne* zu beschäftigen. Sie entdeckte also das Elsass auf der Packung von Plätzchen, in Form des Konterfeis einer Elsässerin mit der folkloristischen Haube, die wie ein Schmetterling aussieht, auf dem Kopf.

Nachdem Claudia im Elsass genug Plätzchen verkauft hatte, packte sie wieder die Theologie. Sie absolvierte an der Uni Straßburg einen Master, den sie in Münster nicht zu Ende geführt hatte. Thema: *Cultes et cultures des anciens bâtiments. Qu'est ce qu'on va faire avec les églises?* Also: was tun mit den Kirchen, die leer stehen? Schließlich engagierte sie die Lutherische Kirche von Elsass-Lothringen als Pfarrerin. Claudia ist mit Pierre Etienne, einem elsässischem Anwalt verheiratet, der allerdings nicht mehr Elsässisch spricht. Die drei Kinder, Simon, Bénédicte und Lionel, werden zweisprachig erzogen: deutsch und französisch.

»Der Unterschied zu Deutschland?«

»Weniger Geld, persönlich und für die Gemeinde. Es gibt weder Personal noch Verwaltungsstrukturen. Ich bin Küster und Seelsorgerin in einer Funktion. Gemeindemitglieder helfen ehrenamtlich, wenn nötig. Die fünf Pfarrer der Colmarer Gegend teilen sich gerade mal eine Sekretärin.«

Es vergeht kein Tag, ohne dass jemand über die Pastorin staunt. Auch im Elsass bleiben die Protestanten eine Minderheit. Auf der anderen Straßenseite wurde eine Moschee geöffnet. Sie pflegt die theologische Nachbarschaft ohne Hemmungen. In Straßburg wurde 2012 der erste ausschließlich muslimische Friedhof in Frankreich eingeweiht. Im übrigen

Land gibt es ein *carré musulman*, also ein Platz im öffentlichen Friedhof, wo Moslems ihre Angehörigen begraben dürfen.

Einmal pro Monat predigt Claudia auf Hochdeutsch.

29 Sören, Gilbert und Heiko

Die Evangelische Kirche im Elsass genießt, wie die katholische und die jüdische Konfession, in Frankreich einen Sonderstatus. Es gibt zwar keine Kirchensteuer wie in Deutschland, aber die Pastoren, Priester und Rabbiner werden vom Innenministerium bezahlt. Das haben sie alle Napoléon zu verdanken, der mit den verschiedenen Religionsgemeinschaften eine gesetzliche Regelung vereinbarte, Konkordat genannt für die Katholiken, *articles organiques* für die Protestanten und die Juden.

Als sich in Frankreich 1905 die Trennung von Kirche und Staat vollzog, gehörte das Elsass zum Zweiten Deutschen Reich. Als es 1918 wieder Französisch wurde, sollte das Konkordat abgeschafft werden. Die Elsässer protestierten mit Erfolg, bis heute. Jeder Franzose, aus Marseille oder Paris, zahlt also via Steuer das Gehalt der elsässischen Pfarrer, Priester und Rabbiner.

Im übrigen Frankreich wird das gesamte Kirchenpersonal von den Gemeinden bezahlt. Da springen für einen vierzigjährigen Pfarrer kaum 1.000 Euro pro Monat 'raus. Aber auch im Elsass, wo ein paar mehr Euro abfallen, ist das Gehalt der Geistlichen nicht mit dem der deutschen Kollegen zu vergleichen. Monika und Claudia nehmen also im Elsass beträchtliche finanzielle Einbußen hin. Aber wo Liebe im Spiel ist …

Das Thema Konkordat tauchte 2012 erneut in den politischen Debatten auf. Jean-Luc Mélenchon, Vertreter du *Front de gauche* (Allianz der Kommunisten und der Linkspartei), überraschte zwar niemanden, als er die Abschaffung des Konkordats im Namen der *laïcité* forderte, eher schon der Sozialist François Hollande, der Nicolas Sarkozy aus dem Rennen boxte. Die Idee des neuen Präsidenten bleibt überraschend. Er will das Gesetz von 1905, das die Trennung von Kirche und Staat in Frankreich – außer im Elsass – vollzieht, im Grundgesetz verankern. Das Problem ist folgendes: Ein Gesetz duldet Ausnahmen, das Grundgesetz nicht, es gilt für alle. Seitdem schlafen die elsässischen Geistlichen schlecht, aber schon erheben sich unter den Sozialisten Stimmen, um eine Ausnahme der Ausnahme juristisch zu verkleiden. Kurzum: Elsässer werden, dank Napoléon, »extrawerscht«, Extrawürste, bleiben.

Der deutsche Elsass-Bürger, nennen wir mal so die Deutschen, die im Elsass etabliert sind, kennt das Wort *laïcité*, vorausgesetzt, dass er Französisch liest und versteht. Die Diskussion um diese berüchtige Laizität ist ein Dauerbrenner seit der Revolution … und wird es auch bleiben. *Laïcité* hin und *laïcité* her, Frankreich denkt »katholisch«, von oben nach unten. Es hat nichts vom lutherischen Urknall, der das Gewaltmonopol des Vatikans gesprengt hat, abbekommen.

Die Revolution hat ähnliches versucht, als sie den König köpfte. Aber sie hat nur halbe Arbeit geleistet. Das Herz des Königs sitzt noch tief, auch wenn er nicht wahrhaben will, in jedem Franzosen. Denken wir nur an Napoléon, der sich ein paar Jahre nach der Revolution als Kaiser entpuppte. Die gesamte politische Klasse denkt in Frankreich katholisch. Auch die Linken: Alle reden von *liberté - égalité - fraternité,* aber jeder Kandidat für das höhere Amt, sagt *je - je - je … Si je suis élu président de la république*, scheut sich nicht ein einziger Kandidat zu sagen, auch wenn er nicht die geringste Chance hat, das

Rennen zu gewinnen. Schließlich wird der Präsident vom Volk gewählt, benimmt sich aber wie ein König, der nur ein Ersatz des Papstes ist.

Die *laïcité* brauchen die Franzosen, um die seelische Nabelschnur zum König und zum Papst zu trennen. Sie befürchten, rückfällig zu werden. Deshalb wollen sie das Gesetz zur Trennung von Staat und Kirche auch noch in der Verfassung verankern. Franzosen mögen Könige und Päpste, auch wenn sie es nicht zugeben. Wenn der Papst Frankreich besucht, versinken die Journalisten im Weihrauch. Aber weder Könige noch Päpste sind heute geeignet, die Probleme der modernen Gesellschaften zu lösen. Sie bremsen die Demokratie aus.

Das hierarchische Denken sitzt tief in jedem Franzosen, gleichzeitig träumt er von Freiheit, deshalb rebelliert er auch gerne. Er bewundert Deutschland, aber weiß nicht warum. Calvin, etwas jünger als Luther, hatte zwar versucht, das päpstliche Korsett zu sprengen, aber der König, als Stellvertreter des Papstes, machte nicht mit. Das Gemetzel der Bartholomäus-Nacht, als die Protestanten ausgelöscht wurden, sitzt noch tief im Nacken der französischen Geschichte. Die Folgen sind heute noch spürbar, aber die Franzosen wissen das Problem nicht zu lösen und beschäftigen sich lieber mit dem Genozid an den Armeniern.

Täglich zitieren die Politiker in Paris das deutsche Modell: »*comme l'Allemagne*«. Keiner kommt auf die Idee, dass dieses mit dem lutherischen Urknall zu tun hat, der die Energiemoleküle der Bürger verdoppelt. Protestanten machen in Frankreich kaum 2% der Bevölkerung aus. Im Elsass 10%. Es gibt in Frankreich mehr Moslems als Protestanten. Was Thilo Sarrazin gewiss betrübt.

*

Die Evangelische Akademie von Liebfrauenberg im nördlichen Elsass wird von einem deutschen Pfarrer geleitet. Sören Lenz ist mit Esther, einer elsässischen Theologin, verheiratet. Beide haben sich in Tübingen beim Studium kennengelernt. Alle fünf Kinder, Theodore, Salomé, Gabriel, Sophie und Sarah, werden zweisprachig erzogen und lernen sogar Elsässisch *en passant*. Die Akademie arbeitet eng mit der Evangelischen Akademie in Landau und im badischen Bad Herrenalb zusammen. Sein Kommentar: »Wie bei allen deutsch-französischen Projekten scheint es gewisse Ermüdungserscheinungen zu geben, so dass wir uns die Frage stellen, inwieweit diese Tradition fortgeführt werden kann. Wie auch bei vielen Städtepartnerschaften ist die Luft raus. Wahrscheinlich, weil es ›normal‹ geworden ist, mal kurz nach Deutschland zum Einkaufen zu fahren. Das Exotische ist weg und auch bei Jugendbewegungen oder deutsch-französischen Freizeiten spielt eher der Preis oder das Ziel eine Rolle, als die Begegnung mit Deutschen oder Franzosen.«

Die evangelischen Pfarrer im Elsass standen lange Zeit unter Verdacht, während der Nazizeit deutschfreundlich gewesen zu sein. Manche unter ihnen, wie der Pfarrer, der mich 1944 in Stosswihr taufte, galten sogar als nazifreundlich. Nach dem Krieg wurde er kurz eingesperrt. Das Erbe Martin Luthers – »der Staat ist von Gott gewollt« – führt im Elsass quasi automatisch zu deutschen Wahlverwandtschaften. Ordnung muss sein. Die ältere Pfarrergeneration hatte noch zu Kaiserzeit deutsche Universitäten besucht. Die Pfarrer, die nicht so politisch wachsam waren wie Dietrich Bonhoeffer oder Karl Barth, ließen sich von der Deutschtümelei der Nazis verführen.

Sören schreibt mir weiter: »Gibt es in Deutschland zum Beispiel eine Renaissance des alten kirchlichen Liedgutes, das auch Generation zu verbinden versteht, scheint mir im Elsass der Bruch zwischen alter, deutschsprachiger Generation und der jungen Generation viel schärfer ausgebildet. In Deutschland ist die Kirche in der Gesellschaft, so scheint mir, präsenter und gegenüber der Gesellschaft offener. Viele neue Ideen in Theologie und Gottesdienst sickern erst Jahre später ins Elsass durch, von deutscher Seite aus gesehen. Viele ältere Kollegen kennen das deutsche kirchliche Leben, vor allem über den Kirchentag, der immer wieder neue Impulse gibt für Gottesdienst und Gemeinde. Die jüngere Generation dagegen ist, vielleicht auch als Protest, diesem Grenzüberschreiten verschlossen.«

Sören ist nicht nur ein deutsch-französischer Gedankenschmuggler, er versucht auch die Kopfgrenzen zwischen Christen und Moslems zu sprengen. Sören schreibt und inszeniert Theaterstücke, in denen Vertreter beider Glaubensgemeinschaften aktiv beteiligt sind. Das Stück *Noël au balcon ou Ramadan aux tisons* wurde in Straßburg an Weihnachten 2011 vor 400 Zuschauern uraufgeführt und in mehreren elsässischen Städten mit Erfolg gespielt: Eine moslemische Familie bezieht eine Wohnung in einem Mehrfamilienhaus, in dem nur Christen wohnen. Der Alltag verändert sich. Wer hat am Weihnachtstag den Fahrstuhl blockiert?

*

Immer wieder müssen wir festhalten, dass die Elsässer geistige Schlafmützen sind, unfähig, aus der Geschichte zu lernen, um das neue Europa aufzubauen. Die geistige Sperre fing sofort nach dem Krieg an, als einige Elsässer sich – zum Glück ohne Erfolg – weigerten, den Europarat in Straßburg aufzunehmen. Auf einen Robert Schumann (Lothringen) und Pierre

Pflimlin (Elsass) kamen tausende von deutschen-französischen Nörglern. Aber auch deutsche Neubürger verfehlen ihre Chance: »Sie kaufen ein Haus im Elsass, weil das Bauen billiger ist, schicken die Kinder zunächst in die französische Schule. Sie selbst strengen sich nicht an, Französisch zu lernen. Bald stellen sie fest, dass sie die Kinder bei den Schularbeiten nicht mehr begleiten können, holen sie von der französischen Schule herunter und schicken sie über die Grenze in eine deutsche Schule, wobei die Kinder wieder eingedeutscht werden und ihre Französischkenntnisse samt Freunden verlieren. Eine pädagogische Katastrophe«, sagt mir Annette Ruby, Pfarrerin in Niedermodern. Kurzum: die Chance zweisprachig aufzuwachsen ist vertan. Neue Impulse kommen immer wieder von den deutsch-französischen Paaren.

Im Norden des Elsass gibt es dennoch Positives zu berichten. Die grüne Grenze hat die Kontakte zu Deutschland schon immer erleichtert. Pfarrer Gilbert Greiner springt in Lauterbourg hemmungslos über die Grenzen, genauso wie sein deutscher Partner Heiko Schwarz aus Neuburg. Am Stammtisch vom Restaurant *La Charrue* trifft man sich regelmäßig für den alltäglichen Gedankenaustausch. Wobei die deutschen Gemeindemitglieder auch hier sprachlich hinterherhinken. Pfarrer Heiko spricht kein Französisch. Deshalb kam Kollege Gilbert auf die Idee, eine Werbekampagne zu starten: »Französisch geht durch den Magen.«

Um Wissembourg herum, entlang der alten Grenze, gibt es nicht nur einen Kohl-Mitterrand-Pfad, sondern auch eine kirchlich-künstlerische *Sightseeing-Tour.* Ein Künstler hat hüben und drüben seine Spur in den Gotteshäusern hinterlassen. Ein grenzüberschreitender Kirchenführer durch das Nordelsass und die Pfalz wurde 2008 von der Evangelischen Kirche der Pfalz und den elsässischen Kirchen herausgegeben. Ich lese: »Kirche leben im Herzen Europas. Getragen von dem Glauben, dass es in Christus keine Grenzen gibt, engagieren wir uns für ein Europa ohne Grenzen.« Warum nicht? Ich stelle nur fest, dass die grenzüberschreitenden Fahrradfreunde schneller waren. Die treffen sich schon länger hüben und drüben.

*

Post von der Evangelischen Akademie Baden (Bad Herrenalb) flattert ins Haus. Auf dem Kuvert lese ich: »Protestantisch – Weltoffen – Streitbar«. Davon sind Luthers und Calvins Erben im Elsass noch weit entfernt. Bei uns muss man lesen: »Protestantisch – Langweilig – Angepasst«.

Allerdings haben die elsässischen evangelischen Geistlichen in puncto Rente einen Sonderstatus, der in der Kirchengeschichte weltweit einmalig ist. Sie müssen nicht aufhören zu arbeiten, sie können lebenslänglich als Pfarrer arbeiten. Die Republik ist verpflichtet, sie bis zu ihrem Lebensende im Amt zu lassen und ihnen das volle Gehalt auszuzahlen. Noch ein Geschenk Napoléons. Die katholischen Geistlichen müssen dagegen mit fünfundsiebzig aufhören zu arbeiten. Sie sind auch dem kanonischen Recht unterworfen, also nicht nur der Republik, sondern auch dem Vatikan.

Der Erzbischof von Straßburg muss sein Amt im Alter von fünfundsiebzig niederlegen. Sein protestantisches Pendant, mein Schulfreund Jean-François Collange, darf lebenslänglich im Amt bleiben. Laut 1. Buch Mose, Kapitel 5, Vers 5, brachte es Adam auf stolze 930 Jahre. Wobei Methusalem (Vers 25) Adam mit 969 Jahren übertraf. Falls mein Freund Jean-François es bis 969 schaffen sollte, wäre die Republik verpflichtet, ihm das volle Gehalt ohne Wenn und Aber bis zum Todestag auszubezahlen.

30 Faruk und Joachim

Mein Freund Faruk Günaltay wohnt nur ein paar hundert Meter von Monika, der Pastorin, die so wunderbar kocht, aber über die deutsch-französischen Beziehungen schweigt, entfernt. Faruk ist in Ankara geboren, übersiedelte schon mit sechs Monaten nach Straßburg. Sein Vater vertrat die Türkei beim Europarat. In der Nacht vom 20. auf den 21. September 2010 brannten beide Autos der Familie aus. Sie waren dicht an der Mauer des Hauses geparkt. Zum Glück wachte ein Nachbar auf und rief die Feuerwehr. Das Zimmer meines Patenkindes Elif lag dicht am Brandherd. Der Feuerüberfall war beabsichtigt, wie die Hakenkreuze, die an die Hauswand geschmiert wurden, es dokumentierten.

Faruk leitet das *Cinéma d'Art et d'Essai l'Odyssée.* Der Straßburg-Besucher kann es nicht übersehen, es liegt dicht am Zentralplatz, Place Kléber genannt, ein Elsässer, der für Napoléon in den Krieg zog. Einer von achtzig elsässischen Generälen, die den kleinen Korsen gut fanden.

Das Kino ist eine Institution in Straßburg. Jean-Luc Godard, Wim Wenders, Dino Risi, Volker Schlöndorff und viele andere haben *l'Odyssée* besucht. Seit 2004 findet jedes Jahr in Straßburg ein Monat des deutschsprachigen Films statt. Außerdem gibt es seit 2010 eine regelmäßige Kooperation mit Deutschland: »Über die Brücke ins Kino« ist das Motto von Faruk Günaltay und Joachim Junghans, seinem deutschen Partner vom *KinoCenter* Kehl am Rhein.

»Auch bei den europäischen Kinos öffnen sich langsam die Grenzen, grenzüberschreitendes Kino entsteht. Der europäische Film wird international. Genau, wie der deutsche Film jedes Jahr mehr Besucher findet, wird der französische Film immer beliebter. Das wollen wir ihnen nicht vorenthalten.

In Zusammenarbeit mit dem Cinéma *L' Odyssée* zwischen Frankreich und Deutschland, Strasbourg und Kehl, entsteht ein Filmaustausch mit vielen neuen Events, die wir heute noch gar nicht alle voraussehen können.

Fangen wir mit dem *Kino Ciné-Pass der zwei Ufer* an. Damit sie es leichter haben, auch einmal ein Kino im Nachbarland zu besuchen und den europäischen Film näher erleben können. Ich freue mich auf eine interessante Zusammenarbeit.«

So schreibt Joachim Junghans im grenzüberschreitenden Werbeblatt.

Straßburg hatte lange keinen »psychologischen« Zugang zum Rhein, wie zum Beispiel Basel oder Mainz. Das Militär baute Kasernen und die Industrie verschmutzte den Fluss ohne Hemmungen. Und das, obwohl die Stadt selbst von Wasserarmen liebkost wird. Dreiundzwanzig Brücken führen in die Innenstadt. Das Münster wurde auf einem Wasserbett gebaut. Ein Deutscher hatte um die Jahrhundertwende, zur Kaiserzeit, eine hydraulische Mechanik erfunden, die die Stabilität des Kunstwerkes garantiert, bis heute. Aber das Straßburger Wasser stammt nicht vom Rhein, sondern von der Ill, einem Nebenfluss, der seinen Anlauf im elsässischen Jura nimmt, parallel zum Rhein durchs Elsass fließt, und sich erst kurz vor Baden-Baden geschlagen gibt, um in den Rhein zu münden.

Der Rhein blieb lange eine Grenze. Erst in den letzten Jahren florieren in Straßburg Baupläne, um sich vorsichtig dem Fluss zu nähern. Der Bau der Fußgängerbrücke *Passerelle des deux Rives* sorgte jahrelang für Stress zwischen Kehl und Straßburg. Aber jetzt ist sie da. Sogar der TGV schießt dank der neuen Brücke mit 160 km/h über den Rhein, wie die Berichterstatter melden. Wobei offensichtlich keiner gemerkt hat, dass der Kehler Bahnhof am Rheinufer liegt. Wenn der TGV mit 160 km/h über den Rhein saust, wird er trotz moderner Bremsen erst in der deutschen Pampa zum Stehen kommen.

Immer mehr Elsässer etablieren sich in Kehl und Umgebung. So mein Freund Christian Michel, Arzt in Straßburg. Er entdeckte die deutsche Seite des Rheins, als er am Straßburger Stadtmarathon teilnahm. »Ich lief über die neue Fußgängerbrücke, die in das Kehler Villenviertel führt. Für mich total neu. Da ich mich auf Wohnungssuche befand, entschloss ich mich ohne zu zögern für die deutsche Rheinseite. Es fiel mir nicht schwer, da die Wohnungen in Kehl um ein Drittel billiger sind als auf französischer Seite.«

Die Franzosen staunen: Die deutschen Dörfer haben nichts mit den elsässischen Schlaflagern um Straßburg herum zu tun. Hier findet man noch nette Kneipen und kleine Geschäfte. Das soziale Leben ist angenehmer, die Busse werden nicht abgefackelt. Es gibt sogar ein »Vesper«. Man kann auch um 16 Uhr noch eine Kleinigkeit essen, was in Frankreich, wo man schon um zehn vor zwei Restaurantverbot hat, unmöglich ist. Außerdem ist außer Benzin grundsätzlich alles billiger auf der deutschen Seite. Bald wird auch noch eine Tramstrecke den Rhein überqueren.

Die Kinolandschaft begleitet also die soziale Entwicklung zwischen Elsass und Baden, Frankreich und Deutschland. Dass ausgerechnet ein Türke die deutsch-französischen Beziehungen in Sachen Kino initiiert hat, ist nur ein Wink des Schicksals. Leider sehen das nicht alle positiv. Immer wieder gibt es rassistische Ausschreitungen im Elsass, die von den Politikern heruntergespielt werden. Elsässischer als Faruk kann man nicht sein. Er hat schon Neujahrsansprachen auf Elsässisch gehalten und unterrichtet Geschichte im *Gymnase Protestant,* einer Eliteschule, genau am dem Ort, wo die Straßburger Universität im Mittelalter von Johannes Sturm ins Leben gerufen wurde. Es gibt nur ein Problem. Faruk sieht aus wie ein Türke aus dem Bilderbuch, dick wie ein Pascha, Zigarre im Mund. Eine Figur wie aus einem Roman von Orhan Pamuk.

Wir leben aber in Frankreich, einem Land, in dem das Aussehen eine große Rolle spielt. Die elsässische Polizei hatte im Winter 2011 die Bevölkerung aufgefordert, Personen zu melden, die aussehen, als ob sie aus dem Osten Europas kämen – ohne zu präzisieren, wie Elsässer eigentlich auszusehen haben. Die Pariser Polizeidirektion blies die Aktion ab, aber die Rassisten fühlten sich unterstützt.

Es gibt zwei rechtextreme Parteien im Elsass, die der Familie Le Pen und *Alsace d'abord* (Elsass zuerst), eine regionale Abspaltung. Schon 1995 war Vater Le Pen bei den Präsidentenwahlen an zweiter Stelle nach Chirac (damals Präsidentschaftskandidat). Sieben Jahre später war Le Pen in ganz Frankreich beim ersten Wahlgang an zweiter Stelle und warf den Sozialisten Lionel Jospin aus dem Rennen. Die Tochter droht noch erfolgreicher zu werden als der Vater: Bei der Präsidentenwahl im April 2012 erhielt sie 17,9% der Stimmen, im Elsass sogar 22,1%.

Der Anschlag auf die Autos meines Freundes, der mit dem Tod der Familie hätte enden können, ist ein Signal, weil Faruk ein anerkannter Akteur des Kulturlebens in Straßburg ist. Jedes Jahr organisiert er eine türkische Kinowoche. Zur Zeit des Überfalls hatte es mehrere Treffen von rechtsorientierten Organisationen in Straßburg gegeben. Schändungen von Friedhöfen finden auch regelmäßig statt, einmal jüdische Gräber, einmal moslemische. Angst vor den Ausländern wurde damals vom Staatschef Nicolas Sarkozy höchstpersönlich propagiert. Die Hetze auf Roma und Sinti war unerträglich. Sie wurden wie Schmeißfliegen niedergetrampelt.

Ich habe persönlich noch nie verstanden, wieso eine beträchtliche Anzahl von Elsässern Vertreter rechtsextremer Parteien wählen. Selbst zwangsrekrutierte Elsässer, die über die damalige Zeit jammern, stimmen für Le Pen und Konsorten. Keiner ist freiwillig der Wehrmacht beigetreten, heißt es. Mein Nachbar Alfred klagt über seine Zwangsrekrutierung, die ihn nach Russland geführt hat. Im selben Atemzug schimpft er über die Jugend: »Unter Hitler hat man keine Mofas geklaut!«

Als ich meinen Freund Faruk im Kino besuche, interviewten ihn drei Studentinnen. Ich schreibe mit. Ein paar Gedanken meines türkisch-elsässischen Freundes: »In Frankreich ist man der Meinung, dass man über alle richten kann. Dennoch wundern wir uns, wenn Außenstehende sich über uns ein Urteil erlauben.« – »Kino ist das Feld der Widersprüche. Jean Cocteau sagte: *l'art est un mensonge qui dit la vérité.* (Die Kunst ist eine Lüge, die die Wahrheit sagt.)« – »Im Kino ist die Macht der Suggestion gewaltig. Wie geht man mit dieser Macht um? Der Teufel steckt in uns.« – »Filme sind dazu da, Kopfgrenzen zu sprengen.«

Die Mädels nicken artig und schreiben eifrig mit. Ich fahre sofort nach Kehl über den Rhein und freue mich, dass auf der französischen Rheinseite eine Gartenanlage die hässlichen

Zollgebäude ersetzt hat. Schuld sind die Autonomen, die sie beim Nato-Gipfel 2009 abgefackelt haben. Franzosen bauen Grenzen nie freiwillig ab. Sie bereuen es jetzt schon. Immer wieder drohen sie, das Schengener Abkommen auszusetzen. Die Flüchtlinge aus Afrika bedrohen die ethnische Integrität der *Grande Nation.* »Ich fühle mich im eigenen Lande nicht mehr zu Hause«, sagt der Innenminister, ohne rot zu werden, in die Kamera.

*

Ich finde das *KinoCenter* in der Kehler Hauptstraße. Das Haus aus den fünfziger Jahren ist zwischen einer Bäckerei und einem Videoladen eingepfercht. Gérard Depardieu schaut mich an. Der Film von Jean Becker *Das Labyrinth der Wörter,* in dem er mit Gisèle Casadesus die Hauptrollen hat, läuft gerade an. Hinter der Theke, umrahmt von Popcorn-Behältern und Colaflaschen, sitzt ein Mann, der wie Volker Schlöndorff aussieht. Kleine runde Brille. Glatze auf dem Kopf mit einem Haarkranz. Als er aufsteht, ist er allerdings größer als der Regisseur der »Blechtrommel«. Es handelt sich um den Kino-Partner von Faruk, Joachim Junghans. Wir schwätzen über die Zusammenarbeit mit Straßburg. Endlich wagen sich nicht nur Aldi- oder dm-Kunden über den Rhein. Auch Kino-Liebhaber wagen den Sprung. Joachim ist in der Filmwelt aufgewachsen. Seine Eltern betrieben mehrere Kinos in der Karlsruher Gegend. Irgendwann, ich weiß selbst nicht mehr warum, erwähne ich, dass Faruk bei mir zu Hause Marianne Sägebrecht getroffen hat.

»Marianne hat mal bei mir im Kino während einer Drehpause einen Kaffee getrunken.« Es funkt. Plötzlich erinnere ich mich an Dreharbeiten in Kehl vor 23 Jahren. Ich drehte als

Regisseur eine Filmserie über die Gleichnisse in der Bibel für die ARD. Marianne spielte im Fernsehfilm »Das große Fest« die Hauptrolle als geschiedene Pfarrerin, die Stress mit dem Kirchengemeinderat hatte. Sie organisierte ein Fest mit den Ausgestoßenen der Kleinstadt. Nachts drehten wir eine Szene, in der sie vor dem Kino von Joachim ein paar Prostituierte in ihren Kleinbus einsammelt. »Ich habe dich nicht erkannt!«, entschuldigt sich Joachim. »Kein Wunder. Ich spielte selbst einen Clochard und sah dementsprechend aus!«

Ich fahre zurück ins Elsass und denke an eine Bemerkung von Faruk: »Die Initiative der grenzüberschreitenden Kinoarbeit kommt von mir und Nawel Rafik, zuständig für Internationale Arbeit im Straßburger Rathaus. Ich bin in der Türkei geboren, Nawel in Marokko. Wo bleiben die Elsässer?« Zu Hause, und zünden gelegentlich Autos von *citoyens* mit Migrationshintergrund an.

31 Cercle de l'Ill

Die *Crème de la Crème* des Oberrheins, ob Wissenschaftler, Unternehmer, Künstler, Politiker, trifft sich einmal im Monat in einem Nobelrestaurant, um zu schlemmen. Die Auserwählten stammen aus Baden, aus dem Elsass, aus der Region Basel. Sie bilden die geballte Exzellenz des *Upper Rhine Valley*. Zahl der Mitglieder: 600, kaum auszuhalten. Der Tatort: Gastrotempel wie *Les Trois Rois* in Basel, *Colombi* in Freiburg, *Auberge de l'Ill* im Elsass. Der Plan: 19.30 Uhr – Apéro; 20 Uhr – Essen; 22 Uhr – Ende der Vorstellung beim Stehcafé im Salon; 22.30 Uhr – die Putzkolonne räumt auf. Zweimal im Jahr darf *Madame* mit von der Partie sein. Der Ablauf:

zehn Gäste pro rundem Tisch. Keine Rede. Ein Tisch-Präsident bittet jeden, sich kurz vorzustellen. Sprache: kunterbunt gemischt, Deutsch und Französisch.

Die interregionale, beziehungsweise internationale Runde wurde 1992 von Jean Weber, einem elsässischen Banker, Schulfreund von Jacques Chirac, gegründet. Ein Jahr später entschloss sich der Guide Michelin des Oberrheins, das nationale Alphabet abzuschaffen. Unter O findet der Leser: Obernai, France; Offenburg, Deutschland; Olten, Suisse.

Ich gehöre dazu, seit ich 1995 ein Buch schrieb: *Nous sommes tous des Alsakons, mais ne le répétez à personne.* (Wir sind alle elsässische Arschlöcher, aber sagt es bitte nicht weiter). Das Wort *con* kann man nicht wirklich übersetzen, weder mit Arschloch noch Blödmann. Obwohl das Buch von Roland Topor: *Mémoires d'un vieux con,* mit »Memoiren eines alten Arschlochs« übersetzt wurde. Im Wort *con* findet sich ein Funken Humor, den man in Arschloch vermisst, außer wenn es in einer Dialektform eingebunden wird, wie Ulrich Kienzle es mit seinem Buchtitel »Wo kommsch denn Du alds Arschloch her? Die Erfindung des Schwaben. Wie er wurde, was er ist«, beweist.

Deshalb wollte ich mein Buch damals nicht übersetzt haben. Das Wort *con* kommt 268 Mal vor. In Frankreich sind die Bibliotheken voll mit Büchern über *la connerie*, zu verstehen als das Verhalten der *cons*. Seit ich in meinen Kolumnen die Sprachen im Satz wechsle, lebe ich – literarisch gesehen – gefährlich. »Sie sind ein sprachliches Arschloch!«, schrieb mir ein emeritierter Professor aus der Pfalz. »Was machst Du hier, willst Du eine Bombe in die Runde schmeißen?«, fragte mich ein Kollege von den *Dernières Nouvelles d'Alsace*, der Hauptzeitung im Elsass, die in meinem Buch auch zu leiden hatte, als ich im *Cercle de l'Ill* aufgenommen wurde.

Ich bin nicht jedes Mal dabei, ganz einfach, weil die Gastro-Treffs meine finanziellen Möglichkeiten als Schriftsteller glatt überfordern. Dennoch bietet der *Cercle de l'Ill* eine ideale Kontaktbörse. Manchmal entstehen sogar Freundschaften. Sascha Berst ist ein junger Anwalt. Er schrieb einen spannenden Roman: »Mord im Garten des Sokrates«. Wir haben uns angefreundet. Im *Cercle* traf ich ebenfalls auf Günter Hildebrand, Headhunter. Der deutsche Ingenieur ist mit Pierrette verheiratet, einer Russischlehrerin aus Grenoble. Beide perfekt zweisprachig, genauso wie die Kinder, Sylvie und Peter. Wir haben inzwischen gemeinsam den Urlaub verbracht, sogar den Geburtstag zusammen gefeiert. Im Hirtenbrunnen, Wiesental, mit Günter. In Soultzeren, zu Hause, als ich dran war. Leider ist Günter im Alter von 64 Jahren gestorben. Pierrette bat mich, in Kirchzarten die Grabrede zu halten.

Jedes Jahr bittet der Vorstand des *Cercle* die Mitglieder, einen Fragebogen auszufüllen, etwa wie nach dem Besuch einer Nobelherberge. »Sind Sie zufrieden mit dem Service? Was können wir besser machen?« Ich habe festgestellt, dass Todesfälle von Mitgliedern im Heft, das bei jedem Essen mit Anwesenheitsliste und Adresse der Mitglieder verteilt wird, nie erwähnt werden. Der Tod ist kein Thema. Die Männer und Frauen vom *Cercle de l'Ill* sind insgesamt Erfolgsmenschen. Ihr Vita ohne Ausnahme imponierend. Schwindelerregende Leistungen. A. H., ehemaliger Präsident der elsässischen Handelskammer, Besitzer eines erfolgreichen Unternehmens, ist weit über achtzig. Selbstsicher erwähnt er seine »viel jüngere Frau« und meldet beim Dessert: »Heute Abend um elf, wenn ich nach Hause komme, schwimme ich noch ein paar Runden.« Man stirbt nicht im *Cercle de l'Ill*: »Ich sehe jünger aus, als ich bin«, strahlt W. G., ehemaliger Präsident des Mittelstandes in Baden. Braungebrannt erzählt er mir von seinem Haus in der Provence. Die Elite des Oberrheins ist ein Spiegelbild einer Gesellschaft, die den Tod in die Abstellkammer des Gewissens verbannt hat. Ursula Erzgräber, Geschäftsführerin des Frankreich-Zentrums in Freiburg, fünfundvierzig, sitzt an meinem Tisch. Ein paar Wochen später scheidet sie aus dem Leben. Interessiert niemanden. Im Alter von fünfundvierzig Jahren zu sterben ist ein Fehler.

32 *Café scientifique* – Wissenschaftscafé

Thomas Körber stellt sich als Netzwerker vor. Der sechzigjährige Regierungsbaumeister, Architekt und Stadtplaner ist auch Mitglied des *Cercle de l'Ill.* Er mailt am Donnerstag, den 30. März 2011, um mir mitzuteilen, dass um 18.30 Uhr in »Webers Weinstube« in Freiburg ein Wissenschaftscafé gegründet wird. Ich arbeite an diesem Tag mit der Motorsäge im Wald und zögere. Per Mail will ich mehr wissen: »Kommen auch Leute aus dem Elsass?« Thomas antwortet: »Es kommen ausschließlich interessierte Menschen aus dem trinationalen Lebens- und Wirtschaftsraum Oberrhein.« Da kann ich nicht widerstehen. Ich schalte meine Motorsäge aus, gehe unter die Dusche, zieh mich um und fahre über den Rhein.

Ich fahre gern nach Freiburg. Rechts sieht man die Alpen, geradeaus nähert sich der Schwarzwald, im Rückspiegel schimmern die Vogesen. Ich wechsle die Radiosender: France Inter, SWR, Radio France bleue. Radio DRS. Tanz der Sprachen. Wie schreibt René Schickele im »Erbe am Rhein«: »Du merkst ja schon an der geographischen Lage des Landes, dass wir ein Zirkus sind, – er deutete auf Schwarzwald und Vogesen als auf die Wände der Manege.«

Webers Weinstube, Ecke Tal- und Hildastrasse, war mir schon früher aufgefallen: »Geöffnet bis 3 Uhr morgens«, ist über dem Eingang zu lesen. Es liegt im »Bobbele«*-Viertel der Solarstadt, auch Wiehre genannt, eingeklemmt zwischen den Bergen. Die Dreisam fließt flott Richtung Rhein. Junge Leute schmusen am Ufer. Gerade das Gegenteil von Colmar, wo die *Bourgeoisie* sich hinter ihren Villen verschanzt, ohne Bistro weit und breit. Ich stoße sofort auf Dieter Salomon, Oberbürgermeister von Freiburg. Der Wahlsieg der Grünen im Ländle stimmt ihn fröhlich. Etwa hundert Menschen haben sich versammelt. Professor Dr. Christoph Borner arbeitet im Institut für molekulare Medizin und Zellforschung der Albert-Ludwigs-Universität Freiburg und erklärt uns die Ziele des *Café scientifique*. »Exzellenz lebt durch Köpfe«, sagt der Schweizer Wissenschaftler. Freiburg wird zum Geniewinkel erklärt. »Wir Forscher müssen raus aus unserem Elfenbeinturm«, bekräftigt Dr. Borner. Themen werden vom Publikum angeboten: Krebstherapie, Aids, Ernährung, Nanotechnologie, Kernforschung, Solartechnik. Nachdem mehrere Professoren das Wort ergriffen haben, gibt sich auch Dieter Salomon überzeugt: »Nur los, der Erfolg ist garantiert!« Alle gratulieren sich gegenseitig. Ich stelle eine einzige Frage: »Wie viele Franzosen sind im Raum?« Zwei Damen heben etwas zögernd ihre Hand. Wie oft bei trinationalen Treffen sind Schweizer und Deutsche in der Mehrzahl. Elsässer befürchten immer noch, von der germanischen Seite aufgefressen zu werden.

* »Bobbele« = gebürtiger Freiburger

Nach den Reden gibt es Tapas und badischen Wein. Zeit zum Plaudern und Kennenlernen. Die eine Dame, die sich als französisch geoutet hatte, ist eigentlich Deutsche. Sie heißt Dr. Christel Ladwein, zog der Liebe wegen ins Elsass und arbeitete an der *Université de Haute Alsace* in Mulhouse als Deutschlehrerin. Heute privatisiert sie und ist zurück in der deutschen Heimat. Sie ist die Gründerin des *Prix Bartholdi*, der trinationale Hochschul- und Universitätsprojekte auszeichnet. Es bleibt also nur noch eine Französin. Anaïs stammt aus Lille und studiert am Frankreich-Zentrum in Freiburg. Visitenkarten-Austausch.

Ich stelle also fest, dass kein einziger gebürtiger Elsässer bei der Gründung des *Café scientifique* anwesend ist. Die Führungskräfte am Oberrhein (Schweiz und Deutschland) werden weiter jammern, dass die Elsässer in ihren Betrieben nur als Putzpersonal zu haben sind. Aber auch Putzpersonal ist wichtig.

*

Ich lerne Winfried Sturm kennen, der sich als Lehrer des Jahres und Magier ausgibt. Visitenkarten-Austausch. »Ich bin auch MINT-Botschafter. Mathe, Informatik, Naturwissenschaft und Technik«, ergänzt der Magier. Ich studiere die Karte:

Lehrer des Jahres. HAG Hardware AG.
Dipl.-Phys. Winfried Sturm.
Leiter Hightech-Tüftlerschmiede am Faust-Gymnasium Staufen.

Allerhand. Kein Zweifel. Ich befinde mich in einem Geniewinkel.

Kaum zu Hause angekommen, maile ich dem Magier ein paar Fragen:

»Sie sind auch Magier, was bedeutet das?«

»Magie und Zauberei haben mich von klein auf fasziniert. Man scheint die Naturgesetze aus den Angeln heben zu können. Das reizte mich und habe mein Leben dieser Kunst gewidmet, auch sechsjährige Ausbildung zum Zauber-Meister.«

»Wie ist ihre Beziehung zum Elsass?«

»Menschen und Natur schätzen wir.«

»Kann man Magie zwischen Frankreich und Deutschland, Elsass und Deutschland herstellen?«

»Magie ist völkerverbindend, auch ohne Worte durch den Zauber der magischen Effekte. Entwickle als Tüftler, Erfinder und ›*Innovateur*‹ selbst magische Kostbarkeiten – zum Beispiel das Weltunikat ›Waldi, der Drogenhund‹, mit dem ich schon viele Erlebnisse weltweit durchlebt habe, sogar fast mit Verhaftung beim Zoll.«

»Hilft Magie beim Sprachenlernen?«

»Ich bin viel in asiatischen Ländern als Bildungsbotschafter. Zu Südkorea habe ich eine Bildungsbrücke aufgebaut, komme gerade von dort zurück, (dort auch vom deutschen Botschafter eingeladen und vom US-Commander der dort stationierten Truppen gegen die Gefahr von Nord-Korea.)«

»Sprechen Sie Französisch?«

»Nur ein paar Worte, kann aber durch Latein- und Italienischkenntnisse mich durchhangeln.«

»Kennen Sie persönlich Elsässer?«

»Nicht enge Kontakte, wäre aber daran interessiert.«

Der Magier wird mich in den nächsten Tagen mit allen möglichen E-Mails und Links zudecken.

*

Beim Plausch nach der Gründungszeremonie des *Café scientifique* spricht mich eine jung-dynamische, blonde Frau auf Französisch an. Bettina ist Reiseführerin aus Freiburg und *visiteuse de prison*, sie besucht ehrenamtlich Gefangene in Freiburg und im Elsass. Visitenkarten-Austausch.

Zum Thema Französischsprechen wird sie mir mailen: »Nach Latein und Englisch hatte ich fünf Jahre Französisch am Friedrich-Gymnasium Freiburg. Meine Aussprache war katastrophal. Als wir *Rhinocéros* von Ionesco lasen, sagte meine Lehrerin, ich bräuchte eine neue Brille, denn es könnte nicht sein, dass man so schlecht lesen würde und ich würde schlecht sehen. Das war das Ende meines Französisch. *Tant pis.*« Es ist überraschend, wie oft Lehrer bei Schülern die Lust am Sprachenlernen versauen.

Zur binationalen Gefängniserfahrung von Bettina: Im Elsass besucht die junge Frau regelmäßig die Anstalt von Ensisheim, wo Schwerverbrecher einsitzen.

> »In Frankreich ist das Personal schon rein äußerlich furchterregend. Die Bewacher tragen schwarze Springerstiefel und spielen gern mit dem Schlagstock, den sie gegen die Tür hauen und am Geländer entlang rutschen lassen. Unerträglich. In Freiburg tragen die Bewacher zwar auch eine Art Uniform, aber haben weder einen Schlagstock noch Springerstiefel. Das Essen ist besser in Frankreich. In Deutschland eher Futter.«

Als Reiseleiterin hat Bettina dagegen wenig Interessantes zu berichten. Die deutschen Elsass-Besucher, die Bettina betreut, sind der Meinung, dass alle Elsässer Deutsch verstehen. Geschichte interessiert sie wenig.

> »Man muss schon aufpassen, dass die Touristen sich nicht langweilen, schließlich wollen sie das Elsass genießen.«

Hat vielleicht auch mit dem Programm der Reise zu tun. Bettina schreibt:

> »Struthof steht nie auf dem Programm. Das würde die Urlaubsfreude bestimmt reduzieren. Ich selbst habe auch kein Bedürfnis, da mich Dachau mit einer amerikanischen Gruppe fix und fertiggemacht hat. Die Wannsee-Ausstellung in Berlin hat mich auch geschockt.«

Zum Thema Zwangsrekrutierung meint die Reiseleiterin:

> »Den Ausdruck *Malgré-Nous* kannte ich nicht. In meinem Geschichtsunterricht gab es Ersten und Zweiten Weltkrieg, aber Elsass-Deutschland war kein Thema. Also in der Schule hörte man schon mal nichts von diesen Zwangsrekrutierungen. Mein Sohn Harald, 14 Jahre, ist ein Kriegsspezialist, er weiß alles, aber über die Zwangsrekrutierung hat er auch noch nichts gehört. Insofern gibt es von den Touristen auch null Interesse, es sei denn, sie hatten einen Verwandten im Krieg.«

Ich muss sowohl Bettina als auch Sohn Harald in Schutz nehmen. Im ersten gemeinsamen deutsch-französischen Geschichtsbuch für die Gymnasiale Oberstufe »Histoire / Geschichte – Europa und die Welt seit 1945«, erfährt der Leser nämlich quasi nichts über das Elsass. Im Unterkapitel »Die Franzosen und der Zweite Weltkrieg – ein ›Vichy-Syndrom‹«, kommt das Wort Elsass oder *Alsace* nicht vor. Aber ich lese: »Unter den 1953 in Frankreich für das Massaker an 642 Einwohnern von Oradour-sur-Glane angeklagten 21 Mitglieder der SS-Einheit ›Das Reich‹ befanden sich beispielsweise 13 elsässische ›*Malgré-Nous*‹, die zwar auch verurteilt, aber rasch begnadigt wurden.« Ich danke den Historikern für das Attribut »beispielsweise«. Beispiel für was? Für Kollaboration vielleicht? Der Begriff ›*Malgré-Nous*‹ wird zwar im Kasten »Begriffe« korrekt als »zwangsrekrutierte Elsässer und Lothringer« erklärt, mit tödlichen Folgen im Falle der Verweigerung, aber bitte, was hat die Kollaboration der Vichy-Franzosen mit den zwangsrekrutierten Elsässern zu tun? Im Band II, »Histoire / Geschichte: Europa und die Welt vom Wiener Kongress bis 1945«, erfährt der Leser im Unterkapitel »Niederlage und Besetzung Frankreichs (1939–1940)« nichts. Das Wort Elsass oder *Alsace* kommt auch nicht vor. Allein auf einer Karte wird die Region (ohne Name, außer Metz, Straßburg und das KZ Natzweiler) in der Kategorie »von Deutschland annektierte Zone« eingekreist.

Wie soll ein Deutscher oder auch ein Franzose die Elsässer verstehen, wenn die Grundinformationen fehlen? Hier haben die deutsch-französischen Historiker, die insgesamt eine hervorragende Arbeit geleistet haben, glatt versagt. Nur der Entstehung des Reichslandes Elsass-Lothringen (1871–1918) werden zwei Seiten gewidmet.Warum nicht der Annektierung Elsass-Lothringens ans Dritte Reich mit ihren kulturellen Folgen bis heute?

Ich informiere Bettina über die neue *Maison du Fromage*, in dem alle Feinheiten der Herstellung des berühmten Münsterkäses offenbart werden, Kostproben inklusive. Die Reiseleiterin antwortet: »Kann für Touristen interessant sein. *Mais les Allemands* möchten nie viel Geld fürs Essen ausgeben und rechnen mit jedem Euro.« Ich gebe mich geschlagen und bedanke mich bei Bettina.

In puncto Geschichte sollten die Verantwortlichen des Wissenschaftscafé einen trinationalen Geschichtsunterricht erwägen. Wenn so wenig Franzosen mitmachen, hat es womöglich auch etwas mit dem mangelnden geschichtlichen Bewusstsein der deutschen Teilnehmer, wie Bettina es dokumentiert, zu tun. Magie ist vielleicht völkerverbindend, wie der Lehrer des Jahres Winfried Sturm es behauptet, aber um die Gegenwart zu verstehen, sollte man die Vergangenheit nicht unbedingt vergessen. Am 15. Juni 2012 verlor der Freiburger Geniewinkel den Exzellenzstatus.

33 Prix Bartholdi. Anaïs und Lothar

Frédéric-Auguste Bartholdi ist der bekannteste Elsässer. Weit bekannter als Albert Schweitzer, Tomi Ungerer oder Félicien Marceau. Allein Rallye-Weltmeister Sébastien Loeb ist vielleicht noch bekannter, aber auf Dauer wird die Freiheitsstatue in New York siegen, mit Recht. Ein Wunder, dass die Kamikaze-Piloten von al-Qaida sie am 11. September 2001 nicht angepeilt haben, um das Wahrzeichen der Neuen Welt zu vernichten.

Bartholdi war anwesend, als die *Statue de la Liberté* am 28. Oktober 1886 an der Spitze von Manhattan eingeweiht wurde. Ein Geschenk Frankreichs an die Vereinigten Staaten, geplant zum 100. Jubiläum ihrer Unabhängigkeit. Der Bildhauer war 52 Jahre alt. Er kam am 2. August 1834 in Colmar auf die Welt. Damals war das Elsass französisch. Er war 37, als seine Heimat nach dem deutsch-französischen Krieg, im Frankfurter Vertrag, 1871, dem Zweiten Deutschen Reich zugeschlagen wurde. Studiert hat er in Paris, wo er weiterhin lebte, als die Elsässer deutsche Staatsbürger wurden. Dennoch hinterließ er auch während der deutschen Zeitrechnung Spuren seiner Kunst in seiner elsässischen Heimat. »Der Küfer«, der die berühmte Renaissancefassade des *Koïfhus* krönt, entwarf er 1902. Während der Kaiserzeit wurden seine Werke, die unter französischer Herrschaft im Elsass entstanden, wie die Statue von Admiral Bruat auf dem Champ de Mars, nicht entfernt. Ganz anders, als die Nazis im Elsass aufräumten. Die Statue des berühmtesten elsässischen Seemanns wurde zerstört, wie alles, was an die französische Zeit erinnerte.

Wenn sie keine Zeit haben nach New York zu fliegen, steht Ihnen in Paris, beim Pont de Grenelle, nicht weit vom Eiffelturm entfernt, eine Kopie der Freiheitsstatue zu Verfügung. Seit 2006 ist es sogar möglich, im Industriegebiet von Colmar eine noch kleinere Kopie als in Paris abzulichten. Auch nachts ist sie gut zu finden, sie wird rundum von den Prostituierten als Treffpunkt benutzt. Im Geburtsort des Künstlers können sie sich direkt neben Bartholdi photographieren lassen. Er steht, mit einem Modell-Eiffelturm in der Hand, an der Ecke *Avenue Raymond Poincaré / Avenue Joffre.*

Nach unserem Treffen im Wissenschaftscafé lud mich Christel Ladwein, die Frau, die sich als Französin gemeldet hatte, nach Badenweiler ein. Die Deutschlehrerin ist die Initiatorin des *Prix Bartholdi,* der seit 2001 »zur Förderung der internationalen Kompetenz unserer Nachwuchskräfte« ins Leben gerufen wurde. Der *Prix Bartholdi* wird als »Hochschulpreis der trinationalen Metropolregion Oberrhein« definiert. Christel meldet ein Treffen mit Lothar Späth, dem ehemaligen Ministerpräsidenten Baden-Württembergs. Er selbst wurde 2009 zum Ehrenpreisträger erkoren. Heute soll er Sponsoren finden, um Geld einzutreiben. Christel hat bisher ehrenamtlich gearbeitet. Anaïs, die junge Frau aus Lille, die ich mit Dr. Ladwein im *Café scientifique* traf, soll ihre Nachfolgerin werden. Grund genug, um einmal mehr den Rhein zu überqueren.

Badenweiler ist einer meiner Lieblingsorte im Schwarzwald. Nicht allein wegen des Kaiserbads, wo ich mich mit Blick auf meinen Bauernhof in den Vogesen erholen kann. Eigentlich ist es schade, dass sich die Deutschen während der Gründerzeit, als das Elsass zum Reich gehörte, keine Zeit nahmen, um solche Bäder auf elsässischer Seite zu bauen. Heute wird in den warmen Gewässern ununterbrochen französisch parliert. Die Elsässer baden nämlich lieber deutsch. Die gesamte Infrastruktur ist besser als im Elsass. Die Preise sind außerdem erschwinglicher. Neulich warnten Schilder vor erotischen Ausrutschern beim Baden. Nicht ausgeschlossen, dass Elsässerinnen und Elsässer Schuld sind. Der zweite Grund nach Badenweiler zu reisen ist für mich der elsässische Autor René Schickele, der nach dem Ersten Weltkrieg hier wohnte, bevor er nach Südfrankreich ins Exil zog. Thomas Mann zu dem Werk seines elsässischen Freundes:

> »Man spürt die Nähe der französischen Kultur in der Prosa des Elsässers René Schickele, wohl die eleganteste und einschmeichelndste, ohne des Snobismus nur verdächtig zu sein. René Schickeles Romantrilogie ›Das Erbe am Rhein‹ kann für immer als das mit feiner und starker Künstlerhand gebildete Standardwerk elsässischer Landschaft und elsässischer Lebenslage gelten.«

Schickele wechselte die Rheinseite nach 1918, weil er die Hurra-*Patr'idioten*, die noch Wochen zuvor den Kaiser anhimmelten, nicht aushielt. Das verzieh ihm die elsässische *Intelligenzija* nie. Noch heute wird er von elsässischen Besserwissern als nazifreundlich verunglimpft. Zu Unrecht. Die Nazis beschimpften ihn schon 1931 in der Zeitschrift DEUTSCHE TREUE als »Elsässischer Jude, Pazifist und Vaterlandsverräter« – er war kein Jude. Politisch war Schickele ein äußert kluger Kopf, wie Ludwig Marcuse es in seinen Lebenserinnerungen bescheinigt. Am 16. April 1933 – er hatte Badenweiler schon im Januar 1932 verlassen, um sich in Südfrankreich niederzulassen – schreibt Schickele in den Blauen Heften: »Nach wie vor werden jedoch die Juden die Prügelknaben abgeben, und das teuflische Spiel kann nicht gut anders enden als mit der Ausrottung der Juden oder dem Zusammenbruch des Hakenkreuzes.« Auch den Überfall auf Polen hatte er vorausgesehen: »Wird es trotzdem über kurz oder lang brenzlig, kommt der Polnische Krieg und schmilzt das Volk zu einem Block zusammen.« Der elsässische Autor, deutsch-französischer Gedankenschmuggler à la Heinrich Heine, starb 1940 in Vence. Die Überreste des Schriftstellers wurden später nach Lipburg, bei Badenweiler, verlegt. Genau da wohnt mein Freund Enzio von Rezzori, der Sohn von Gregor, Autor von »Frankreich oder Wie althergebrachte Gemeinplätze durch neue zu ersetzen sind«.

Aber bleiben wir beim *Prix Bartholdi*. Lothar Späth doziert mit leiser Stimme in einem winzigen Saal des Hotels Römerbad, die Kulturresidenz *par excellence*, wie es über der Eingangstür zu lesen ist. Lothar Späth ist ein angenehmer und bescheidener Mann, grauer Anzug, dunkelblaue Krawatte, goldene Manschettenknöpfe, schwarze Socken, Lackschuhe. Er reist, wie andere in ihrer Wohnung, in der Welt herum. Man sieht dem Siebzigjährigen sein Alter nicht an. Sein Haut ist faltenlos, er ist perfekt rasiert. Der Mann sieht ausgeruht aus. Kein Wunder, er kam schon am Vorabend an und logierte im Hotel Spielweg, einer Nobelherberge im deutschen Münstertal. Die Lieblingsbleibe von Tomi Ungerer, bei Gastgeberin Frau Christel Fuchs, die die Mitglieder des *Cercle de l'Ill* auch regelmäßig empfängt.

Er erzählt von Singapur, dort wollte man auch was von ihm, nämlich »Duals« kaufen. Seine Gäste aus Asien verwechselten das duale Erziehungssystem – Wechsel zwischen Schule und Betrieb – mit einer Maschine, die es zu kaufen gab. »Mehrsprachige Leute werden uns aus der Hand gerissen. Wir gehen hemmungslos über die Grenzen!«, sagt der Weltberater, ausnahmsweise unbescheiden. Ich denke an Frédéric, Mutter Französin, Vater Deutscher. Perfekt zweisprachig. In Reims besuchte er die *International Management School* und in Reutlingen die *European School of Business*. Dank seiner Mehrsprachigkeit fand er sofort Arbeit. Als sein Bruder Peter bei Liebherr in Colmar als Ingenieur angestellt wurde, staunten die französischen Kollegen: »Bist Du wirklich Deutscher?« Ich greife ein: »*Monsieur Späth: parlez-vous français?*« Lothar zuckt, lächelt und antwortet: »Nein, ich habe kein Abitur gemacht.«

Ich stelle fest, genauso wie beim *Café scientifique* in Freiburg, dass wenig Franzosen anwesend sind. Genau genommen nur einer: François Frieh, ehemaliger Leiter der elsässischen Industrie- und Handelskammer. Der Flyer, der den Preis vorstellt, verzeichnet ausschließlich Deutsche, darunter Bundeskanzlerin Angela Merkel:

> »Die Auszeichnung bi- und trinationaler Studiengänge sowie von Persönlichkeiten, die sich um die Förderung fremdsprachiger und interkultureller Kompetenzen verdient machen, mit dem *Prix Bartholdi* trägt seit 2001 zu einer Intensivierung der grenzüberschreitenden Zusammenarbeit im Hochschulbereich bei. Damit stärkt der *Prix Bartholdi* Wissenschaft und Wirtschaft und fördert die Entwicklung einer europäischen Metropolregion am Oberrhein, die wir mit unseren Partnerländern weiter vorantreiben wollen.«

Interessieren sich die Franzosen weniger für grenzüberschreitende Arbeit? Spielt die Sprache eine Rolle? Bei den trinationalen Treffen gibt es eine einfache Regel: Jeder spricht in seiner Sprache. Früher gingen die Deutschen automatisch davon aus, dass die Elsässer deutsch verstanden und sprachen. Diese Zeit ist vorbei. Die Elsässer sprechen Französisch.

Jacques Frieh ergreift das Wort, auf Französisch, obwohl er Deutsch spricht. Lothar Späth versteht kein Wort – es geht um neue Medien – niemand übersetzt, nichtsdestotrotz schafft es Lothar Späth, unverbindlich zu antworten. Nachdem sich Lothar den Fernseh- und Zeitungskollegen gewidmet hat, speisen wir zusammen mit Blick auf die Vogesen. »Was halten sie von Monsieur Sarkozy?«, frage ich Lothar Späth beim Dessert. Er wartet zwei Sekunden und schaut mich schmunzelnd an, bevor er antwortet: »Wahrscheinlich dasselbe wie Sie!«

34 Zeus Held

Vom Elsass aus gibt es drei Autobahnausfahrten, um Freiburg zu erreichen. Freiburg-Süd über das Keidel Mineral-Thermalbad, genauso gern von Elsässern besucht wie die Cassiopeia Therme von Badenweiler, die Vita Classica Therme von Bad Krozingen, die Balinea Thermen von Bad Bellingen und die Caracalla Therme von Baden-Baden. Bei der Ausfahrt warten junge Frauen in ihren Wohnwagen auf elsässische Gäste. In Colmar haben die Damen es weniger komfortabel, dort stehen sie im Industriegebiet am Straßenrand und werden regelmäßig von der Sittenpolizei verjagt. Die Ausfahrt Freiburg-Nord führt ins Industriegebiet, wo IKEA – sogar mit zweisprachigen Informationen – ebenfalls auf die elsässischen Gäste wartet.

Die mittlere Ausfahrt führt direkt in die Innenstadt von Freiburg, unter der sogenannten Ochsenbrücke hindurch. Die Originalfiguren, die das Bauwerk dekorieren, stammen aus dem Jahr 1912, grob gemeißelte Handwerker und Landwirte. Um die Brücke herum strahlt eine der vielen Freiburger Kulturinseln. »Kultur tanken«, meldet eine ehemalige Tankstelle. Links das E-Werk mit seinen Theater-Vorführungen und Kunstateliers. Dort ist Yan Gilg mit seinem Stück »Die vergessenen Befreier« aufgetreten. Rechts der Kulturpark Freiburg mit der »Jazz und Rock Schule«. Eine freie Hochschule für Grafik. Ein Atelier für Design und populäre Musik. Die Projekt-Werkstatt Kubus (Verein für Kunst, Bildung und Schule). Fritz ist deren Leiter. Hier wird Schülern, die den Anschluss an den normalen Schulbetrieb verloren haben, unter die Arme gegriffen. Die schwul-lesbische Jugendgruppe Freiburg trifft sich auch hier. Eine Samba-Schule. Dazwischen die »Hörbar«, ein Musik-Café für die Besucher. Ein Plakat gibt die Richtung vor: »Wer hinter dem Mond lebt, kann die Sonne nicht sehen!«

Ich besuche Zeus Held. Die Kombination von Vorname – Zeus – und Nachname – Held – ist einmalig. Dazu gehört Mut. Zeus Held ist ein Tausendsassa. Er studierte Musiktheater unter Mauricio Kagel, produzierte Alben mit Udo Lindenberg, reiste um die Welt mit seiner Gruppe »Birth Control«. Er selbst spielt Keyboards und Saxophon. Zeus gehört zu den Vocoder Akrobaten. Der Ungar Wolfgang von Kempelen gilt als Vater der Sprechmaschine (1791), die mit Erfindung der Elektrizität einen neuen Aufschwung erlebte. Der neue Vocoder wurde 1939 auf der Trade Fair in San Francisco vorgeführt. Die Maschine erlaubt es, Wörter auseinanderzunehmen, um sie in einer musikalischen Form neu zusammenzufügen. Nachdem die Nazis die Geheimcodes der Alliierten geknackt hatten, kommunizierten Churchill und Roosevelt via Vocoder. Der deutsche Geheimdienst war fassungslos. Die Stimmkombinationen waren nicht zu dechiffrieren. *Last, but not least,* schmuggelt Zeus seine musikalische Phantasie mit einem deutsch-französischen Projekt, »Le Grand Rhino«, zwischen Schwarzwald und Vogesen. Die Liste seiner Kreationen ist eine Schraube ohne Ende. Er spricht perfekt Französisch, Englisch und Japanisch.

Sein Projekt »Sprechen Sie Europop?«, versteht sich selbstverständlich grenzüberschreitend. Er versucht mich zum Mitmachen bei diesem Fachwörterbuch für deutsch-französische Musik-Grenzgänger zu überreden:

»Ich bin unmusikalisch!«

»Das glaube ich nicht. Schreib' eine deutsch-französische Einführung, gemischt, einmal D-F und einmal F-D«, bittet mich Zeus.

»Danke für den Auftrag!«

Sprechen Sie Europop?

»Musik vereint die Völker!«, *est une des phrases les plus banales au monde.* Haben sich unsere Väter nicht *au son du clairon* getötet?

La musique n'est jamais neutre, weil der Mensch es auch nicht ist.

Néanmoins le musicien a la chance de communiquer sans paroles. Nicht umsonst bleibt die Musik im Herzen der Menschen *bien longtemps après la perte* du Wörterbuch.

Albert Schweitzer *a écrit les pages les plus lumineuses* über Frankreich und Deutschland *en analysant les* Unterschiede des französischen und deutschen Orgelbaus. *Il qualifiait l'orgue allemand de* Elektrizitätswerk, *l'orgue française de pédalo.*

»Wegen ungünstiger Witterung fand die deutsche Revolution in der Musik statt«, *écrit* Kurt Tucholsky. *Madame de Staël l'avait déjà noté dans ses vagabondages germaniques et le raconta à Napoléon: »En Allemagne les notes de musique sortent de la plus modeste des chaumières.«*

La France a-t-elle réussi sa révolution, weil *la météo* günstiger war?

Ce sont les jeunes Européens, die die richtige Antwort geben werden *en jonglant avec leurs instruments. Témoins d'une polyphonie de la paix*, werden sie eine Musik erfinden *pour casser les clichés qui pourrissent la vie des peuples.*

Die Musik erlaubt uns zu begreifen *que l'avenir se trouve au-delà des frontières, dans d'autres pays, dans d'autres coeurs.* Erst dann blickst Du über die Grenzen, ins eigene Land, ins eigene Herz.

Oma Caroline hat eine neue Aufgabe *pour moi. Je dois organiser le rallye des klaxons* für eine musikalische Euro-Tour: »Bau meinen Rolls-Royce zum Musikinstrument um, *au boulot.*«

35 »Lesen auf dem Berg«

Es gibt bekanntlich Überlebenscamps für gestresste Manager, die sich im Schlamm in die Zukunft robben oder in Gletscherspalten übernachten, um ihre physische und seelische Kraft zu prüfen. In Todtnauberg findet seit 2005 immer um den ersten Advent ein literarisches Überlebenscamp statt.

Die Holzscheite flackern wie wild gewordene Fahnen in den eisigen Höhen des Schwarzwaldes mit Blick auf die Alpen. Fünfzig Lesebärinnen und Lesebären stehen dicht am Feuer und schlürfen den Glühwein, der regelmäßig von Georg, dem Chef des Hotels Engel, eingeschenkt wird. Sie lauschen andächtig Franz Hohler, sprachlichem Weltbürger aus der Schweiz. Der Schriftsteller erklärt die Schöpfung. Seine starke Stimme lässt keinen Zweifel aufkommen: »Gott bekam von einem Unbekannten eine Kiste Erbsen geschenkt und schon knallte es in alle Himmelsrichtungen.« Das 1. Buch Mose, Kapitel 1, Vers 1.

Während die Zuhörer mit kalten Ohren die Worte von Franz in sich aufnehmen, sorgt meine Oma Caroline für Stress. Sie versucht sich mit ihrem Rolls-Royce der Hütte von Martin Heidegger, die nur ein paar Meter vom Lesungsort entfernt ist, zu nähern. Bleibt natürlich stecken. Bodo Kirchhoff, der Playboy der deutschen Literaturszene, weigert sich den Rolls von Oma mit seinem neuen Jaguar XJ Executive aus den Schneemassen zu befreien. Bodo geht mir sowieso auf die Nerven. Er macht die Moderatorin fertig und hört nicht auf, in eigener Sache zu werben. Am Gardasee sorgt er dafür, dass aus literarischen Nobodies Literaturnobelpreisträger werden. Sympathischer ist mir Stefan Pflaum, badischer Sprachakrobat. Seine musikalischen Freunde begleiten seine »alemannischen Kabinettstückchen«:

Wenn d Philosophe handle
und Politiker denke dääde,
wär d Welt au nit schlechter.
Aber d Philosophie.

Ein Gedicht, das wie zugeschnitten ist für den Philosophen von *Sein und Zeit*, der die Kurve des Daseins, als er mit Hitler flirtete, glatt verfehlte. Stefan bringt ausländischen Studenten aus mehr als siebzig Ländern Goethes Sprache bei. Es entstehen ungewollte sprachliche Kreationen:

»Japaner putzen sich die Nase so leise wie möglich mit weichem Papier. Aber Deutsche putzen sich Nase laut mit Handtuch.«
»Mit Hilfe von Sprache kann man kominikatzen.«
»Ich liebe deutsche Schlägermusik.«
»Der Gletscher ist eine sehr große Portion Eis.«
»Ein Notarzt ist ein Arzt in Not.«
»Wir sind mit einem Hügelschreiber (Hubschrauber) geflogen.«
»Im Flugzeug wurden wir von schön sehenden Fliegenschwestern bedient.«
»In Colmar wir haben Unterlinden-Museum gesehen, das für Christus und seine Auferstehung spezialisiert ist.«

So reden heute auch Elsässer Hochdeutsch.

Ich lernte Stefan Pflaum bei der Alemannischen Bühne Freiburg kennen (ein Theater, das übrigens bis 1941 »Elsässisches Theater« hieß, 1950 dann unter dem heutigen Namen neu gegründet wurde). Als die deutschen Gelehrten nach dem Ersten Weltkrieg aus dem wieder französisch gewordenen Elsass als teutonische Altlast entsorgt wurden, gründeten sie aus Nostalgie ein elsässisches Theater in Freiburg. Zum Schluss greift der Poet im Hotel Engel selbst zum Akkordeon. Die Lesebären tanzen bis tief in die Nacht während die Schneeflocken, dick wie Trauben, Todtnauberg einlullen.

*

Hansjörg Schneider, der geistige Vater von *Kommissär* Hunkeler, lächelt diskret einer Lesebärin zu. Franz Hohler steigt auf sein Schweizer Kamel und zieht mit seiner Karawane und einem Originalmilchkrug von Martin Heidegger Richtung Alpen.

Ich habe Hansjörg Schneider bei der Basler Zeitung kennen gelernt. Wir teilten uns eine Kolumne in der trinationalen und zweisprachigen Beilage Dreiland mit dem deutschen Kabarettisten Michael Deutschmann. Urs Weber, der Initiator und Chefredakteur von Dreiland, führte uns zusammen. Urs ist Mitherausgeber vom »Handbuch Rhein«, dem Standardwerk von den Quellen bis zur Nordsee.

Inzwischen gilt Hansjörg als erfolgreichster Schweizer Krimiautor. *Kommissär* Hunkeler kreist sowohl beruflich als auch privat im Dreiländereck Schweiz-Baden-Elsass. Sein Wochenendhaus hat er im elsässischen Sundgau nah an der Grenze gekauft. Stress mit den französischen und deutschen Kollegen ist vorprogrammiert. Die Eitelkeit der Polizisten ist bekanntlich grenzenlos.

Im Krimi »Hunkeler und der Fall Livius« hat er die dramatische Geschichte von Ballersdorf an der Schweizer Grenze aufgearbeitet. Zwölf junge Elsässer weigerten sich, in der Wehrmacht zu kämpfen und versuchten, über die grüne Grenze in die Schweiz zu entkommen. Die Flucht misslang. Deutsche Zollbeamte kamen ums Leben. Alle zwölf wurden festgenommen und hingerichtet. So war es für den Autor Schneider selbstverständlich, ein Lesewochenende zu organisieren, an dem Schweizer, Elsässer und Badener in der ersten Reihe mitspielen. Todtnauberg wurde allerdings nicht wegen Martin Heidegger ausgewählt. Nach dem Tod seiner Frau, den er im »Nachtbuch für Astrid« sensibel beschrieb, freundete er sich mit dem Ehepaar Iris und Georg Boch an, den Inhabern des Hotels Engel, wo er inzwischen residiert.

»Gäste aus dem Elsass sind uns hochwillkommen, sieht man doch vom Stübenwasen weit in die Vogesen hinein. Jenseits des Rheins leben ja auch Menschen. Und eigentlich möchte man sich kennenlernen«, sagt Hansjörg mit seinem Basler Humor.

Lieselotte Hamm und Jean-Marie Hummel, die als *La Manivelle* auftreten, waren auch schon zu Gast im Bergdorf. Das singende und musizierende Paar aus der Straßburger Gegend bildet das originellste Duo im Dreiländereck mit Abstechern in die entferntesten Winkel des Planeten. Jean-Marie begleitete eine Zeitlang Eva-Maria Hagen, die Mutter von Nina Hagen, am Klavier. Sie knüpfen mit Hilfe der Musik Verbindungen zwischen deutschen und französischen Autoren. Ein verblüffender Geschichtsunterricht, der vom Publikum mit Begeisterung verfolgt wird. Plötzlich ziehen sie etwas Neues aus dem Hut:

»*Bonjour* guten Tag
Coup de feu ein Schlag
Un coeur ein Herz
le douleur der Schmerz

O Eiffel! La tour!
O Liebe! *L'amour!*
Nach Berlin! *A Paris!*
Aujourd'hui oder nie!

Mon peuple, mein Land,
La main! Gebt die Hand -
überm Rhein euch
– le Rhin –
Ach endlich! *Enfin.*«

Von Klabund. 1926 geschrieben. Alfred Henschke alias Klabund schrieb zunächst patriotische Gedichte, bevor er sich gegen den Krieg wandte, wahrscheinlich unter dem Einfluss von René Schickele, dem eingefleischten elsässischen Pazifisten.

Der Basler Patrick Tschan, Trainer und Innenverteidiger der Schweizer Literaten-Fußball-Nationalmannschaft, ließt aus seinem Roman »Keller fehlt ein Wort«. Keller kann von Glück reden. Den Elsässern fehlt nicht nur ein Wort, sondern ein ganzen Wörterbuch. Die Elsässerin Isabelle Grussenmeyer widerspricht meiner Diagnose. Sie redet und singt auf Elsässisch vor einem begeisterten Publikum. Sie ist leider die letzte Mohikanerin, keine dreißig Jahre alt. Ihr Mann Thomas Etterle begleitet sie auf einem Theremin. Vor ihm steht ein Musikkoffer, der nach einem Werkzeugkasten aussieht. Er hält den rechten Arm auf Kopfhöhe und fingert in der Luft herum, um Töne hervorzuzaubern. Es sieht glatt nach Magie aus. Ich muss ihn mit Mathias Schillmöller, dem *Magicologue* aus Freiburg, bekannt machen. Auch mit Zeus Held, dem Zauberer von Europop. »Das Theremin wurde 1919 erfunden«, erklärt der Mann von Isabelle dem fassungslosen Publikum: »Meine Finger spielen mit den Elektrowellen.«

Wenn wir uns schon in Todtnauberg aufhalten, darf ich Ihnen die Geschichte vom Heideggerschen Kirschkern nicht vorenthalten: Hermann Ebeling ist ein deutsch-französischer Autor, der sich mit seiner französischen Frau Christiane im elsässischen Wissembourg niedergelassen hat. Der Journalist gehört zur ersten deutsch-französischen Generation, als es noch nicht selbstverständlich für eine junge Französin war, ihren Eltern einen jungen Deutschen vorzustellen. Kostproben in seinem »Abschied von Olympia«. Texte auf Deutsch und Französisch. Die im Original deutschen Texte wurden von den eigenen zweisprachigen Kindern ins Französische übersetzt. Erst kürzlich erfuhr ich, dass Hermann unter dem Kirschkern-Syndrom leidet: Er sammelt Kirschkerne. Tausende von Unikaten, akribisch aufgelistet, bevölkern sein Haus. Mein

Freund war Schüler von Martin Heidegger in Freiburg. Einmal wagte er es, mit seinen Kommilitonen den Meister in Todtnauberg zu besuchen. Plötzlich öffnete sich die Tür der Berghütte. Der Philosoph hielt eine Tüte Kirschen in der Hand, die er mit seinem Gast teilte, während sie auf dem Feldweg spazierten. Hermann folgte in würdiger Entfernung und bemächtigte sich eines Heideggerschen Kirschkerns, den er sorgfältig in Silberpapier einwickelte. Heute ist er in einer durchsichtigen Glaskuppel zu bewundern.

Ein paar Jahre später wurde das Schwarzwälder Kirschtortenfestival im Heidegger-Dorf ins Leben gerufen. Im Kurhaus, wo die meisten Lesungen stattfinden, hängt rechts von der Bühne ein Transparent mit der Frage: »Wer macht die schönste und beste Kirschtorte im ganzen Land?« Links von der Bühne hängt das Transparent »Lesen auf dem Berg. Todtnauer Literaturtage«. Auf der Bühne wird gelesen, im Hintergrund der Feldweg von Martin Heidegger. Diese Spannung zwischen Krähwinkel und Kalifornien, zwischen Titisee und Silicon Valley ist das Geheimnis des deutschen Wirtschaftswunders. Das schaffen wir Franzosen nie. Deshalb hat uns im Januar 2012 die Rating Agentur Standard & Poor's ein A weggeputzt.

*

Zwischen den Auftritten der Autoren drehe ich ein paar Runden mit den Langlaufskiern. Auf dem Stubenwasen begegne ich erneut Stefan Pflaum, Autor von »Zwischenhimmel. Oberrheinisches Tage- und Nächtebuch«. Er hat einen Tannenzweig in seiner rechten Hand und schreibt ein neues Gedicht in den Schnee.

»Kann ich dir helfen, Stefan?«

»Danke Martin, damit muss ich schon allein fertig werden.«

Ich lese:

In meiner Heimat fragen mich die Freunde:
»Warum gehst du nicht weg?«
In der Fremde fragen mich die Leute:
»Wann gehst du zurück?«

In meiner Heimat war ich in Gedanken
meist anderswo.
In der Fremde bin ich mit dem Herzen
immer in der Heimat

In meiner Heimat ging ich zum Nachbarn
lachen und weinen.
In der Fremde weine ich,
weil mir der Nachbar fehlt.

In meiner Heimat grüßten mich die Kinder
mit »Herr!«
In der Fremde rufen mich die Herren:
»He Du, Ali!«

In meiner Heimat hatte ich eine Sprache
und musste schweigen. »Wer bist du?«
In der Fremde fragen mich die Fremden immer noch:
»Woher kommst du?«

36 Das Wunder von Saint-Louis

Ein Schriftstellerdasein in Frankreich und in Deutschland kann nicht unterschiedlicher ausfallen. Die klassische Lesung, wie der deutsche Autor sie kennt, gibt es hier nicht. Der Schriftsteller wird zwar auch in Buchhandlungen eingeladen, aber gratis und während der Öffnungszeiten. Der Buchhändler steckt den Autor in eine Ecke, wo er den Betrieb nicht stört. Dort soll er seine Bücher signieren, vorausgesetzt, dass die Leser ihn finden. Der französische Buchhändler kommt einfach nicht auf die Idee, nach Ladenschluss eine Lesung zu organisieren. Zu umständlich.

Die Buchmessen sind Horrormessen. Sogar in der Weltstadt Paris. Die Schriftsteller sitzen wie Steckerlfische nebeneinander. Im Rücken thront die Kasse. Sie müssen signieren und verkaufen. Die Besucher defilieren, wie in einer Peepshow. Die größten Verlage wie Gallimard oder Grasset kommen mit ihren Stars und verkaufen die Bücher direkt an die Leser, ohne nur einen Gedanken an die Buchhändler, die eigentlich (noch) ganzjährig die Bücher anbieten, zu verschwenden. Eine Buchmesse wie in Frankfurt gibt es nicht. Außerdem werden die Bücher am Main wie Luxusautos oder Edelsteine vorgestellt. Erst ab Sonntag, 13 Uhr, darf der Bestand verkauft werden. Dies passiert aus Rücksicht auf die Buchhändler, die zu Hause vor Ort vom Verkauf leben.

Die Hörfunk- und Fernsehanstalten verachten die Autoren in Frankreich grundsätzlich, die nie honoriert werden, weil der jeweilige Auftritt als Werbung gilt. Stellt man die Frage nach dem Honorar, bleibt die Leitung ein paar Sekunden still. Man kommt sich schnell wie ein Bettler vor und hat zwei Möglichkeiten: ohne Honorar aufzutreten oder den Hörer gleich aufzulegen, auf die Gefahr hin, dass man nie wieder eingeladen wird. Die Sender gehen davon aus, dass alle Schriftsteller in Paris leben. Reisekosten und Unterkunft werden ignoriert.

»Warum arbeiten Sie in Deutschland?«, fragte mich live ein berühmter Moderator beim Radio-Sender Europe 1: »Wenn ich in Baden-Baden eine Stunde vor der Kamera oder dem Mikrophon sitze, um über mein Buch zu sprechen, steige ich nach der Sendung wieder in mein Auto mit 300 Euro in der

Tasche. Bei Ihnen reicht es für einen Aufkleber, einen Farbkuli oder bestenfalls ein T-Shirt mit dem Logo des Senders auf der Brust.« – »Ich glaube, ich arbeite beim falschen Sender«, antwortete der Kollege.

Ich habe schon alle Varianten von Einladungen und Auftritten getestet. Ich wurde auch schon unzählige Male ausgeladen, allein weil ich die Unverfrorenheit besaß, nach einem Honorar zu fragen. Allerdings gab es auch Überraschungen. Kürzlich überforderte mich ein Fünf-Gänge-Menu mit den besten Weinen, so dass ich betrunken und vollgefressen im Studio ankam.

Nach Budapest wurde ich vom *Institut Français* (das Pendant des Goethe-Instituts) eingeladen. Eine Woche Arbeit für 150 Euro. Eine Schande. Aber meine Frau durfte mit mir im legendären Hotel Gellert am Donauufer wohnen. Es gab wunderbares Essen in den besten Lokalen. »Wir bezahlen schlecht, aber als Wiedergutmachung versorgen wir sie samt Familie mit tollen Mahlzeiten und nobler Unterbringung«, erklärt mir ein Beamter des Kultusministeriums in Paris. Also darf ein französischer Autor auch in Ungarn leben wie Gott in Frankreich.

Überraschend ist, dass ein Buch, auch von renommierten Verlagen, acht bis zehn Tage braucht, bis es in Colmar, Toulouse oder Bordeaux eintrifft. Warum, weiß ich auch nicht. In Deutschland bestellt man vor 16 Uhr, am nächsten Morgen um 9 Uhr liegt das Buch auf dem Ladentisch. Kurzum, Frankreich gilt in der Welt als Grande Nation der Literatur, aber wir Autoren werden wie Sklaven behandelt und die Bücher nicht hofiert. Hardcover existieren nicht, außer bei der edlen Ausgabe von *La Pléiade*.

Straßburg hat es noch nie geschafft, eine Buchmesse zu organisieren. Die kulturelle und politische Talfahrt der elsässischen Hauptstadt ist unaufhaltsam. Im Mai 2012 meldet Berlin, zur Bestürzung der Elsässer, für 2014 die Schließung des Deutschen Generalkonsulats. Bald wird sich auch das Parlament abseilen. Zu teuer das Hin und Her zwischen Brüssel und Straßburg. Daniel Cohn-Bendit schlägt vor, die Räumlichkeiten für eine Europa-Uni zu benutzen. Ich persönlich plädiere schon lange dafür, den Gaskessel – so sieht das Parlament aus – zur Jugendherberge umzufunktionieren.

*

Saint-Louis, ein elsässischer Vorort von Basel, gegenüber von Deutschland, schafft dagegen etwas Einmaliges im europäischen Literaturbetrieb: 150 Autoren werden aus Paris eingeflogen. Übernachtung und Bewirtung übernimmt die Stadt. Wobei man unter Bewirtung folgendes verstehen muss: Freitagabend, Samstagmittag, Samstagabend und Sonntagmittag gibt es jeweils eine Mahlzeit in einem Sternelokal. Punkt 12 Uhr meldet der Lautsprecher: »Die Autoren werden zum Essen gebeten. Die Busse warten vor dem Zelt.« Die Autoren verlassen blitzartig ihre Bücher und rennen zum Bus. Sie werden in der Stadt verteilt. Um 14 Uhr holt sie der Bus wieder ab. Nicht selten verfehlen Autoren den Bus und trudeln leutselig mit einer Stunde Verspätung ins Bücherzelt.

2012 speiste ich im Restaurant Trianon, das mit dem Logo *Cuisine Française* versehen ist, als ob die elsässischen Kunden *Trianon* nicht immer noch mit Versailles verbinden würden.

Le duo de foie gras d'oie
le croustillant d'escargots
et son embeurrée carotte
la pièce de biche et sauce poivrade

la trilogie du fromage
le gratin de poivre et framboises

Die Namen der Weine habe ich vergessen, aber sie halfen den Autoren, die miesen Auflagen zu verkraften. Die Mehrheit der Autoren verkauft keine Bücher, aber sie kommen aus Paris. Darauf kommt es an. Die ganze Stadt defiliert und begutachtet die schreibende Zunft wie Rindvieh im *Salon de l'agriculture* in Paris. Es gibt Ausnahmen, mit Stars wie Charles Aznavour, der seine Biographie verkauft. Da stehen die Besucher Schlange bis nach Basel. Das Zelt, unter dem die Messe stattfindet, ist entweder zu kalt oder zu warm. Aber die Autoren nehmen alles in Kauf, weil man vollgefressen nach Hause fliegt und sich bis zur nächsten Buchmesse von Baguettes und Rotwein aus dem Supermarkt ernähren kann. Da spielt es keine Rolle, ob man ein Buch verkauft oder nicht. In Paris spricht man vom »Wunder von Saint-Louis«. Autoren aus dem Elsass und aus Deutschland bleiben vom Wunder ausgeschlossen. Die Elsässer, weil sie Elsässer sind und nicht in Paris residieren. Die Deutschen, weil es keine deutschen Leser mehr gibt im Elsass.

Ein einziger deutscher Schriftsteller spaziert einsam zwischen den französischen Literaturgrößen. Michael Fischer schrieb zwei Krimis, »Skorpion« und »Affäre mit unbekannt«. Hinter »Skorpion« vermutet man Rudolf Augstein, seinen früheren Boss. Michael war lange SPIEGEL-Redakteur, wohnt seit zwanzig Jahren im elsässischen Sundgau. Seine Frau Brigitte ist Buchhändlerin in Weil am Rhein (Deutschland) und vertritt auf der Messe die Buchhandlung Müller, die seit Jahren einsam aber treu die deutsche Literatur in Saint-Louis vertritt. Deutsche Belletristik oder Sachbücher sind hier nicht gefragt. Brigitte verkauft lediglich Kinderbücher, Sprachführer und Bildbände. Aber sie kommt immer wieder nach Saint-Louis, weil sie in der Region wohnt und sich zu beiden Kulturen rechnet. Michael und Brigitte sind zweisprachig.

*

Bis nach der Jahrtausendwende organisierte der SÜDWESTRUNDFUNK, die BASLER ZEITUNG und die Regionalblätter L'ALSACE und LES DERNIÈRES NOUVELLES D'ALSACE einen sogenannten »Rollwagenwettbewerb« in Erinnerung an den Elsässer Jörg Wickram, Stadtschreiber in Burkheim bei Breisach. Der Autor schrieb Kurzgeschichten für Kutschenfahrten. Die *Story* reichte von einem Wirtshaus zum anderen. Eigentlich sollte man diese Gattung neu beleben. Frankfurt-San Francisco. Rom-Singapur. Paris-Moskau. Die Autoren würden sich die jeweilige Strecke vorknöpfen. Die Fluggesellschaften übernehmen den Druck und schenken den Fluggästen die *Stories* beim Einchecken. Oder die Stewardessen bieten die Geschichten mit Whisky und Zigarettenstangen zum Kauf an. Da besteht zweifellos eine Marktlücke.

Die Schriftsteller der Großregion konnten beim »Rollwagenwettbewerb« die Geschichten auf Französisch, Hochdeutsch, Elsässisch und in anderen Dialekten aus der Region einreichen. Eigentlich eine tolle Idee, wobei das Problem darin bestand, Juroren zu finden, die alle sprachlichen Varianten beherrschten, um einen Sieger oder eine Siegerin zu bestimmen. Die Preise wurden während der Buchmesse von Saint-Louis dem Sieger übergeben. Das Experiment ist mit dem Initiator des Wettbewerbs, Rudolf Stähle vom SWR, gestorben.

Die Zeitschrift für Literatur ALLMENDE, vor dreißig Jahren unter anderem von Adolf Muschg gegründet, hat die

Juliausgabe 2011 der literarischen Landschaft »Elsass« gewidmet. Von den fünfzehn vorgestellten Schriftstellern sind drei deutsche Autoren, die im Elsass leben. Es bleiben zwölf Elsässer und Lothringer. Die Autoren, die auf Deutsch schreiben, sind alle Urgroßväter. Claude Vigée ist über neunzig. André Weckmann, der talentierteste elsässische Poet, ist 1924 geboren. Aber auch diejenigen, die um die Sechzig schweben, schreiben nur noch auf Französisch und werden im Heft übersetzt. Ob Pierre Kretz' »Der Seelenhüter«, oder Pascale Hugues' »Marthe und Mathilde«, sie schaffen es nicht mehr auf Deutsch.

Der Herausgeber von ALLMENDE meldet im Vorwort 600.000 Elsässer, die heute noch Elsässisch sprechen. Es wäre angemessener, von 600 zu sprechen, und selbst die beherrschen ihre Muttersprache Elsässisch nur lückenhaft. Im Altersheim meiner Mutter in Munster hat man die Bibliothek renoviert. Die Regale mit deutscher Literatur wurden entsorgt. Es bleiben lediglich ein paar Bergromane übrig.

Die Regale der Dorfbibliothek von Stosswihr – 1.433 Einwohner –, wo ich aufgewachsen bin, sind noch mit Büchern in deutscher Sprache garniert, aber sie finden keine Leser oder Leserinnen mehr. »Madame Kempf war die Letzte«, sagt mir Joël, die Bibliothekarin. Jeanne Kempf, die ehemalige Bäckerin, ist im Alter von 103 verstorben. Die 400 Mitglieder der Bibliothek bestellen nur noch Bücher auf Französisch. Die Bibliothek ist in der Schule eingerichtet, in der ich 1948 im Alter von vier Jahren die *école maternelle* besuchte. In meinem Jahrgang sprach niemand Französisch, nur Elsässisch. Heute sprechen die 36 Schulkinder der *école maternelle*, ohne Ausnahme, schon am ersten Schultag nur noch Französisch.

Die »Engel des Vergessens« haben das Elsass endgültig besetzt. Diese Metapher verdanke ich Maja Haderlap. Für ihr Romandebüt erhielt die Slowenin mit österreichischem Pass den Ingeborg-Bachmann-Preis 2011. Sie ist im slowenischen Teil Kärntens aufgewachsen und schildert das Leben der Slowenen im Alpenland. Das Sprach-Rodeo zwischen Deutsch und Slowenisch erzeugt ähnliche Spannungen wie das Rodeo zwischen Deutsch und Französisch. Die Sprache wird immer von der Politik instrumentalisiert, aber der Ausgang, der lange ungewiss war, ist heute entschieden, sowohl in der Heimat von Maja als auch in meiner. Die »Engel des Vergessens« haben ganze Arbeit geleistet.

Im Elsass gibt es noch ein paar Sprachspuren, die man eher als Schmauchspuren bezeichnen sollte. Straßenschilder auf Elsässisch, die ohne französische Übersetzung nicht mehr zu verstehen sind. Allein die Waggons der Regionalzüge leisten im Elsass einen überraschenden Widerstand. S'ELSASS, ist auf den Seiten in großer Schrift zu lesen.

37 Bibendum und der Prinz der Gastronomen

Die deutschen Touristen lieben Colmar, *Capitale des vins d'Alsace*. Die elsässische Weinhauptstadt öffnet ihnen gern ihr Herz. Abends, wenn die *cousins* aus Deutschland den Rhein überquert haben, schaltet Colmar auf tote Hose und versinkt in die französische Provinzialität.

Colmar kapitulierte vor den Soldaten des Sonnenkönigs am 28. August 1673. Keine vierundzwanzig Stunden vorher hatte der Bürgermeister in Freiburg seinen Eid auf Kaiser Leopold I.

geleistet. Damals blickten die Bürger nach Osten und nicht nach Westen. Um zu verhindern, dass Colmar in Schutt und Asche gelegt wird, gab der Magistrat nach und erklärte sich mit den Bedingungen der Franzosen einverstanden.

Mittwoch 30. August, 11 Uhr: Louis XIV. zeigt sich in Colmar. Viertausend Soldaten reißen die Stadtmauern nieder. »Na ja«, soll der König gesagt haben: »Wo stecken die elsässischen Dickköpfe?« Die Unterschrift der Kapitulation empfanden die Bürger als Verrat und der Bürgermeister, mitsamt den Mitgliedern des Stadtrates, wagten sich ein paar Tage nicht auf die Straße. Diese Ereignisse sind heute aus dem kollektiven Gedächtnis der Bürger getilgt.

Das *Koïfhus* strahlt im Zentrum der Geburtsstadt von Bartholdi, der die Freiheitsstatue in New York an der Spitze von Manhattan als Wahrzeichen einer neuen Welt aufzog. Hier schlug im Mittelalter das Herz der Kaufleute, die aus dem ganzen Oberrhein ihre Produkte in Colmar anboten.

Ich schlendere am *Koïfhus* vorbei: *Salon Européen du Livre Ancien*, lese ich am Eingang. Für Antiquariats-Messen bin ich immer zu haben. Während einer ersten schnellen Runde schmecke ich rein. »*Le Pilote du Danube*« von Jules Verne, scheint auf mich zu warten. Ich suche das Donauabenteuer des Reisefreaks seit geraumer Zeit. Volltreffer. Leider will Robert 1.100 Euro dafür. Zu teuer. Die zweite Runde gehe ich gemächlicher an. Am Eingang ist mir ein Bild von Martin Heidegger, mannshoch an der Wand aufgezogen, aufgefallen. Bei einer genaueren Betrachtung sieht der Mann mit Hut und Schnauzer dem Philosophen, in seinem etwas bäuerlichen Outfit, verblüffend ähnlich, aber es handelt sich nicht um den Autor von »Sein und Zeit«. Eine charmante Blondine lächelt mich einladend an: »Curnonsky!«, sagt sie. Inge, aus München, wird mich nicht mehr loslassen. Sie stellt sich als Spezialistin für Renaissance-Gärten vor. »Ich habe in Marokko für den Besitzer von MediaMarkt sechs Hektar Wüste in einen Garten verwandelt.« Bei so einer Aussage verstumme ich zunächst Mal für ein paar Sekunden.

»Ist dieser … wie sagten Sie, Cur …«

»Curnonsky!«

»Curnonsky, danke, ist er Gärtner?«

Inge lacht so laut, wie nur deutsche Frauen in der Öffentlichkeit lachen.

»Der Prinz der Gastronomen!«

Nach genau zwei Stunden macht der Laden dicht, aber ich weiß mehr. Curnonsky ist der Erfinder des berühmten Guide Michelin – 1910 gegründet – eine schillernde Figur, der zu Beginn des vergangenen Jahrhunderts von den Reifenbrüdern André und Edouard Michelin aus Clermont-Ferrand im Massif Central als Werbetexter engagiert wurde. Die Besitzer der späteren Weltfirma hatten das inzwischen in aller Welt bekannte Reifenmännchen entworfen und suchten nach einem passenden Namen: »Bibendum!« rief Curnonsky in die Runde. Nach dem Trinkspruch von Horaz, dem römischen Dichter, der im Jahre 65 vor Christus lebte: *nunc est bibendum*, jetzt lasst uns trinken. Dem begnadeten Autor haben die Michelins auch den wunderbaren Werbespot zu verdanken: »*Le pneu boit l'obstacle.*« – »Der Reifen schluckt das Hindernis.«

Curnonsky war nicht nur Autor zahlreicher Romane und Theaterstücke, er war auch ein feiner Gourmet. Was lag mehr auf der Hand, als mit dem neuen Beförderungsmittel, Automobil genannt, nicht nur Reifen zu testen, sondern auch Restaurants und Hotels. In seinem Notizbuch sammelte er ab sofort die Eindrücke: »fließendes Wasser im Zimmer«, »warmes und kaltes Wasser«, »Zimmer mit Bad«, »Toilette geheizt«, »Auto-Garage«, »Toilette schrecklich – *à la turque*«, »*Dîner parfait*«, »*Dîner de merde*«. Ab 1910 signierte er seine Kolumnen im »*Journal de Michelin*« (heute als »*Guide Michelin*« bekannt) mit *Bibendum*. Der Schriftsteller Émile Zola, genauso wie der Maler Toulouse-Lautrec, zählten zu seinen Freunden. Ohne Curnonsky wäre die französische Küche nicht am Firmament der Weltgastronomie angekommen – im Jahre 2010, sogar als Weltkulturerbe der UNESCO verewigt. Schon 1927 wurde Curnonsky von den französischen Kochkunstadligen zum *Prince des Gastronomes* erkoren. Das alles und noch mehr haut mir Inge um die Ohren. Ich weiß immer noch nicht, wie sich die Münchnerin von den Renaissance-Gärten zur *Passionara* der französischen Gastronomie verwandelte.

»Ich habe in Paris die Bibliothek eines Renaissancegarten-Spezialisten aufgekauft. Hunderte von Bücherkisten. Für den Umzug brauchten wir einen LKW. Wir benötigten einige Jahre, um alle Kisten zu öffnen und zu sortieren. Schließlich entdeckten wir das literarische Vermächtnis von Curnonsky, der eigentlich Maurice Edmond Sailland heißt, und aus Angers stammt. Ich vertiefte mich in die Materie.« Inge schenkt mit eine Biographie des Prinzen der Gastronomen. Sie hat aber auch drei dicke Wälzer mit wunderbaren Zeichnungen auf Französisch veröffentlicht. »Dafür wurde ich in der *Comédie Française* mit dem *Prix Cointreau* ausgezeichnet!« – »*Félicitations*!« Die junge Deutsche zögert, bevor sie weiterredet, als ob sie befürchtet, dass ich sie für eine Hochstaplerin halte: »Ich bin auch mit Gérard Depardieu befreundet. Er will die Rezepte von Curnonsky, die ich veröffentlicht habe, in seinen eigenen Restaurants wiederaufleben lassen.« Als krönender Abschluss beichtet mir Inge, dass ihr Urgroßvater aus dem

Elsass stammt. Es wird mir schwindlig. Ich frage nach dem Preis der Curnonsky-Trilogie: »288 Euro«. Die habe ich nicht. Sie zögert nicht und schenkt mir die 900 Seiten mit 900 Zeichnungen. Ich küsse Inge inbrünstig und verschwinde in der Nacht.

38 Oui, Chef! Michaela Peters

Es kam mir zu Ohren, dass eine junge deutsche Köchin im *Rendez-vous de chasse* in Colmar für Furore sorgte. Das Lokal wurde gar mit einem Michelin-Stern ausgezeichnet. Ich habe mich noch nie durch Gastrosterne, seien es auch Michelin-Sterne, beeindrucken lassen. Ich lege ebenso viel Wert auf das Ambiente wie auf die Speisen. Dies hat auch damit zu tun, dass ich beim Essen grundsätzlich zu viel rede und immer alles kalt ist, wenn ich endlich die Gabel zum Mund lenke. Damit bringe ich auch bei privaten Mahlzeiten jeden Koch oder jede Köchin zur Weißglut.

Ich besuche allerdings öfters die benachbarte *Brasserie de l'Auberge*, ganz einfach, weil die Bedienung über Jahre Weltklasse ist, das heißt für mich: freundlich ohne die Anbiederung der berühmten Gastrolokale. Außerdem sind die Wände des Hauses mit Ansichten des Münstertals dekoriert. Beim Essen blicke ich nach Hause zum Hohneck.

Wenn Sie als deutscher Tourist mit dem Zug in Colmar gestrandet sind, finden sie beide Lokale gegenüber dem eleganten kaiserlichen Bahnhof, der 1905 errichtet wurde. Sie finden sogar die Pläne des Architekten in allen Einzelheiten auf den Wänden des Klos der Brasserie. Überall lese ich Colmar mit C. Sogar die Baubehörde des Reiches in Berlin schreibt Colmar und nicht Kolmar. Unter Hitler wäre der Urheber des C im Erziehungslager von Schirmeck gelandet. Man schrieb Kolmar. Der Kaiser erlaubte das C.

Nachdem mich Inge aus München als Gastro-Banause enttarnt hatte, der nicht einmal Curnonsky, den Prinzen der Gastronomen, kannte, entschloss ich mich prompt, nach Ribeauvillé zu Michaela Peters zu fahren. Die junge Frau hatte inzwischen Colmar verlassen, um sich 2010 mit ihrem Lebensgefährten, *Chef-Pâtissier* Laurent Pelligrini, der *Auberge du Parc Carola* zu bemächtigen. Ein Lokal, dass sich in einer Grünanlage des Carolaparks ausbreitet, nach dem Namen des elsässischen Mineralwasserkonzerns Carola. Heute gehört das elsässische Wasser der Schweizer Firma Nestlé, aber Michaela und Laurent sind stolze Besitzer der *Auberge*. Gut ausgesucht, Ribeauvillé liegt nämlich auf der Weinstraße und ist genauso eine Touristenattraktion wie Riquewihr, wo ich die Familie *Hugel et Fils* besucht hatte.

Ich setze mich neben der Theke an einen modernen Tisch. Sie spricht noch mit Gästen. Ein Buch liegt aufgeschlagen auf dem Fenstersims: »Oui, Chef! Kochen mit Michaela Peters, meine neue leichte französische Küche«. Sie lächelt mich auf der Cover freundlich an: ein echtes Fotomodell. Ich lese Werbesätze wie: »Bodenständig und dennoch raffiniert.« Da ist normalerweise Vorsicht geboten. Es ist auch von *cross-over* Küche die Rede, ein semantischer Ausrutscher, der die Mitglieder der *Académie française* nicht gerade begeistern wird. Aber dann stehen wieder Sätze wie »Meine Küche ist eine Verneigung vor der französischen Lebensart. Hier gehören Essen und Trinken zu den unverzichtbaren Kulturlegenden.« Damit wiederum bekommt sie meine Absolution für *cross-over*.

Sie kümmert sich immer noch um die Gäste. Ich blättere weiter im Buch, wo nicht nur die Speisen abgebildet sind, sondern auch Michaela im Alltag. Man merkt sofort, dass sie nicht für die Kamera spielt, dass sie im Dorfleben integriert ist, dass sie mit Menschen wie mit Produkten umgehen kann. Kurzum, dass die junge Deutsche sich im Elsass wohlfühlt. Die Köchin setzt sich endlich zu mir und wir kommen sofort ohne künstliche Höflichkeitsfloskeln ins Gespräch. Sie spricht sehr gut Französisch, »Sonst läuft nichts hier«, kommentiert sie meine Glückwünsche. Ein neues deutsch-französisches Märchen. Michaela wird während der nächsten Stunde nur bestätigen, was ich beim Blättern des Buches gefühlt habe.

Die Küchenmeisterin stammt aus Steinfurt in Westfalen an der holländischen Grenze und war von klein auf von Frankreich fasziniert, ähnlich wie Claudia, die deutsche Pfarrerin in Colmar. Sie absolvierte zu Hause zwei Lehren, als Metzgerin und als Köchin. In der Kochschule schnappte sie ein paar Worte Französisch auf, kaufte sich eine Frankreichkarte und entschloss sich, das Elsass anzupeilen, weil sie zwischen Rhein und Vogesen eine Wahlverwandtschaft mit Deutschland vermutete. Ohne zu zögern, meldete sie sich schriftlich bei der *Auberge de l'Ill*, Hochburg der elsässischen und französischen Gastronomie: 3 Michelin Sterne seit 40 Jahren, unverwüstlich. Schon am nächsten Tag rief Paul Haeberlin, der Gründer des Gourmettempels zurück: »Sie können morgen anfangen.« Der Chef holte sie persönlich mit seinem Wagen in Sélestat ab. Michaela arbeitete sich ohne Wenn und Aber ein und lernte nebenbei noch die Sprache Molières. Marc Haeberlin, Sohn von Paul, der inzwischen verstorben ist, schreibt in ihrem Buch:

»Chère Michaela,

als Sie vor elf Jahren im Frühjahr zu uns nach Illhäusern kamen, machten wir nicht nur die Bekanntschaft mit einer freundlichen, aufgeschlossenen jungen Frau, sondern darüber hinaus mit einem aufstrebenden und vielversprechenden Kochtalent. Diese Eigenschaften, gepaart mit der notwendigen Zielstrebigkeit, ohne die sich ein echtes Talent nicht weiter entwickeln kann, halfen Ihnen vom ersten Tag an in unserer Küche und in unserer Familie Fuß zu fassen ...«

Damit ist alles gesagt. Ich kenne Marc, er meint es ernst. Michaela Peters passte einfach in die bescheidene Gastro-Familie Haeberlin. Sie besuchte später weitere Lokale in Ammerschwihr und Colmar. Inzwischen hat sie noch die deutsche Meister-Prüfung in Heidelberg absolviert, einen Lebensgefährten gefunden und zwei Kinder auf die Welt gebracht, die gerade mit Papa ins Lokal stürmen. Niels, dreieinhalb, und Lisa, zwei Jahre alt. Beide werden zweisprachig erzogen. Laurent allerdings bleibt beim Französischen. Er stammt aus dem Burgund und die Großeltern aus Italien.

Wir verabschieden uns. Noch habe ich ihre Kochkunst nicht getestet, aber die Probe ist nur noch eine Frage der Zeit. Ich fahre zurück ins Münstertal. Abends blättere ich das Kochbuch nochmal durch. Auf einer Doppelseite entdecke ich beide, Laurent und Michaela, der Franzose und die Deutsche. Sie spazieren auf einem kleinen Weg zwischen Weinbergen. Von hinten abgebildet. Am Horizont die Vogesen. Beide in Jeans und Turnschuhen. Er im grünen Pulli, sie trägt eine hellbraune Wildlederjacke. Sein rechter Arm hält ihre rechte Schulter fest. Ihr linker Arm fährt über seine schlanke Taille. Zwei Finger von Michaela verschwinden in der linken Hosentasche von Laurent. Ich weiß, nicht warum, aber ich denke an das Bild von Helmut und François in Verdun, Hand in Hand. Vor 65 Jahren rollten auf diesem Weg die US-Panzer Richtung Rhein, um Europa von den Nazis zu befreien.

39 Miss Alsace und die deutschen Presseträume

Ich mag die Bahnstrecke zwischen Colmar und Straßburg. Keine einzige Kurve: ein Schienenlineal. Hier wurde der TGV getestet. Die Züge fahren im Elsass, wie in Deutschland, rechts. Ein Überbleibsel der Kaiserzeit. In Frankreich fahren sie links. Die Vogesen begleiten die Augen des Fahrgastes. Bis in den Sommer hinein schmücken noch Schneeflecken das hintere Münstertal. Bei Sélestat, wo die Bibliothek der Humanisten mit Erasmus und Beatus Rhenanus zu Weltruhm gelangte, ragt die Hohkönigsburg über die Rheinebene. Sie wurde am 13. Mai 1908 von Kaiser Wilhelm II. persönlich eingeweiht. Ein kleiner, aber feiner Bahnhof wurde eigens für den kaiserlichen Besuch am Fuße des Schlosses angelegt. Heute eine hässliche Ruine. Er ging vor ein paar Jahren in Flammen auf.

Der Kaiser besuchte als junger Soldat dreizehnmal das Elsass, mehr als Napoléon und Louis XIV. zusammen. Im Schatten der Vogesentannen wurde er von Miss Love, einer Edelnutte, entjungfert. Eine Tochter wurde geboren. Berlin zahlte eine beträchtliche Summe für die Geheimhaltung des Aktes. Polizeipräsident Feichter war Monate lang damit beschäftigt, Miss Love, alias Emilie Klopp, zu besänftigen. Als die Edelnutte plötzlich starb, war das Problem nicht geregelt. Ihre Schwestern verlangten weiter Geld, und Berlin zahlte. »Bis zuletzt drohte ein Skandal, denn wie sollte Wilhelm die

Vaterschaft des ungefähr 1884 geborenen Mädchens, das bei ihren Tanten in ›Erziehung und in Pflege‹ war, abstreiten, ohne just dadurch die Aufmerksamkeit der Weltöffentlichkeit auf den peinlichen Fall zu lenken?«, kommentiert John C.G. Röhl, der anerkannte Biograph von Wilhelm II.

Mit guten Augen und bei klarer Sicht sieht man aus dem Waggon heraus die Trikolore oder die Europafahne auf der Burg flattern. Auf die rot-weiße Elsaßfahne wurde verzichtet. Wenn der Wind seine Muskeln zu zeigen droht, wird die Fahne automatisch eingezogen.

Am 17. Februar 1995 weckte mich das Heute Journal des ZDF. Ein Kollege teilte mir mit, dass der Adler, der auf dem Turm der Hohkönigsburg thront, um fünf Uhr morgens abgestürzt war. Die Information war dem Sender einen *NiF* wert, wie es in der Fernsehsprache heißt. Ich hatte nie fürs Aktuelle gearbeitet, aber diese Geschichte ließ ich mir nicht entgehen und ich sagte sofort zu. Das war auch gut so, weil die eisernen Eingeweide des Adlers, der am Fuße der Burg zerschellte, einen unbekannten Schatz verbargen. Nämlich die Botschaft des Kaisers an das deutsche Volk:

> »Über dem ragenden Turm schwebt der glänzende Adler, das teure Symbol aller deutschen Kaisermacht und Herrlichkeit. Er breitet die Schwingen aus über die wiedererstandene Kaiserburg und über das weite Reichsland zu seinen Füssen. Ein Wahrzeichen, das in der wiedererrichteten Burg, will's Gott, den Völkern durch Jahrhunderte vor Augen stehen soll, ist damit geschaffen. Der Kernbau eines Werkes bekrönt, das noch in fernen Zeiten emporragen wird und zeugen von der Bereitschaft des Volkes, seinem kaiserlichen Herrn zu helfen bei dem Aufbau eines Denkmals deutscher Kraft und Majestät.

Aus den Ruinen erwuchs der trutzige Bau. Was der Hohenstaufen erschuf, was von den Stürmen der Zwietracht, immer neu erstehend, was jahrhundertelang selbst in wüsten Trümmern noch ein stolzer Bau blieb, aufgerichtet wird es jetzt unter der Majestät des deutschen Kaisers und König von Preußen, Wilhelm des Zweiten, den Gott schütze.

Hoch über dem lauten Lebenskampfe im niederen Tal, weit über kleinlichem Kampf und Streit, schwebt der Adler hoch; und höher auch in seinem glänzenden Fluge schwebe der Adler des Reiches, der Zollern-Aar, das walte Gott.

Wilhelm der Zweite.«

Kein Mensch wusste von der kaiserlichen Botschaft, die in der FRANKFURTER ZEITUNG und den MÜNCHNER NEUESTEN NACHRICHTEN vom 9. Mai 1908 eingewickelt war. Die deutschen Historiker machten sich ab sofort ernsthaft Sorgen. Wird der schwerbeschädigte Adler auf einer elsässischen Mülldeponie landen? Aber nein, die Elsässer pflegten ihn, bis er wieder gesund wurde. Heute sitzt er, inklusive kaiserlicher Botschaft im Bauch, wieder auf dem Turm mit Blick auf den Rhein, auf das Elsass, den Schwarzwald und gar die Berner Alpen. Konservatorin Monique Fuchs hat mir versichert, dass die Urkunde erneut in die Zeitungen von 1908 eingewickelt wurde, zusammen mit zwei französischen Zeitungen: LES DERNIÈRES NOUVELLES D'ALSACE und L'ALSACE. Damit ist auch die Ehre der *Grande Nation* gerettet.

Der Sturz des Adlers ist immer ein willkommener Anlass, um über das Elsass und Deutschland zu philosophieren. Ich behaupte bei jeder Lesung im Heimatland des Adlers, dass ich natürlich Verständnis dafür aufbringe, dass der Adler sich endlich entschloss, nach Hause zu fliegen. Millionen von Touristen besuchten das Schloss seit 1918, als der Kaiser urplötzlich seinen elsässischen Zweitwohnsitz verließ. Aber seit 1945 sprechen die Besucher ausschließlich Französisch, das stimmte den Adler zunehmend traurig. Die Rückkehr in die Heimat war nur noch eine Frage der Zeit. 1995 feierte die Welt den Jahrestag des Endes des Zweiten Weltkrieges. Millionen von blau-weiß-roten Fähnchen flatterten über die elsässische Rheinebene. Ein Nostalgie-Rausch übermannte das kaiserliche Maskottchen: »Ab nach Hause, bevor ein Kriegsveteran mich abknallt.« Dennoch hob der Adler zu früh ab. Zwei Jahre später, 1997, segelte Jan Ullrich als zukünftiger *Tour de France*-Sieger durch das Elsass. Zehntausende von deutschen Fans deckten, ohne Aufsehen zu erregen, das Elsass mit der deutschen Fahne zu. Europa hatte gesiegt.

*

Ich fahre nach Straßburg um die deutsche Journalistin Michaela Schlaiss zu besuchen. Treffpunkt: Place du Corbeau, wo Friedrich I. inkognito übernachtet hatte. Michaela, deutsche Staatsbürgerin mit Hauptwohnsitz im Elsass, ist Herausgeberin des Magazins *Alsasserin*. Die erste Nummer erschien im Sommer 2010. Die Redaktion will viermal pro Jahr am Kiosk präsent sein. Auf der Internet Seite heißt es: »Wir sprechen Französisch, Deutsch, Elsässisch und Englisch.« Allerhand.

Reportagen auf Französisch und auf Deutsch. Allein zehn Seiten sind Prälat Georg Gänswein aus der Ortenau, Sekretär von Benedikt XVI., gewidmet. »Warum trägt der Papst rote Schuhe?« Eine spannende Frage. Elsässischer Charme im Angebot: Soufflenheim, Odilienberg, Flammenkuchen. Sieben Seiten über Bali, zurück zum Titisee, über den Rhein in die Vogesen. Ein elsässisches Wörterbuch für Anfänger. Bravo. Bio ist angesagt. Dr. Woltersdorf, der ernstzunehmende Bücher über das Elsass und Lothringen verfasste, erwähnt Sartre im Elsass, auch bravo.

Der Titel: *Alsasserin.* Eine ungeschickte Mischung aus Alsace und Elsass. »Die Elsässer nennen sich selbst *Alsasser* oder *Alsasserin*«, rechtfertigte sich Chefredakteurin Michaela Schlaiss am Telefon. Stimmt leider nicht. Ein Elsässer nennt sich in der Mundart *Elsasser* und nicht *Alsasser.* Der Titel kommt nicht an. Es fehlen offensichtlich französische und elsässische Mitarbeiter. Wobei die Chefredakteurin Michaela in der Geburtsanzeige kluge Bemerkungen druckt:

> »So reichte uns zum Beispiel eine deutsche Journalistin einen Text ein mit Worten wie ›Partymeile‹ oder ›Ballermann‹ – unsere Redaktion rätselte, ob es diese Begriffe im Französischen überhaupt gibt?
>
> Wir standen gemeinsam mit dem Lektorat vor der Frage (die wir heute nicht final beantwortet haben): Wie nennen wir die elsässischen Ortsnamen in der deutschen Fassung – mit ihrer deutsch/elsässischen Bezeichnung oder mit der französischen?«

Da sich das Elsass vorläufig auf französischem Territorium befindet, schlage ich vor, dass Michaela die Ortschaften mit der französischen Bezeichnung nennt. Liebe Michaela, kaufen sie einfach einen *Guide Michelin* und schreiben sie ab. Das Magazin kündigt großmäulig die Wahl einer *Miss Alsasserin 2010* an. Zwanzig Seiten werden dem Verfahren gewidmet: »Brustumfang in cm / Hüftumfang in cm / Gewicht in kg / Taillenumfang in cm«.

Das Topmodel *Alsasserin* ist 2010 nicht gefunden worden. Auch das Jahr 2011 drohte ohne *Miss Alsasserin* zu verstreichen. Eigentlich überraschend, weil es im Elsass Tausende von Miss-Anwärterinnen gibt. Praktisch jede Elsässerin träumt von einer Misswahl. Ich zitiere aus dem Effeff: Miss Grenouille, Miss Flammenkuchen, Miss Black, Miss Ronde, Miss Curvy. Trainiert zur Erwachsenen-Misswahl wird man gleich nach der Geburt: Baby Talent, später zwischen 3 und 6: Mini Talent, zwischen 13 und 17: Teen Talent.

Was macht Michaela falsch? Klüger wäre es gewesen, auf einen Mister Münsterkäse zu setzen. Die Melker des Tales scheuen vor nichts zurück und präsentieren sich regelmäßig nackt im Jahreskalender. Den Gewinner hätte man in Munster selbst in der nagelneuen *Maison du Fromage* dem Publikum und der internationalen Presse vorstellen können. Neben dem Käsezentrum befindet sich das Albert Schweitzer-Museum. Dies nennt man zwei Fliegen mit einer Klappe schlagen.

Diese Begutachtung veröffentlichte ich in der BADISCHEN ZEITUNG und in der RHEINPFALZ. Sie stimmte Michaela mir gegenüber nicht unbedingt positiv, dennoch machte die deutsche Kollegin gute Miene zum bösen Spiel und sagte mir am Telefon: »Ich freue mich darauf, sie persönlich kennenzulernen.«

Ich warte auf Michaela im *Raven*, französische Transkription von *Rawe* (Rabe), Nr. 5, Place du corbeau, *Raweplatz* auf Elsässisch, Rabenplatz auf Deutsch. Ein farbiges Plakat hängt an der Wand des gegenüberliegenden historischen Museums der Europastadt: Ein Bild von Rouget de Lisle, dem Autor der Marseillaise, die er in der wunderschönen Stadt komponierte. Die Überschrift, nur auf Französisch: »*Strasbourg fait l'histoire.*« (»Straßburg macht Geschichte.«)

Tausende von deutschen Touristen strömen täglich an der Info vorbei, wenn sie zum Münster eilen, ohne die Botschaft zu verstehen. Wenn Sie auch dazugehören, blättern sie gemütlich zu Hause, bei einem Glas Riesling aus dem Elsass, in

»Sternstunden der Menschheit« von Stefan Zweig. Der Autor hat vierzehn Ereignisse, die die Weltgeschichte prägen werden, ausgewählt. Sei es die »Weltminute in Waterloo«, der »Kampf um den Südpol« oder die »Eroberung von Byzanz«. Eben auch das »Genie einer Nacht«, so bezeichnet Zweig den jungen *capitaine* Rouget de Lisle, als er beim Aperitif im Salon des Oberbürgermeisters Baron Philippe Frédéric de Dietrich ein paar Zeilen, die später als Nationalhymne bestimmt wurden, hinkritzelte. Die Ironie der Geschichte will, dass der Soldat die paar Zeilen einem deutschen Feldherren widmete, Marschall Nikolaus von Lückner, der die Rheinarmee des französischen Königs befehligte.

Ein SMS reißt mich aus der Vergangenheit. Der Sohn von Michaela Schlaiss meldet, dass Mutter nicht kommen wird. Außerdem ärgert mich der *Café au lait* mit getrennter Milch im Kännchen und eine zu kleine Tasse. Ich vermisse die Schale von Devis in Freiburg, Ecke Zasius- und Brombergerstrasse, mit einer im Milchschaum gezeichneten Blume. Ich habe auch schon einen französischen Botschafter beleidigt, als ich öffentlich behauptete, dass man heutzutage den besten *Café au lait* in den Rasthäusern der deutschen Autobahnen genießt.

Bevor ich in den Zug nach Colmar steige, kaufe ich ein Buch des Historikers Philippe Meyer, »*L'or du Rhin, histoire d'un fleuve*«. Ein geschichtlicher Abriss, der zwar von Europa schwärmt, indem er Victor Hugo mit Caesar und Hölderlin mischt und die architektonischen Wahrzeichen der Christenheit wie Fischsorten aufzählt, aber die Atomkathedralen, die dem Rhein den Atem nehmen, geflissentlich übersieht. Fessenheim, das älteste Atomkraftwerk Frankreichs, ist kein Thema. Klar, der Computer-Korrektor bietet als Alternative zu Fessenheim: Ferienheim. Die Reime stimmen. Ich beruhige mich erst, als ich wieder an der Hohkönigsburg vorbeifahre und an die gymnastischen Übungen des zukünftigen deutschen Kaisers mit Miss Love denke.

Die Vermutung ist groß, dass Chefredakteurin Michaela bewusst das *rendezvous* in Straßburg platzen ließ. Die Ausgabe Nr. 2 von *Alsasserin* wird von Monat zu Monat verschoben. Am 3. Dezember 2011 wurde die Elsässerin Delphine Wespieser vor acht Millionen Zuschauern in Brest als *Miss France* 2012 gekrönt. Präsident der Juroren: Alain Delon. Sie stammt aus Magstatt-le-Bas, studiert Internationales Management in Colmar, Lörrach und Basel und spricht sogar Elsässisch mit ihrem Großvater. Ein paar Tage nach der Wahl von Delphine zur *Miss France* erreicht mich per Strompost die Todesanzeige des Magazins *Alsasserin.*

40 Andreas und Anne

ARTE ist bekanntlich eine deutsch-französische Fernsehanstalt, mit europäischen Cousins und Sitz in Straßburg. Seit der Gründung des Senders 1992 in der elsässischen Hauptstadt hat sich einiges zum Guten verändert. Nicht alle Verantwortlichen waren damals zweisprachig. Die Pariser verachteten Straßburg als teutonisches Provinznest. Deutsche fühlten sich im Elsass wohler, schleppten aber ihre Kinder über den Rhein in die deutsche Schule, weil sie kein Vertrauen ins französische Schulsystem hatten. Inzwischen haben sich die nationalistischen Wogen geglättet. Es gibt Redakteurinnen und Redakteure, die mit den Sprachen spielen. Die Sendung *Karambolage* gilt als Symbol einer schonungslosen Freundschaft, die sich hemmungslos mit den deutsch-französischen Klischees auseinandersetzt.

ARTE hat auch die Wahrnehmung der deutschen Sprache in Frankreich verändert. Früher hatten wir nur das gebellte Deutsch der Wehrmachts- oder Waffen-SS-Offiziere aus den Kriegsfilmen im Ohr. Oder die schwerfällige Aussprache der Süddeutschen, Elsässer inklusive: »schambon statt *jambon*«. Heute gibt es nicht nur Kriegsfilme im Fernsehen. Derrick, der im französischen Fernsehen als Pausenfüller funktioniert, wurde durch LE MONDE auf zwei Seiten geadelt. Er ist wahrscheinlich öfter in Frankreich als in Deutschland ausgestrahlt worden.

Karl Lagerfeld spricht zwar noch mit dem klassischen »schweren« Akzent, obwohl er aus dem Norden stammt, dafür tritt er als Clown auf und nicht als SS-Offizier. Lagerfeld ziert sogar mit seinem Konterfei »*Le petit Larousse illustré 2009 habillé par Karl Lagerfeld*«. Larousse ist der Klassiker der französischen Wörterbücher. Was mich allerdings bei Lagerfeld irritiert, ist, dass er vor einem Millionenpublikum damit kokettiert, dass er die Wahlurnen systematisch vernachlässigt. Sowohl in Frankreich als auch in Deutschland gibt es immer wieder Promis, die stolz angeben, dass sie auf den Urnengang verzichten. Dafür sollte es saftige Bußgelder geben, mit dem Erlös könnte man Erziehungsheime finanzieren.

Daniel Cohn-Bendit dagegen ist politisch bewusster und spricht als Deutscher perfekt Französisch, wobei gerade die clowneske Ausstrahlung ihn als Deutschen sympathisch macht. Außerdem sind die Franzosen in puncto Akzent toleranter geworden. Sonst wäre es nicht möglich, dass die Franko-Norwegerin Eva Joly die Grünen bei den Präsidentenwahlen von 2012 vertreten konnte. Ihr Akzent ist als sehr schlecht zu bezeichnen.

Die Toleranzgrenze der Franzosen in puncto deutsche Sprache ist dermaßen hochgeschraubt worden, dass Opel sich seit 2011 im französischen Fernsehen eine Werbung in deutscher Sprache leisten konnte. Vier Männer stellen das Auto vor. Ich schreibe mit.

Das ist der neue Opel Meriva
ein Familienauto deutscher Qualität
das praktische Türkonzept
eine deutsche Erfindung
die clevere Ablage
das geniale Sitzsystem
eine deutsche Technologie
einfach zum Verstauen
eine deutsche Idee
passt für unser Familienauto

Erst jetzt spricht ein Mann Französisch mit deutschem Akzent: »*… pas besoin de parler allemand pour comprendre que cette voiture est une vraie voiture allemande …*« (Man braucht nicht Deutsch zu sprechen, um zu verstehen, dass dieses Auto ein echtes deutsches Auto ist.) Opel erlaubt sich zum Schluss ein Wortspiel. Eingeblendet: *Wir leben Autos.* Renault hat Opel kopiert. Der Sprecher der Werbung mischt sogar Französisch und Deutsch. Egal, die Werbung wäre ohne ARTE nicht möglich gewesen. Das französische Ohr hat sich einfach an die deutsche Sprache gewöhnt.

*

Andreas und Anne sind seit der Gründung von ARTE dabei. Andreas, 1956 in Rottweil geboren, ist mit Kerstin verheiratet. Beide Kinder, Franziska, 18, und Frédéric, 17, sind in Straßburg aufgewachsen. Die Familie ist zweisprachig. Andreas leitet die Fernsehspielabteilung in Straßburg. Anne, 1950 in Sankt-Goar geboren, ist Redakteurin im Dokumentarbereich. Als sie 1979 nach Paris zum ZDF kam, sprach sie kein Wort Französisch. »Mein Freund nahm ich mit ins Theater, ein Stück über Proust! Ich bin eingeschlafen, hatte ich doch kein Wort verstanden!« Inzwischen ist Anne perfekt zweisprachig. Beide haben die französische Staatsbürgerschaft beantragt und erhalten.

Anne meint: »Ich lebe schon länger in Frankreich als in Deutschland. Ich wollte die Politik des Landes, in dem ich lebe, mitbestimmen. Wählen ist für mich *un acte citoyen*, eine Bürgerpflicht. Ich hatte zwar schon bei den Kommunalwahlen und bei den Europawahlen die Möglichkeit, meine Stimme abzugeben, aber das genügte mir nicht. Es war mir ein Bedürfnis, auch bei den Parlaments-und Präsidentschaftswahlen mitzubestimmen.« Die Entscheidung von Anne ist also politisch motiviert, sie ist eine politisch bewusste Frau. Andreas sprach schon Französisch, als er nach Straßburg zog. Seine Kinder haben den *AbiBac* bestanden (Mischung aus dem deutschen Abitur und dem französischen *baccalauréat*). Alle Familienmitglieder besitzen heute die französische Staatsbürgerschaft. Auch Andreas war es wichtig, Frankreich durch seinen Stimmzettel politisch mitzubestimmen.

Sowohl Andreas als Anne haben ihre deutsche Staatsbürgerschaft nicht verloren, auch nicht aufgegeben. Die EU ermöglicht die doppelte Staatsbürgerschaft, die seit dem 28. August 2007 ohne weiteres für einen Deutschen kostenlos zu ergattern ist. Anne, die sie im Januar 2006 beantragt hatte, musste damals noch 255 Euro für eine sogenannte »Beibehaltungsurkunde« an die deutschen Behörden bezahlen. Im

Dezember 2008 wurde sie Französin. Im April 2009 übergaben die Vertreter des französischen Staates ihr und weiteren zweihundert Bewerbern die Urkunde während einer feierlichen Zeremonie in der Strassburger *Préfecture*. Die Marseillaise wurde eingespielt. »Viele sangen mit«, sagt mir Anne »Einige haben vor Freude geweint, *j'ai également versé une petite larme*!« (Ein kleine Träne kullerte auch mir über die Wange.) Ein einziger Zwischenfall war zu vermerken. Als der Beamte die Urkunde vorlas, hörte Anne: »Geboren in Sankt Goar, DDR.« Sie teile den geographischen Irrtum dem Beamten mit. Es dauerte dann noch eine Weile, bis die Urkunde geographisch korrigiert war. Sankt Goar liegt ab sofort wieder am Rhein und die Lorelei ist zufrieden. Die gesamte Verwaltungsarie dauerte fast vier Jahre. Die Eltern und Geschwister von Andreas und Anne habe ihre Entscheidung begrüßt.

*

Die Deutschen, die in meinem Tal wohnen, sind im Allgemeinen über die neue Regelung nicht informiert. »Doppelte Staatsbürgerschaft gibt es nicht für uns«, sagen mir Peter und Ulla, die mir die Information nicht abnehmen. Sie glaubten mir erst als ich ihnen die frohe Botschaft schwarz auf weiß vorlege:

> »Ein Deutscher, der die Staatsangehörigkeit eines Mitgliedstaates der Europäischen Union, der Schweiz oder eines Staates erwirbt, mit dem die Bundesrepublik Deutschland einen völkerrechtlichen Vertrag nach Paragraph 12 Abs. 23 StAG geschlossen hat, verliert die deutsche Staatsangehörigkeit nicht mehr.«

»*Merci*, Martin!« Ulla umarmte mich eine lange Minute und posaunte in das vor uns liegende Münstertal mit Blick auf den

Schwarzwald: »Morgen stelle ich den Antrag. Ich will auch Französin werden.« Peter, ihr Mann, war weniger begeistert: »Ich liebe Frankreich, aber ich bleibe Deutscher!« »Bist Du taub?«, blaffte sie ihren Mann an: »Hast nicht zugehört? Beides ist möglich, du kannst in stereo leben, mit einem deutschen und einem französischen Pass!«

Nicht jeder deutsche Bürger, der den Hauptsitz im Elsass hat, wagt diesen Schritt. Manche behalten noch eine Bleibe in Deutschland, und sei es ein Gartenhäuschen. Man weiß nie. Die nationale Nabelschnur ist ein seelischer Laserstrahl, der die Verbindung mit der deutschen Heimat aufrechterhält. Diese Haltung hat oft zur Folge, dass die Deutschen, die im Elsass wohnen, weder in Deutschland noch in Frankreich bei Wahlen ihrer Bürgerpflicht gerecht werden. Sie verzichten meistens auf die Möglichkeit, das Kommunalleben ihres Dorfes durch den Urnengang zu beeinflussen oder gar von ihrem Stimmzettel bei den Europawahlen Gebrauch zu machen, was als Deutscher, der in Frankreich lebt, auch ohne französische Staatsbürgerschaft möglich ist.

Im Elsass kann die Nähe zu Deutschland verführerisch wirken. Karin residiert schon zwanzig Jahre ganzjährig in meinem Dorf. Sie hat sich nie angestrengt, Französisch zu lernen. Damit ist sie freilich vom kulturellen und politischen Leben abgeschnitten, wählt weder bei den Kommunal- noch bei den Europawahlen. Wenn sie Heimweh hat, schaut sie Richtung Schwarzwald oder fährt schnell über den Rhein, wo sie bei dm oder Aldi einkauft, weil fast alles billiger ist. Außerdem erlaubt das Fernsehen den Kontakt zur deutschen Heimat, genauso wie die Türken in Deutschland die Satellitenschüssel Richtung Ankara drehen. Das politische Leben im Dorf interessiert Karin nicht. Besucht sie eine Versammlung, versteht sie kein

Wort. Alles passiert auf Französisch. Wie sie das aushält, ist mir ein Rätsel. Sie meckert aber, weil die Türken nicht schnell genug Deutsch lernen in Deutschland. An doppelte Staatsbürgerschaft hat sie noch nie gedacht. Warum auch?

Der Schritt zur doppelten Staatsbürgerschaft ist immer mit der Zweisprachigkeit verbunden, also mit der Eingliederung in die Kulturwelt des Gastlandes. Nur Deutsche, die Französisch beherrschen, wagen den Schritt von Anne und Andreas, die Kopfgrenzen erfolgreich zu sprengen. Patrick Boucher, Buchhändler in Speyer, mit Doris verheiratet, hat den Spieß umgedreht. »Ich wohne schon so lange hier und habe die deutsche Staatsbürgerschaft beantragt. Heute bin ich Deutscher! Die französische Staatsbürgerschaft habe ich behalten!« Der Franzose stammt aus Orléans. Die Verwaltungsarie der Einbürgerung war wesentlich kürzer als bei Anne. Innerhalb von sechs Monaten war alles erledigt.

Fast alle Franzosen sind überzeugt, dass Daniel Cohn-Bendit die doppelte Staatsbürgerschaft besitzt. Aber der deutsch-französische Akrobat ist einzig und allein deutscher Staatsbürger. Dennoch könnte er die Europawahl der Grünen in Frankreich problemlos anführen. Von der Präsidentschaftswahl bleibt er aber ausgeschlossen. Ich muss ihn mal fragen, warum er die doppelte Staatsbürgerschaft nicht beantragt hat.

In Frankreich war es seit der Revolution einfach, Franzose zu werden, auch wenn man aus dem fernen China stammte. *Le droit du sol contre le droit du sang.* Nicht das Blutrecht, sondern das Bodenrecht war bestimmend. Die Migrationen der Weltbevölkerung haben alles verändert. Inzwischen erhält man die Staatsbürgerschaft nicht mehr automatisch, wenn man auf französischem Territorium geboren wurde. Man muss sie später beantragen.

Aus deutscher Sicht bekommen die Kinder, die in Frankreich mit einer Französin von einem deutschen Soldaten gezeugt wurden, wie im Fall von Frédéric, dem Bruder von Dr. Konrad (Kapitel 12), als Wiedergutmachungsgeschenk die deutsche Staatsbürgerschaft.

Ich habe mir auch schon die Frage gestellt, ob Elsässer, die zum Beispiel wie ich (22. Juni 1944) in deutscher Zeitrechnung geboren sind, ebenfalls Anspruch auf die deutsche Staatsbürgerschaft haben. Etwa wie Polen aus Schlesien mit deutschen Vorfahren oder Russen aus Kasachstan, deren Vorfahren nach Osten emigriert waren. Ich stelle mir die Frage deshalb, weil immer wieder zu lesen ist, dass Marine Le Pen in Frankreich mit ihrer rechtsextremen Partei die Macht übernehmen könnte. Da wäre ich natürlich schon an einer Auswanderung Richtung Titisee interessiert, bis die Demokratie in Frankreich erneut siegen würde.

Was wenige Deutsche wissen, ist die Tatsache, dass die doppelte Staatsbürgerschaft vor dem Ersten Weltkrieg von Berlin sogar gefördert wurde. Am 23. Februar 1912 nahm der Reichstag das von Staatssekretär (im Innenministerium) Delbrück entworfene Gesetz an, das die doppelte Staatsbürgerschaft ermöglichte. Kurzum, *semel germanus, semper germanus*. Ein Deutscher wird seine Staatsbürgerschaft nicht verlieren, wenn er die französische beantragt. Die Gründe der Frankreichliebe waren allerdings mit nationalistischen Hintergedanken verbunden. Die Deutschen in Frankreich verstanden sich nicht selten als fünfte Kolonne, die später eine Invasion erleichtern könnte. Schon 1911 wurden 110.000 Deutsche naturalisiert. Europa hat das »Gesetz Delbrück« aktualisiert, aber unter friedlichen Voraussetzungen. Es gab sogar Deutsche aus Berlin, die sich damals als elsässische Frankreich-Liebhaber ausgaben, und so mit offenen Armen in Frankreich aufgenommen wurden.

Heute bilden Andreas und Anne die Vorhut des neuen Europa, wie Umberto Eco es behauptet. Sie sind Vorreiter, also Ausnahmen.

Bis 2008 musste die Wahlpropaganda im Elsass zweisprachig sein. Kein Politiker, auch Nationalisten wie Le Pen, wollte auf Wählerstimmen verzichten. Heute, ausgerechnet in einer Zeit, in der Mehrsprachigkeit angesagt ist, verzichten die Elsässer in den politischen Auseinandersetzungen auf die Zweisprachigkeit. Die Wahlpropaganda wird nur noch in Französisch gedruckt. Die Gründe sind einleuchtend, die deutschsprachigen Omas und Opas liegen alle auf dem Friedhof und sind dadurch nicht mehr als Wahlfutter zu gebrauchen. Nebenbei: in Kalifornien oder Florida ist die Wahlpropaganda selbstverständlich zweisprachig: Englisch-Spanisch.

P.S. Wenn ARTE-Mitarbeiter wie Andreas und Anne sich auch als Sprachakrobaten erweisen, gibt es leider immer wieder Rückfälle in der oberen Etage. Die 2010 neu gewählte französische Präsidentin von ARTE, Véronique Cayla, spricht kein Deutsch.

41 Baron Nikolaus von Gayling und Graf Raymond d'Andlau-Hombourg

Ich begegnete dem deutschen Baron Nikolaus von Gayling aus Ebnet, einem Vorort von Freiburg, zum ersten Mal in Sárospatak, nördlich von Budapest, im Fünfländereck: Ungarn, Slowakei, Polen, Ukraine, Rumänien. Dort trafen sich die Außenminister der Euroregion Karpaten, um grenzüberschreitende Projekte zu verwirklichen. Ich war vom Europarat engagiert, um nach dem runden Tisch der Diplomaten eine Europareise auf Schusters Rappen zu unternehmen. Ziel der Reisen: die sogenannten Euroregionen zu beobachten. Von Murmansk nach San Sebastian, von Vukovar nach Maastricht. Ein spannendes Vagabundieren, daraus entstand ein Buch: »*Voyage au jardin des frontières*«.

Die Elsass-Saga zwischen Deutschland und Frankreich ist nichts im Vergleich zu der nationalistischen Achterbahn der Menschen, die hier leben. Garton Ash erzählt folgende Geschichte: »Ein Einwohner der Kleinstadt *Mukatschewo* (dt. Munkatsch) erzählt einem Besucher, dass er in Österreich-Ungarn auf die Welt kam, das Alphabet lernte er in tschechoslowakischen Schulen, geheiratet hat er in Ungarn, am längsten hat er in der Sowjet-Union gearbeitet und die Rente genießt er in der Ukraine.« – »Sie sind viel gereist!«, kommentiert der Besucher. – »Nein«, antwortet der alte Mann, »ich habe *Mukatschewo* nie verlassen.«

Der Baron begleitete aus persönlichen Gründen János Perényi, damals Präsident des Kulturrates beim Europarat in Straßburg. Der ungarische Diplomat hatte mich wiederum nach der Lektüre von »Donauträumen, stromaufwärts nach Europa«, engagiert. Seitdem hat mich der deutsche Baron nicht mehr aus den Augen verloren, weil er sich als Elsässer fühlt. »Eigentlich bin ich Straßburger!«, sagt er der BADISCHEN ZEITUNG, »Meine Familie hat länger in Straßburg als in Freiburg gewohnt. Bis 1793 hatten wir in der Straßburger Kalbgasse ein kleines Stadtpalais. Dort lebten die Gaylings weit mehr als 200 Jahre. Im Unterelsass besaßen sie zudem einige kleine ritterschaftliche Besitzungen.« Kollege Wulf Rüskamp bohrt nach: »Besteht da noch eine Kontinuität?« »Ja«, antwortet der

Baron, »diese Tradition ist mir über meine Großeltern und meine Tante vermittelt worden. Sie und andere Verwandte haben mir eingeimpft, dass wir eigentlich eine Familie aus dem Elsass sind, die vor der Französischen Revolution geflohen ist. Die familiären Kontakte wurden aber immer über die Grenze hinweg gepflegt, denn man fühlte sich als eine Einheit. Es gibt den Stotzheimer Kreis mit Adelsfamilien aus dem Elsass, aus Baden und der Schweiz, der sich jährlich zweimal trifft.«

Wenn der Baron mir schreibt, benutzt er immer als Unterlage eine Postkarte aus Zutzendorf im Elsass, mit dem Bild des Schulhauses, in dem ein Museum zur Herrschaft der Freiherren von Gayling untergebracht ist. Als Unterschrift: *liberté, fraternité, amitié*, statt *liberté, égalité, fraternité*. Na ja, *amitié* statt *égalité?* In *fraternité* findet sich ja schon *l'amitié*. Da der Baron, trotz Familienmuseums im Elsass, bei mir – völlig zu Unrecht – Zweifel über seine elsässische Herkunft vermutet, hat er mir einen endgültigen Beweis geschickt. Eine Urkunde mit einer Visitenkarte aus dem 17. Jahrhundert.

> *De Gayling d'Altheim. Hôtel, rue des Veaux, 20, ancien Uttenheimer-Hof.*

Der Baron notiert von Hand »Kalbgasse« für *rue des veaux*. In der Tat wurde die Straße nach dem Magistrat Kalb genannt. Nach der Revolution übersetzten die Pariser Besserwisser Kalbgasse durch Kälbergasse, von *le veau*, das Kalb. So ist es im Elsass, auch Kälber sind Menschen. Weiter beweist mir der Baron, dass seine Familie bis zum 11. Jahrhundert zurückzuverfolgen ist. Den ersten Hinweis auf die Familie findet man im Jahre 1080, als der Ritter von Gayling in Augsburg an einem Turnier teilnahm. Im 14. Jahrhundert verlängerte sich der Name der

Familie Gayling durch Altheim, ein Dorf in der Grafschaft von Hanau (Nordelsass). Da gebe ich mich geschlagen. Ich schaffe es gerade noch, die Spuren meiner Familie bis 1945 ausfindig zu machen. Der Name des Vaters steht auf dem Denkmal zu Ehren der Opfer des Zweiten Weltkrieges. Ich wäre auch gern als Baron in einem Schloss geboren. Aber da bleibt jeder von uns machtlos. Auch Bin Laden hat das Datum und den Ort einer Geburt nicht ausgesucht.

Der Baron, Land-, Forst- und Energiewirt, ist in Freiburg bekannt wie ein bunter Hund. Auf seinem Anwesen in Ebnet, östlich von Freiburg, nicht weit vom Fußballstadion entfernt, veranstaltet er ein bemerkenswertes Kulturprogramm. Außerdem wird einmal im Jahr der Schlosspark zur Landesgartenschau umfunktioniert. Im Stadtrat sitzt er für die FDP. Seit 2008 ist er Präsident des »Forum Carolus«, einem deutsch-französischen Thinktank, der über die Grenzen hinaus alle Menschen guten Willens am Oberrhein versucht zu versöhnen.

Aber Nikolaus kann einem ganz schön auf die Nerven gehen. Wenn er im Schloss die *Crème de la Crème* der oberrheinischen Kulturszene einlädt, müssen die Gäste und die Redner zunächst einen längeren Vortrag über seine Familiengeschichte verkraften. So ist der Baron, unerträglich und unentbehrlich zugleich. Wir brauchen solche Menschen, Baron oder nicht, um Europa aufzubauen.

*

Der deutsch-elsässische Baron Nikolaus von Gayling machte mich auf den Stotzheimer Kreis aufmerksam. Noch nie davon gehört. Adlige aus Baden und Elsass treffen sich regelmäßig hüben und drüben, um den Familiengeist über die Grenzen hinweg zu pflegen. Ich melde mich beim Grafen Raymond d'Andlau-Hombourg in Stotzheim, nicht sehr weit von Barr entfernt, wo die uneheliche Tochter von Wilhelm II. aufwuchs. *Monsieur le comte* empfängt mich in Arbeitskleidung: grüne Hosen, grünes Hemd. Sein schmales, braungebranntes Gesicht hat zweifellos etwas Edles, oder bilde ich mir das nur ein? Am Telefon hatte er sich als Landwirt vorgestellt. Damit kokettiert er. Wobei er in der Tat etwas mit Landwirtschaft zu tun hat. Er pflanzt Weihnachtsbäume an, was im Elsass keine schlechte Idee ist, da die Tradition des Weihnachtsbaums aus dem Elsass stammt. Dies müssen sie aber nicht unbedingt glauben. Der Graf zieht die Arbeitsschuhe aus, soll ich meine Schuhe auch ausziehen? Bei mir verlange ich das von den Gästen, aber ich sehe keine Pantoffeln in Reichweite und behalte die Schuhe an. Seine Gattin Baronin Anna-Isabella von Allmayer-Beck begrüßt mich und führt uns in einen Salon. Alles dezent bescheiden, dennoch sind die Wände voller Konterfeis der Familienoberhäupter, die laut Stammbaum bis ins Jahr 1181 reichen.

Graf Raymond d'Andlau-Hombourg sind die grenzüberschreitenden Adelstreffen zu verdanken. Den Stotzheimer Kreis, nach dem Dorf Stotzheim benannt, hat er 1975 ins Leben gerufen. Nicht alle elsässischen Adligen waren von der Initiative begeistert. Wie so oft hatten die Elsässer, auch die Adligen, Mühe mit der deutsch-französischen Freundschaft. Einerseits, weil auch unter Adligen sämtliche junge Männer in die Wehrmacht zwangsrekrutiert wurden und manche sogar in deutscher Uniform gefallen sind. Ich stelle fest, dass Graf Jacques d'Andlau-Hombourg, Sohn von Onkel Christian, am 6. Oktober 1944 an der Weichsel gefallen ist, nicht weit von dem Ort, wo mein eigener Vater stationiert war.

Das Dorf Ciepielów befindet sich in der Nähe von Baranów. Dort überquerten die Russen im Sommer 1944 die Weichsel bevor sie vor Warschau Halt machten und die Zerschlagung des Aufstands den Deutschen überließen. In Ciepielów hatte am 9. September 1939 die Wehrmacht 300 polnische Soldaten exekutiert. Nicht ohne ihre Uniformen zu entfernen, um sie als Partisanen bezeichnen zu können, die sich nicht an die Regeln des Krieges hielten. Als Jacques d'Andlau-Hombourg, *cousin* von Raymond, der mir gegenüber sitzt, im Oktober 1944 ums Leben kam, war die Front bis zum 12. Januar stabil. Aber die Partisanen – im Jargon der Wehrmacht als Banden bezeichnet – waren aktiv und die Erinnerung an das Massaker von Ciepielów, vier Jahre davor, ebenfalls. Vermutlich ist der elsässische Graf von polnischen Partisanen getötet worden. Mein eigener Vater überlebte die Strapazen noch bis zum 3. Februar 1945 und ist während des Rückzugs der Wehrmacht in der Nähe von Bielitz in Ost-Oberschlesien gefallen.

Dieses Schicksal bringt uns zweifellos etwas näher. Ich fühle mich gar für ein paar Sekunden ins Adelsgeschlecht eingebunden. Allerdings ist es damit gleich vorbei, als *Monsieur le comte* mir einen Einblick in den Stammbaum der Familie gewährt. Da wimmelt es nur von Grafen und Baronen über die Jahrhunderte hinweg. Ich fühle mich wie in ein Adelsaquarium eingetaucht und sehe nur noch kleine blaue Fische, die sich in allen Richtungen bewegen.

Ich wage einen Blick in die Familiensaga: »*Le livre d'histoire d'une famille d'Alsace. Préface de l'Archiduc Otto de Habsbourg*«. Ich schlage sofort zu und erzähle der Familie, dass ich Otto von Habsburg persönlich kannte. Pluspunkt. Stimmt sogar. Ich traf ihn in Straßburg im Europaparlament, als ich eine Glosse für das ZDF im Plenarsaal drehte. Ich brauchte den leeren Saal, als er mit einem Fernsehteam eintraf. Ich bat ihn um einen Gefallen: »*Monseigneur*, darf ich sie nach links bitten, ich brauche eine Totale des leeren Saals, nur ein paar Minuten?« Der Sohn des letzten Kaisers bewegte sich sofort mit dem Team nach links, stoppte aber nach einigen Schritten abrupt: »Wenn schon, dann nach rechts!« Also setze er sich nach rechts mit seinem Team in unseren Rücken, um artig das Ende der Dreharbeiten abzuwarten. Ich hatte einen Weihnachtsbaum in der Hand und verteilte Geschenke an die Länder Osteuropas, die damals noch nicht zur EU gehörten. Als das Wort Ungarn fiel, klatschte es laut hinter mir: »Bravo, *Monsieur* Graff!«

Der Graf und die Gräfin finden die Geschichte gut. Ich darf weiter in der Familienchronik stöbern und entdecke die Abbildung eines Kupferstichs von Hans Baldung Grien, dem Tomi Ungerer der Renaissance, der die Familie d'Andlau-Hombourg darstellt: »*Le chevalier Veltin d'Andlau entouré des membres de sa famille d'après Hans Baldung Grien.*«

Ich muss unmittelbar an meine Familie denken. Nicht einmal ein Grab von meinem Vater ist vorhanden, geschweige denn von Großvater und Großmutter. Ich entscheide insgeheim, beim dritten Schluck adligen Kaffees, ab sofort einen Stammbaum für die Zukunft anzulegen, so das meine Nachfahren im Jahre 3000 etwas zu knabbern haben und sich nicht schämen müssen, weil sie ihre Vorfahren nach einer Generation schon aus den Augen verlieren.

*

Die Adelswende im Elsass fand bekanntlich während der Französischen Revolution statt. Der Vorfahr meines adligen Gastgebers, Graf Frédéric Antoine Marc d'Andlau-Hombourg, flüchtete im Ruderboot über den Rhein nach Bellingen im Markgräflerland, wo er fortan als Friedrich Anton Marcus von Andlau-Homburg lebte. Von der deutschen Rheinseite aus sah der Graf sein Schloss im elsässischen Hombourg in Flammen aufgehen. Mit Napoléon beruhigte sich die Lage und einige d'Andlaus kamen in ihre elsässische Heimat zurück. Der Sohn von Frédéric Antoine Marc, Joseph Antoine Gothard d'Andlau-Hombourg, wurde am 4. Dezember 1813 von Napoléon Bonaparte persönlich zum Ritter der Ehrenlegion erhoben. Er ehelichte die Baronin Caroline Françoise Angélique von Bernhausen, damit wurde er Schlossherr im elsässischen Stotzheim.

Spannend wie in einem Krimi wird es mit dem Großvater von Raymond d'Andlau-Hombourg, der mir gegenübersitzt. Hubert Franz Maria von Andlau-Homburg kam 1868 im bayerischen Schloss Heidenfeld auf die Welt. Seine Mutter war die Freiin Marie Emilie von Bodeck-Ellgau, sein Vater Graf Raymond Charles d'Andlau-Homburg. Keine drei Jahre später wurde das Zweite Deutsche Reich im Spiegelsaal von Versailles von den deutschen Fürsten ausgerufen. Im selben Atemzug wurde der Preußenkönig als Wilhelm I. zum Kaiser aller Deutschen und Frankreich verlor das Elsass. Urgroßvater Charles Raymond mochte die Preußen nicht und nahm die österreichische Staatsangehörigkeit an. Er diente fortan als Offizier in der österreichischen Armee. Der kleine Hubert Franz Maria wuchs aber als Kind im elsässischen Stotzheim auf. Später studierte Hubert Franz Maria in Österreich, wo er den Wehrdienst absolvierte. Der junge Graf kam aber 1902 erneut ins Elsass zurück und wurde deutscher Staatsbürger. Er heiratete schon 1891 die Prinzessin Marie Sophie Clotilde Christine de Coëhorn, die sich ursprünglich von Kuhhorn schrieb, wie das Wappen der Familie – zwei Kuhhörner – es dokumentiert. Der heutige Graf Raymond d'Andlau-Hombourg bat mich, den etymologischen Ursprung von Coëhorn als Kuhhorn aus ästhetischen Gründen zu verschweigen. Ich bitte den Grafen offiziell um Verzeihung, dass ich das semantische Geheimnis gelüftet habe. Aber die sprachliche Achterbahn der adligen Familien, die in Grenzgebieten wohnen, fasziniert mich. Ich gebe allerdings zu, dass nicht jeder als Graff Martin, obwohl nur phonetisch als Graf wahrzunehmen, ohne billige phonetische Verballhornungen vom Französischen ins Deutsche und umgekehrt gleiten kann.

Hubert Franz Maria widmete sich der Landwirtschaft und gründete die elsässische Raiffeisengenossenschaft, heute als *Crédit Mutuel* bekannt. Das Elsass wurde 1918 bekanntlich wieder französisch und aus Hubert Franz Maria wurde Hubert François Marie. *Monsieur le comte* wurde 1928 zum *Sénateur* gewählt und tagte in Paris im Palais du Luxembourg, wo der französische Senat noch heute seinen Sitz hat. Die Pariser Deutschenfresser bohrten nach und stellten fest, dass der Elsässer mit germanischem Migrationshintergrund einen deutschen Vater hatte. Außerdem war er selbst vor 1918 deutscher Staatsbürger. Schon drohten die *Patr'idioten* aus Paris mit der Annullierung der Wahl.

»Laut Gesetz vom 14. Juli 1927 kann sich ein eingebürgerter Ausländer erst zehn Jahre nach der Einbürgerung zur Wahl stellen«, gaben die eingefleischten Nationalisten bekannt. Tatsächlich wurde Hubert François Marie 1920 eingebürgert, also bestand die Gefahr, dass seine Wahl für nichtig erklärt würde. Schließlich blieb der Graf *Sénateur* mit der Hilfe von Marschall Lyautey, Held des Ersten Weltkrieges, und übte sein Amt bis 1935 aus. Gegen Ende des Zweiten Weltkrieges versteckte sich der Graf vor den Nazis in den Vogesenwäldern. Graf Hubert François Marie d'Andlau-Hombourg, 1868 in

Bayern geboren, schied 1959 als Franzose aus dem Leben. Er wechselte also sechsmal die Staatsangehörigkeit: Bayern, Österreich, Deutschland, Frankreich, Deutschland, Frankreich. Ein typisch elsässisches Schicksal.

Sein Enkelsohn Graf Raymond d'Andlau-Hombourg beichtet mir, dass er während des Algerienkrieges als *boche* beschimpft wurde. Er war nicht der Einzige. Mein Nachbar Bernard war Soldat in Baden-Baden, als Straßburg 1966 den französischen Fußball-Pokal für sich entschied. »*Les boches ont gagné*«, lamentierten seine Kumpels. Thierry Roland, bekannter Sportreporter, wusste es noch besser: »*La coupe a quitté la France.*« (Der Pokal hat Frankreich verlassen).

Der Graf und die Baronin sprechen Hochdeutsch, wenn sie unter sich sind. Anna-Isabella stammt aus Österreich, spricht allerdings sehr gut Französisch. Die Kinder Dominique und Agnès sind zweisprachig aufgewachsen.

Als ich mich verabschiede, renovieren Arbeiter die Brücke der Schlosseinfahrt. »Wenn sie wiederkommen, können sie direkt vor dem Schloss parken«, sagt mir der Graf. Darauf freue ich mich jetzt schon.

42 Otto Feger, eine Entdeckung am Bodensee

Wann war ich das erste Mal in Singen mit Wasserfühlung zum Bodensee? Schon lange her. Ich besuchte Klaus Spürkel, der als Pathologe mit Tatort-Kommissar Bienzle arbeitete. Klaus tingelte während den Drehpausen mit einem kleinen blau-roten Zirkuszelt in der deutschen Provinz herum. Sein Stück hieß: »Der Flohzirkus.« Er blieb mit seinem schwarzen

Floh allein unter dem Zelt. Kein einziger Zuschauer meldete sich. Ich tröstete ihn mit einer Flasche Gewürztraminer aus dem Elsass. Inzwischen hat er sein eigenes Theater in Riegel am Kaiserstuhl, als »Kumedi« bekannt. Er baute den alten Bahnhof um und erfreut sich vieler Besucher aus dem Elsass, die nicht mehr aufhören zu staunen, wenn sie die edlen Räume betreten.

Das Alemannische Institut aus Freiburg hatte mich zum Thema »Grenzüberschreitungen« nach Singen eingeladen. Ich sollte die Abschlussrede halten. Professor Dr. Hans Ulrich Nuber, der die Geschichte der Alemannen bis in die Antike zurückverfolgt und das Institut mit wissenschaftlicher Würde leitet, war nicht wenig überrascht als ich »*L'être et le néant*« von Jean-Paul Sartre mit »*Kupst wia G'sprunga*« ins Alemannische übersetzte.

Das Elsass ist immer noch ein Tabuthema für die Gelehrten, die die Schicksale des Instituts wissenschaftlich begleiten. Sie gehen äußerst behutsam mit den französischen Alemannen um. Professor Dr. Friedrich Metz, Geograph, Leiter des Alemannischen Instituts vor, während und nach dem Krieg, war nicht frei von Deutschtümelei im Elsass. Das Institut bekam schon vor dem Krieg Geld vom Reichsinnenministerium, um die Nazipropaganda bei den alemannischen Nachbarn zu unterstützen. Deutschfreundliche Elsässer dienten als Kuriere via Basel. Dr. Metz verteilte das Geld, behauptet in seinen Memoiren Marie-Joseph Bopp, der sich auf Zeugen beruft.

Am 22. April 1941 sprach der Professor in Colmar vor einem zahlreichen Publikum, gespickt mit SA-Mitgliedern in Galauniform. Er behauptete, dass die gesamte Bevölkerung aus den Vogesen deutschstämmig sei. Dabei gab und gibt es immer noch ein paar Täler, wo nie Elsässisch gesprochen wurde. *Val d'Orbey, Vallée de Sainte-Marie-aux-Mines, Val de Villé, Vallée de la Bruche.* Metz war als Geograph bestens informiert, aber erlaubte sich den ethnischen Seitensprung, um den Nazis zu gefallen. Am nächsten Tag besuchte Metz das Lycée Bartholdi, damals in Matthias Grünewald-Schule umgetauft (wie geschickt, wer hat schon was gegen den Schöpfer des Isenheimer Altars?) und sprach mit dem Deutschlehrer Marie-Joseph Bopp, der heimlich ein Tagebuch auf Französisch verfasste. Bopp war am Vorabend beim Vortrag dabei gewesen und warf ihm vor, den elsässischen Dichter Ehrenfried Stoeber falsch zitiert zu haben. Professor Metz horchte auf: »Wie meinen Sie das?« – Bopp: »Sie haben gesagt: ›Meine Leyer ist Deutsch, sie klinget von deutschen Gesängen, treu ist mein deutsches Herz.‹ In Wirklichkeit heißt es: ›Meine Leyer ist Deutsch, sie klinget von deutschen Gesängen, dienend dem gallischen Hahn, treu ist mein französisches Herz.‹« Der ehemalige Rektor der Uni Freiburg soll geschmunzelt haben, ohne auf das falsche Zitat des Gedichtes einzugehen.

Professor Friedrich Metz teilte Bopp mit, dass die französisch sprechenden Elsässer aus den Vogesen es seinen Behauptungen über ihre germanische Herkunft zu verdanken hätten, dass sie nicht ausgesiedelt wurden. Metz hatte in Wirklichkeit den französisch sprechenden Elsässern dieser Täler überhaupt keinen Dienst geleistet. Denn schon ein Jahr später, ab August 1942, wurden deren Jungen auch in die Wehrmacht zwangsrekrutiert. Da sie aber kein Deutsch sprachen, galten sie an der russischen Front als renitente Elsässer, die aus Protest die Befehle nicht verstehen wollten. In Wirklichkeit sprachen sie kein Deutsch, aber welcher Offizier war schon über die sprachlichen Subtilitäten der Vogesentäler im Elsass informiert? Wären dagegen die jungen Männer 1940 nach

Frankreich ausgewiesen worden, hätten sich ihre Überlebenschancen erhöht. Die Wehrmacht hätte sie nicht als Kanonenfutter verwenden können.

Der Professor und Leiter des Alemannischen Instituts galt den Nazis dennoch nicht als verlässlicher Parteigänger. 1938 hatte er in meiner Geburtsstadt Munster einen Vortrag über den Münsterkäse gehalten. Daraufhin hatte ihm der Freiburger Parteichef vorgeworfen, seine Zeit mit unsinnigen Themen zu vergeuden. Kein Wunder, dass er sich nicht lange als Rektor der Universität halten konnte. Er wurde geschasst, blieb aber Professor.

Das Tagebuch von Marie-Joseph Bopp, »*Ma ville à l'heure nazie*« war bis 2000 unter notariellem Verschluss. Allein schon aus wissenschaftlichen Gründen sollte das Alemannische Institut es übersetzen lassen. Der Text ist eine Fundgrube für wehmütige Alemannen, die immer noch nicht verstehen, dass sprachliche Intoleranz in einer Demokratie und in einer Diktatur für die Elsässer nie dieselbe Qualität hatten und haben.

Kaum zu glauben, wie sich Historiker damals angestrengt haben, um die westlichen »Brüder und Schwestern« wissenschaftlich zu vereinnahmen. Teilweise mit ästhetisch hervorragenden Veröffentlichungen, die gezielt die Elite ansprachen. Auch fürs Volk gab es reichlich ideologische Nahrung. Ich denke, dass sich die Nazis in keinem anderen Grenzland, das sie 1939 bis 1941 im Namen des Deutschtums eroberten, intellektuell so viel Mühe gegeben haben.

Deshalb ist es verständlich, dass das Alemannische Institut heute um keinen Preis den Eindruck erwecken möchte, es versuche die westliche Provinz Alemanniens zu vereinnahmen. Die Tatsache, dass sich unter 214 Mitgliedern nur 14 Elsässer befinden, beweist, wie sensibel das Thema bleibt. Man wirbt nicht um elsässische Köpfe, welche wiederum nicht Schlange stehen vor der Bertholdstraße Nr. 45 in Freiburg, wo das Alemannische Institut seinen Sitz hat.

Die Vorsicht der deutschen Gelehrten, mit Rücksicht auf die Irrungen der Geschichte, kann in Sachen Elsass sogar ins Lächerliche ausarten: Der Landesverein Badische Heimat und die Muettersproch-Gsellschaft (Verein für alemannische Sprache) haben 2009 ein Alemannisches Wörterbuch veröffentlicht, mit 10.500 Stichwörtern, 12.500 Bedeutungen, 149 Sprachkarten. Das Cover des Monumentalwerkes, finanziell vom Regierungspräsidium Freiburg unterstützt, zeigt eine Karte, die am Rhein haltmacht. Zunächst wollte ich es nicht glauben. Wobei Dr. Sven von Ungern-Sternberg, Vorsitzender des Landesvereins Badische Heimat, mit dem ich in der »Krone« in Singen ein Bier trinke, im Vorwort schreibt: »Die Verteidigung der Mundart ist nicht rückwärtsgewandt-heimattümlerisch oder gar regional-chauvinistisch. Sie ist vielmehr zukunftsbezogen-modern und vermischt sich mit Weltoffenheit. Gerade das Alemannische am Hoch- und Oberrhein ist grenzüberschreitend-europäisch.« Als ich den früheren Freiburger Regierungspräsidenten aus dem hohen Norden auf die Ungeheuerlichkeit der Titelkarte aufmerksam mache, bestellt er ein zweites Bier und weist darauf hin, dass auf Seite 4 präzisiert wird »Alemannisches Wörterbuch für Baden«.

Ich finde, dass unseren wissenschaftlichen Nachbarn ganz einfach ein wenig Mut fehlt. Deshalb habe ich mich im Jahre 2011 um die Mitgliedschaft beim Alemannischen Institut in Freiburg beworben. Professor Dr. Hans Ulrich Nuber teilte mir mit, dass man sich nicht bewerben kann, man wird vorgeschlagen. Dieser feine Unterschied war mir bisher fremd geblieben. Was überraschend ist, als ehemaliger evangelischer

Pfarrer hätte ich es wissen müssen. Schließlich wurde ich früher auch mal vom Heiligen Geist ins Amt geschubst. Berufung nennt man den Vorgang. Ich wurde schließlich einstimmig in die ehrenwerte Gesellschaft des Alemannentums aufgenommen. Vielleicht schaffe ich es irgendwie und irgendwann, mit Riesling und Münsterkäse, die Karte des Alemannischen Wörterbuchs bei der nächsten Ausgabe über den Rhein bis zum Col de la Schlucht auszudehnen.

Am 13. Januar 2012 stellte Frau Dr. Johanna Regnath, Geschäftsführerin, in Straßburg das Alemannische Institut vor. Die Veranstaltung fand in Nr. 5 *boulevard de la victoire* statt, in den Räumen des *Cercle culturel alsacien*. Just neben der Mensa Gallia, dir früher Germania hieß. Die europäische Hauptstadt zählt 270.000 Einwohner (ohne die Gemeinden, die in der *communauté urbaine* eingebettet sind). Der Vortrag war in deutscher Sprache angekündigt. Anwesend waren zwölf elsässische Alemannen, acht Männer, vier Frauen, alle über sechzig. Frau Regnath entschuldigte sich, dass sie nicht Französisch spricht.

*

Ich hatte während der Tagung des Alemannischen Instituts in Singen zum ersten Mal von Otto Feger gehört. Der frühere Stadtarchivar der Stadt Konstanz wurde von den Nazis kaltgestellt. Klarer Fall, kein Mitläufer, der nach dem Krieg seine demokratische Seele entdeckt. Sein Manifest »Schwäbisch-Alemannische Demokratie« wurde 1946 mehr als 30.000mal verkauft. Es geht um eine politische und wirtschaftliche Autonomie von Schwaben und Alemannien. Otto Feger splittet schon mal Deutschland in Norden und Süden. Der Süden hat eine demokratische Tradition. Die Städte erprobten schon im

Mittelalter eine gewisse Demokratie. Der Bürger redete mit. Der Norden und der Osten haben sich schon immer der Autorität unterworfen. Er beweist dies mit Zahlen. Im Süden und Westen haben am 5. März 1933 die antifaschistischen Parteien gesiegt. Im Norden und Osten haben die Rechtsparteien, Nationalsozialistischen und Deutschnationalen gesiegt. Ohne Ausnahme. »Das Naziregime wurde den Alemannen und den Schwaben aufgezwungen.« Das sitzt schon mal.

Feger liebäugelt mit dem Schweizer Modell. *Small is beautiful.* »Die Norddeutschen werden die süddeutsche Nachkriegsdemokratie zwangsweise verfälschen.« Harte Worte. »Es fehlt uns das Vertrauen auf eine wirklich demokratische Entwicklung in einem Gesamtreich. Man wird östlich der Elbe und Saale, stellenweise auch westlich davon, nicht aus der alten Haut können. Und die alte Haut liebt nun mal die Ordnung über alles.« Prophetische Worte zur Grenze:

> »Es wäre an der Zeit, auch die Frage nach der politischen Existenz Europas ernsthaft zu prüfen. Bisher hat der Stolz auf den eigenen Imperialismus, verbunden mit der Furcht vor dem Imperialismus der anderen, jedes enge Zusammenleben in Europa unmöglich gemacht. Das autonome Alemannien wird auf beides verzichten ... heute ist die Existenz der Grenzen noch um die Sicherheit der Staaten willen gerechtfertigt. Aber wenn einmal die Sicherheit Europas und der Welt kein Problem mehr ist, das durch Grenzschikanen gelöst werden muss, so sind alle andern Einrichtungen der Grenzen technischer Natur und leicht anderweitig zu ersetzen.
>
> Dass eine Wirtschaft freier lebt und sich rascher entwickelt ohne Zollschranken oder mit möglichst geringen, hat die Wirtschaftsgeschichte der Gegenwart mehrfach bewiesen, nicht zuletzt jene der Vereinigten Staaten. Den Luxus

von zwanzig verschiedenen Währungen wird sich Europa ohnedies nicht mehr lange erlauben können, so wenig wie das europäische Eisenbahnnetz zwanzig verschiedene Spurweiten ertragen könnte.

Die polizeilichen Funktionen der Grenzüberwachungen lassen sich durch bessere internationale Zusammenarbeit im Kampf gegen das Verbrechen leicht ersetzen. Was an Energien frei wird bei einem Wegfall der Grenzen in Europa, ist kaum zu überschätzen. Schon nach wenigen Jahren würden tausend Räder rollen, wo heute Totenstille ist.

Und noch ist der wirtschaftliche Nutzen nicht der größte. Eine weitgehende Bedeutungslosigkeit der Grenzen als Trennungsmauern zwischen den Völkern, ein Verzicht auf gegenseitige Rüstungen, Verzicht auf gegenseitiges Misstrauen, Verzicht auf Ansprüche, jemanden zu beherrschen, Verzicht auf die Furcht, beherrscht zu werden, freies *commercium* und *connubium* in Europa. Anerkennung und Austausch aller kulturellen Leistungen, es wären bessere Grundlagen für den europäischen Frieden als feierliche Pakte.

Ein freies Alemannien hätte edle Aufgaben. Es könnte nach allen Seiten die Hand bieten.«

Vieles hat Otto Feger 1946 vorausgesehen. Vieles ist wahr geworden, ohne den Umweg des Kalten Krieges wegzureden. Nur in puncto Norddeutschland hat er sich geirrt. Auch die Norddeutschen sind Demokraten geworden. Das Buch ist eine Perle für Gedankenschmuggler, die sich durch die Besserwisser des Wohlstandes nicht einschüchtern lassen und die Türen des Herzens schon verriegeln, wenn eine fremde Katze im Garten vorbeischaut. Otto Feger will das Elsass nicht im Namen des Alemannentums in seine Republik einbeziehen. Es gehört zu Frankreich. Fertig aus. Keine Anbiederung unter falschen Voraussetzungen.

Wenn man etwas wissen will über die Gründung des Landes Baden-Württemberg, gibt es eine obligatorische Adresse: Peter Hölzle. Der langjährige Redakteur der »Evangelischen Kommentare« in Stuttgart verfasste das interessanteste Buch über diese eigenartige politischen Kreation: »Zwischen Krähwinkel und Kalifornien«. Peter bestätigt mir die Bedeutung von Otto Feger nach dem Krieg. »Die Besatzungsmacht Frankreich unterstützte ihn. Einerseits, weil er das Elsass nicht zurück nach Alemannien haben wollte. Andererseits, weil ihnen eine politische Zerstückelung des ehemaligen Reiches recht war. Nach 1945 war alles offen.«

Da fällt mir das Zitat von François Mauriac ein, das jeder deutsche Politologe zitiert, um zu beweisen, dass er was von den deutsch-französischen Beziehungen versteht: »Ich liebe Deutschland … getrennt.« Bis zum Schluss glaubte bekanntlich Mitterrand an das Überleben der DDR, also an zwei deutsche Staaten.

»Das alemannische Tal, auch das engste, hat seine Öffnung nach der Welt und alle diese Öffnungen und Ausgänge zielen nach dem großen Strom, dem Rhein, in den alles alemannische Wasser rinnt. Und durch den Rhein hängt es von alters her mit der großen Welt zusammen«, schreibt Hermann Hesse im »Alemannischen Bekenntnis«.

43 Inga und Oskar

Am Büchertisch in Singen kam ich ins Gespräch mit Inga, einer Frankreichliebhaberin aus dem Hegau, die in der Erwachsenenbildung arbeitet. Sie war ein Jahr Französischassistentin an einem Lycée in Amiens, in der Picardie. Einem

Schüler in schwarzer Lederjacke und Springerstiefeln, der sie grinsend mit dem Hitlergruß konfrontierte, las sie nach dem Schulunterricht in der Bar nebenan die Leviten. Die Schule lag in der *rue des otages* (Straße der Geiseln). Auch in Amiens hatte es unter der deutschen Besatzung Geiselerschießungen gegeben. Inga erzählte mir weiter: »Manchmal frage ich mich, ob mein Interesse an Frankreich mir schon durch meine Mutter in die Wiege gelegt wurde. Louis arbeitete als zwangsrekrutierter Fremdarbeiter auf dem elterlichen Bauernhof in Ostpreußen. Als die Front immer näher rückte, lenkte er den Planwagen mit Mutter und Kleinkindern bis in die Lüneburger Heide.« – »Ohne Louis wären wir nie heil in den Westen gekommen«, hatte die Mutter nach dem Krieg immer wiederholt. Inga kaufte »*Le vagabond des frontières*«, meinen Vaterroman, der damals noch nicht in der deutschen Fassung vorhanden war, und bat mich um folgende Widmung: »*Pour l'amitié franco-allemande.*«

Sie wohnt mit ihrer Familie zwischen Singen und Radolfzell, in Rielasingen-Worblingen. Die Aach fließt mit Donauwasser durch ihr Dorf in Richtung Bodensee, wie die Geographen festgestellt haben. Kein Wunder, dass Inga sich auch als Donauspezialistin entpuppte. Sie hat sich mit der Wahnsinnsreise der Kaiserlichen Großbotschaft von Wien nach Konstantinopel in den Jahren 1699 bis 1701 beschäftigt. Prinz Eugen von Savoyen hatte bei Zenta Sultan Mustafa II. besiegt. Nach dem Friedensschluss von Karlowitz schickte Kaiser Leopold I. 42 Schiffe mit 280 Personen donauabwärts Richtung Konstantinopel. Ziel war die Festigung der diplomatischen Beziehungen mit dem Osmanischen Reich, aber auch der Austausch der christlichen und türkischen Gefangenen und Sklaven. Die Flusskarawane blieb in Bulgarien bei Svistov in den Eisschollen stecken und fuhr über Land weiter. Da konnte ich als Donaufreak nicht widerstehen, hatte ich doch die Donau flussabwärts und flussaufwärts in allen Variationen erkundet, per Flug, per Schiff, per Auto oder auf Schusters Rappen.

Svistov! Zwischen Russe, der Geburtsstadt von Elias Canetti, und Nikopol. Der südlichste Punkt der Donau, die dort nach Nordosten abdreht, statt direkt zum Schwarzen Meer weiterzufließen. Die am Hang gebaute Kleinstadt habe ich mehrmals besucht. Laut Claudio Magris hatten sich in der Region die Goten niedergelassen. Bischof Wulfila übersetzte die Bibel ins Gotische. Der Donaupoet aus Triest sieht hier an der Donau den Beginn der germanischen Literatur, die sich dann nach Westen ausbreitete, »um sich später erneut nach Osten zu wenden und sich schließlich, von anderen epochalen Völkerwanderungen zurückgedrängt, wieder ganz nach West zurückzuziehen, wie ein Fluss, der seinen Verlauf mehrfach ändert«. Immer wieder stoße ich auf diesen spannenden Fluss, der den Orient mit dem Abendland verbindet und umgekehrt. Von meinem Hausberg aus, *le Hohneck*, habe ich sozusagen Blickkontakt mit der Donauquelle bei der Martinskapelle oberhalb von Furtwangen im Schwarzwald. In Svistov trafen immer wieder Türken mit Russen, Österreicher und sogar Preußen aufeinander. Hier unterzeichneten die Kriegsparteien schließlich 1791 den Vertrag von Svistov.

In meinem Tagebuch, 11. Mai 1990, habe ich in Svistov die Begegnung mit Joro eingetragen. Ich hatte den jungen Zigeuner im Auto mitgenommen. Er schenkte mir zwei Stück Seife. Als ich die Story in Russe Freunden erzählte, bekam ich folgende Antwort zu hören: »Du bist sicher der erste Reisende, dem ein Zigeuner nichts geklaut hat, sondern noch was geschenkt hat.« Wie singt der elsässische Barde

Roger Siffer? »Ein Land ohne Zigeuner ist kein glückliches Land!«

*

Außerdem hatte Inga mir auch einiges über das Elsass zu berichten. Es entstand eine literarische Freundschaft via Strompost, wie Carmen aus Deidesheim es formulieren würde.

Ich hatte während der Tagung der Alemannen zum ersten Mal von Otto Feger gehört, was für einen alemannischen Autor, wenn auch mit französischem Pass, als Armutszeugnis gelten muss. Ich mache meinerseits alle Elsässer fertig, weil sie noch nie eine Zeile von René Schickele oder Albert Schweitzer gelesen haben, weil sie noch nie von Julius Leber gehört haben, obwohl sie in Breisach, bei ihrem wöchentlichen Besuch bei dm, wo sie sich mit Parfums, Zahnpasta und Klopapier eindecken, an der Julius Leber-Schule vorbeifahren. Aber ich selbst hatte die »Schwäbisch-Alemannische Demokratie« von Otto Feger nicht gelesen. In Singen kam es aber noch schlimmer, daran ist eindeutig Inga schuld!

Die belesene Wahl-Alemannin machte mich mit einem weiteren Alemannen bekannt, der als elsässischer Alemanne zu bezeichnen ist. Oskar Wöhrle schrieb auf Deutsch, genauso wie Albert Schweitzer und René Schickele oder Jean Hans Arp. Alle sprachen Französisch. Oskar Wöhrle, 1890 in Saint-Louis geboren, ist vielleicht eine der schillerndsten Figuren der elsässischen Literatur. Mit der französischen Fremdenlegion kämpfte er gegen die Aufständischen in Afrika. Er flüchtete allerdings bei der erstbesten Gelegenheit. Später zog er mit dem Kaiser in den Ersten Weltkrieg. Stress blieb ihm auch in der deutschen Armee nicht erspart. Als Elsässer traute man ihm nicht. Er wurde als französischer Spion denunziert.

Umgekehrt, als Vagabund auf dem Weg nach Paris vor dem Krieg, sperrten ihn die Franzosen kurzerhand als deutschen Spion ein. Schließlich landete er als Redakteur einer Armeezeitung in Wilna und erlernte die litauische Sprache. Noch während des Krieges sorgte er für die Veröffentlichung des Historikers Petras Klimas, »Russisch-Litauen. Statistisch-ethnographische Betrachtungen«. Die Studie wurde bei den Friedensverhandlungen in Versailles herangezogen, als die Grenzen des neu zu bildenden Staates Litauen festgelegt wurden. Daraufhin bekam der Elsässer Wöhrle die litauische Ehrenbürgerschaft.

Nach dem Krieg engagierte er sich als Arbeiter- und Soldatenrat und betätigte sich als Werbetexter für die Revolution in der Spartakus-Druckerei in Stuttgart-Degerloch. Anfang der zwanziger Jahre gründete er in Konstanz am Bodensee den »Verlag Oskar Wöhrle«, später den »See-Verlag«. Dort traf er auf den dänischen Arbeiterdichter Andersen Nexö, mit dem er sich, nachdem beide Verlage pleite gegangen waren, heillos verkrachte. Dank seiner Schreibkunst fand er immer wieder auf die Beine. Ende der Zwanziger schlug er sich als Mitarbeiter des SPD-Blatts »Vorwärts« durch. Er veröffentlichte 1932 den Roman »Jan Hus. Der letzte Tag«. Geschildert werden die letzten Stunden im Leben des tschechischen Reformators, der während des Konstanzer Konzils 1415 auf dem Scheiterhaufen verbrannt wurde. Daraufhin bekam Wöhrle ein Stipendium des tschechoslowakischen Staates und zog nach Prag.

Als er im Frühling 1933 nach Berlin zurückkehrte, wurden einige seiner Bücher, wie »Querschläger: Aufzeichnungen eines Kanoniers / Das Bumserbuch«, von den Nazis verbrannt. Sie galten als antimilitaristisch. Zurück in der elsässischen Heimat, die jetzt zu Frankreich gehörte, arbeitete er als Packer bei der Firma Oetker und veröffentlichte den Gedichtband »Die Schiltigheimer Ernte« im Straßburger Rheinverlag. Das gefiel den Franzosen überhaupt nicht. Oskar wurde als deutschfreundlich eingestuft. Also ab über den Rhein, aber im Reich galt er ja auch als verdächtig. So reiste er einmal mehr nach Prag und arbeitete weiter über die Hussiten. Warum er sich dann entschloss, 1937 als unsicherer Kantonist nach Deutschland zurückzukehren und unter dem Pseudonym Hans Batt für Naziblätter wie die »Brennessel« zu arbeiten, bleibt mir ein Rätsel. In Freiburg veröffentlichte er das Soldatenliederbuch »Lustig ist das Landserleben« und zog mit den Besatzern 1940 nach Mülhausen / Mulhouse in Frankreich, wo er sich als Kulturreferent verdingte und das Elsass als deutsche Heimat pries. Fast gleichzeitig veröffentlichte er »Das Sundgaubuch«, Geschichten und Gedichte rund um sein Heimatdorf, ohne die geringste Anbiederung an die nationalsozialistische Gedankenwelt, ohne die damals übliche Deutschtümelei. Als ob er ein literarisches Doppelleben führen würde. Ende 1944 flüchtete er nach Konstanz. Er verstarb 1946, schwer krank, im Schwarzwald.

Wenn man Wöhrles ersten großen Romanerfolg »Der Baldamus und seine Streiche« liest, versteht man nicht, was in ihm vorgegangen sein mag. Aus einem deutsch-elsässischen Villon, wie Inga sagt, wurde ein Mitläufer der Nationalsozialisten. Gerade das Gegenteil der Entwicklung eines Ernst Jünger, der schon vor dem Krieg den Nationalsozialisten gegenüber zunehmend kritischer wurde, aber in Paris auch eine Art Doppelleben führte, wenn er in Uniform durch die Gassen schlenderte und sich ohne Uniform mit französischen Künstlern und Intellektuellen wie Jean Cocteau traf. »Der Baldamus und seine Streiche« verkaufte sich vor dem Krieg mehr als hunderttausend Mal. Eine Kostprobe: Wöhrle beschreibt seine Zeit bei der Fremdenlegion in Nordafrika:

> »Je länger man hier eingekastelt war, desto mehr kam einem zum Bewusstsein, dass eigentlich in jedem von uns die Bestie schlief und bei Gelegenheit die Tatzen zeigte ... Worauf wartest Du. Hier? Auf Kämpfe? Gibt es nicht Straßen, die weiter führen zu besseren Ringen, zu besseren Siegen? Ist das überhaupt ein Kampfplatz hier? Für wen? Und für welche Zwecke? Was hat diese Welt des Blutes und der stinkenden Abenteuer mit deinem eigenen Leben zu tun? Hast du dich als Mordmaschine verkauft?«

*

Wenn ich Inga besuche, ist der Klavierdeckel immer mit Büchern garniert, die mich interessieren könnten. So wurde ich auf ein Buch des Saarbrücker Röhrig Universitätsverlags aufmerksam: »Das Drei-Elsässer-Buch«, das sich ebenfalls mit Wöhrle beschäftigt, aber auch noch zwei weiteren mir unbekannten Autoren: Eduard Reinacher und Morand Claden alias Franz Albert Schmitt. Claden war lange Jahre Stadtbibliothekar in Colmar. Reinacher, Wöhrles Freund aus der Straßburger Studentenzeit, folgte ihm als Lektor nach Konstanz und Stuttgart und übersetzte Verlaines »*Confessions*« ins Deutsche. Reinacher erhielt 1929 den Kleist-Preis für die dramatische Dichtung »Bauernsohn«. 1938 wurde er mit dem Johann Peter Hebel-Preis ausgezeichnet. Während des Krieges kehrte er, genauso wie Wöhrle, in die von den Nazis besetzte elsässische Heimat zurück. Auch er schaffte es nicht, sich vom Nationalsozialismus fernzuhalten.

In seinem Roman »Désirée Dannacker« stellt Morand Claden zwischen beiden Weltkriegen kluge Fragen:

»Seit wann hat die Zugehörigkeit zu einem Volke Pestcharakter? Was heißt das, ein *boche*, ein ›Welscher‹ zu sein? Ist nicht ein Volk das andere wert? Das muss doch einmal aufhören, das muss doch einmal herausgeschrien werden in alle Welt, dass es kein Verbrechen ist, ein Deutscher oder ein Franzose zu sein, sondern ein Verbrechen eben ein Verbrecher zu sein … Und *boche* und ›Welscher‹, das sind Vorwände, das ist Volksbetrug.«

Kaum zu glauben, dass dieser Mann ein paar Jahre später in der Uniform eines SS-Sturmbannführers in Colmar paradierte und dem Führer schon im Herbst 1940 ein Gedicht widmete. Während des Krieges leitete er in Straßburg das neu gegründete Goethe-Haus.

Wöhrle, Reinacher und Claden, alle drei sind unbekannt im Elsass und werden es vermutlich auch bleiben, weil die Elsässer nicht mehr Deutsch lesen und die Verleger sich nicht mit deutschsprachigen Landsleuten beschäftigen wollen, schon gar nicht, wenn sie auf das falsche Pferd gesetzt haben.

Die drei elsässischen Autoren wurden, obwohl sie auch Französisch sprachen, nach 1918 im französischen Elsass als Schriftsteller sprachlich heimatlos. Die Franzosen verlangten schließlich über Nacht den sprachlichen Anschluss. Dies gleicht für Schriftsteller einem Todesurteil. Deshalb waren schreibende Menschen geneigt, ihre Karriere in Deutschland weiter zu verfolgen. Diese Entscheidung wurde von Paris bestraft, aber auch in Straßburg sind sie noch ein Jahrhundert später entweder vergessen oder werden als Nazis abgestempelt. Dies gilt sogar für Autoren wie René Schickele, obwohl er bis zum Schluss kompromisslos blieb und nie mit den Nationalsozialisten zusammengearbeitet hat. Lieber zog er ins Exil, wo er starb. Dies gilt auch für Albert Schweitzer, der ebenso kompromisslos blieb, aber heute noch nicht als echter Franzose gilt, schrieb er doch vor 1914 »Wir Deutschen«. Obwohl er zweisprachig aufwuchs und in Afrika in einer französischen Kolonie arbeitete. Er hätte sich schließlich auch in Namibia niederlassen können. Als Goebbels ihn unbedingt für eine Konzertreise im Reich gewinnen wollte und mit dem »deutschen Gruß« sein Angebot unterschrieb, lehnte der Urwalddoktor mit einem »afrikanischen Gruß« unmissverständlich ab.

Nicht jeder Schriftsteller bleibt ein Held, wenn das Regime wechselt. Die erwähnten Elsässer lebten im deutschen und im französischen Elsass. Ihrer deutschen Muttersprache zuliebe trafen sie manchmal politisch die falsche Entscheidung. Aber wie viele Autoren in der Welt waren nicht in dieser Situation? Ich erwähne hier nur Oskar Pastior, der im Laufe seiner Karriere doppelt, wenn nicht dreifach bestraft wurde. Das erste Mal von den Sowjets, weil er Deutscher in Rumänien war, das zweite Mal von den Rumänen, auch weil er Deutscher war. Das dritte Mal, nach seinem Tod, von den eigenen Freunden, als sie erfuhren, dass er Mitarbeiter der Securitate war. Also ein dreifacher *Malgré-Nous*.

Allein der Elsässer Marcel Marceau schaffte es, in seiner Heimat immer wieder mit allen Honneurs davonzukommen, indem er sich dank der Pantomime zum Poeten des Schweigens verwandelte. Aber nicht jeder kann seinen Lebensunterhalt mit Pantomime verdienen. Allerdings wechselte er seinen Namen, wie viele elsässische Künstler nach 1945. Aus Marcel Mangel wurde Marcel Marceau. Klingt französischer.

Als ich Singen verließ, machte ich einen kleinen Umweg über Immendingen. Ich hatte einen epistemologischen Streit mit meinem Freund, dem Kulturgeographen der Freiburger Universität Rudolf Michna, zu begleichen. Es ging um eine

Wette. Ich behauptete, dass die Donau in Immendingen teilweise verschwindet. Darüber war wir uns einig, aber nicht über die Bezeichnung des geologischen Phänomens. Ich sprach von »Versinkung«, Rudi widersprach: »Es heißt auf Deutsch Versickerung!« Er glaubte mir nicht, dass das Wort »Donauversinkung« die offizielle Bezeichnung vor Ort ist. Also los, ich besuchte einmal mehr Immendingen und photographierte auf Teufel komm' raus die Schilder »Donauversinkung«, die überall, sogar im Stadtkern, zu lesen sind. Abends stoppte ich in Waldkirch, wo der Professor wohnt, zeigte ihm als Beweis die Bilder und versoff mit ihm die gewonnenen Champagner-Flaschen. Aus Sicherheit schlief ich auf der Couch und fuhr erst am nächsten Morgen über den Rhein. Deutsche Freunde können echt anstrengend sein.

Als ich endlich nach dieser alemannischen Rosskur in Soultzeren ankomme, wartet schon Strompost auf Französisch von meinem Freund Rudi, von dem ich mich vor kaum einer Stunde in Waldkirch verabschiedet habe: »*En 1946, Hesse obtint le prix Nobel de littérature qu'il ne put recevoir en mains propres pour raison de santé. Je ne peux résister de t'envoyer un court extrait de sa lettre d'excuses au comité central du Prix Nobel:*« (Hesse konnte aus gesundheitlichen Gründen den Literaturnobelpreis in Oslo nicht selbst entgegennehmen. Ich kann nicht widerstehen, dir einen kurzen Ausschnitt aus seinem Entschuldigungsbrief zu zitieren:)

> »Doch ist mein Ideal keineswegs eine Verwischung der nationalen Charaktere zugunsten einer geistig uniformierten Gesamtmenschheit. O nein, es lebe die Mannigfaltigkeit, die Differenzierung und Stufung auf unserer lieben Erde. Herrlich ist es, dass es viele Rassen und Völker gibt, viele

Sprachen, viele Spielarten der Mentalität und Weltanschauungen.

Wenn ich ein Hasser und unversöhnlicher Gegner der Kriege, der Eroberungen und Annexionen bin, so bin ich es unter anderem auch aus dem Grunde, weil diesen finsteren Mächten so viel an geschichtlich Gewordenem, hoch individualisiertem, reich Differenziertem an menschlicher Kultur zum Opfer fällt. Ich bin ein Feind der ›*grands simplificateurs*‹ und ein Liebhaber der Qualität, des Durchgeformten, Unnachahmlichen.

Und so begrüße ich, als Ihr dankbarer Gast und Kollege, Ihr Land Schweden, seine Sprache und Kultur, seine reiche und stolze Geschichte, seine Widerstandskraft im Erhalten und Ausbilden seiner natürlichen Eigenart.«

»*Dans notre époque de mondialisation forcenée, cela fait plaisir de lire de telles déclarations.*« (Die Aussage von Hesse freut mich im Zeitalter der Globalisierung ganz besonders), kommentiert Rudi abschließend.

44 Der Rütlischwur aus dem Münstertal

Der *Lac des Truites* nennt sich Forellenweiher, weil ein Pariser Gelehrter Forelle (*truite*) und Föhre verwechselte. Das passiert immer wieder in sprachlichen Grenzgebieten. Im Dialekt sagt man *Forlaweier.* Felswände tauchen in das eisige Wasser und trennen das Münstertal von Frankreich, beziehungsweise das *Département du Haut-Rhin*, Elsass, vom *Département des Vosges*, Lothringen. Zweifellos die schönste Berglandschaft der Vogesen. Zwischen 1.000 und 1.300 Meter über dem Meer, mit Blick auf die elsässische Ebene, den Schwarzwald und die Alpen.

Viele Autoren haben über die Heimat von Albert Schweitzer, der in Gunsbach aufwuchs und in Munster das Gymnasium besuchte, geschrieben. Nur einer, Karl Emil Franzos, ein Jude aus Czortkow in der heutigen Ukraine, hat hier im Münstertal für die Zeit um 1200 die Entstehung der Demokratie gleich nach Athen, aber noch vor dem Rütlischwur im Schatten vom Rigi, skizziert.

Am Werk waren Melker, Jäger und Hirten, also Bergbauern. Sie trotzten Abt, Kaiser und König. Lange blieb der Kampf unentschieden. »Hier die furchtbare Waffe des Geldes, Blut- und Kirchenbanns, dort zäher, alemannischer Trotz. Da siegte endlich der schlauere Theil. Also der Abt? Nein die Bauern«, stellt Karl Emil Franzos fest. Hier im Münstertal entwickelte sich früh die alemannische Demokratie, von der Otto Feger nach dem Zweiten Weltkrieg träumte.

Die lutherische Reformation fasste schnell Fuß im Tal. Als die katholischen Franzosen die Macht im Elsass übernahmen, streikten die Bergbauern. Die Herren in Straßburg hatten schon lange kapituliert, das Münster war wieder katholisch, da kämpfte man immer noch in den Bergen für die Unabhängigkeit. Die Herren aus Paris waren nicht willkommen, schon gar nicht mit ihrer geschliffenen Sprache. Wollte doch tatsächlich *Intendant* de la Grange 1687, dass die Talbewohner ihre Bauerntracht ablegen und sich französisch kleiden sollten. Im Jahr 1717 war es dann so weit: Die Bergrebellen gründeten eine autonome Republik, die leider nur ein paar Tage überlebte. Der König schickte seine Soldaten ins Tal. Die räumten *à la française* auf, wie sie es später in Indochina und in Algerien mit aller Härte erneut demonstrierten.

»Gott will's« riefen die gotttrunkenen »Psalterer« von Sulzern. Noch heute macht man sich im Elsass über die Pietisten von Soultzeren lustig. Das Dorf hat kein katholisches Gotteshaus. Leider ist ihnen die politische Kraft ihrer Vorfahren abhandengekommen. Sie wählen zu oft rechtsextreme Parteien und haben ihre Muttersprache aufgegeben. Das Vater Unser wurde durch den *Notre-Père* ersetzt und das Lutherische Gesangbuch durch das französische Liederbuch *Arc-en-ciel*.

Im 18. Jahrhundert gab es gleich drei Generationen, die immer wieder gegen die französische Staatsmacht rebellierten. Hundert Vertreter des Münstertales machten sich 1770 auf den Weg nach Paris, um Ludwig XV. persönlich ihr Anliegen vorzutragen. In Provins, ein paar Kilometer vor der Hauptstadt, wurden sie von der königlichen Polizei abgefangen und in Rochefort ins Gefängnis gesteckt. Die Revolution wurde ein paar Jahre später im Elsass begrüßt, aber die Missverständnisse hörten damit nicht auf.

Als Symbol des Widerstandes gilt der überdimensionierte Hintern des Löwen, in Vogesenstein gemeißelt, der von den Talbewohnern auf den Marktplatz von Munster gesetzt wurde. Das Hinterteil wurde immer wieder neu positioniert. Einmal streckte der Löwe sein Hinterteil Richtung Rathaus, einmal Richtung Kloster. »In stolzer Würde steht er da, / Dass ihn der Abt von hinten sah, / Erfreut sein Herz noch heute.« Das Gedicht von Theodor Vulpinus aus Colmar, öffentlich vorgetragen, provozierte die Papisten. Der Löwe wurde umgeworfen, gleich danach auf einen stabileren und höheren Sockel gesetzt. Heute zeigt der Löwe seinen »Allerwertesten« Richtung Nobelkonditorei Gilg, wo alle Deutschen mit Zweit- oder Hauptwohnsitz im Münstertal sich mit Leckereien eindecken.

Karl Emil Franzos schreibt: »1789 wollten die Franzosen einen demokratischen, zentralisierten Staat mit voller Gleichberechtigung aller Bürger, die Elsässer Wahrung und Wiederherstellung ihrer alten Privilegien, also eine Sonderstellung.« Munster gehörte vor der französischen Zeitrechnung zur Dekapolis, zum Zehnstädtebund, einer föderalistischen Organisation, in der jede Stadt selbst das Sagen hatte. So was hat es im französischen Elsass nie wieder gegeben. Der Galizier, der das Tal 1903 besuchte, notiert schelmisch: »Klagt man heute darüber, wie schwer diese Alemannen Deutsche werden, so wisse man, wie schwer sie einst Franzosen geworden.«

*

Kein Wunder, dass die Hauptfigur von »Der Wolf in der Hürde«, des dritten Bandes der Elsass-Trilogie von René Schickele, »Das Erbe am Rhein«, so eingeführt wird: »Der Held oder Bandit, wie man es nennen will, heißt Silvio Wolf, gebürtig aus dem Münstertal, Oberelsass.« Silvio Wolf, *le loup* genannt, heiratet Ada Hartmann, Tochter des frankophilen Industriellen Charles Hartmann. Er kämpft sich zwischen beiden Weltkriegen als Heimatrechtler ins französische Parlament. Für die Öffentlichkeit erfindet er ein Leben à la Karl May, im fernen Balkan geboren, dort als *lupescu* aufgewachsen. In Wirklichkeit ein Elsassrebell aus dem hinteren Münstertal, mit Vorfahren bei den Aufständischen im 18. Jahrhundert.

»Warum erklären wir uns nicht schlicht als deutsche Partei, als die deutsche Partei in Frankreich?« ruft Silvio bei einer Wahlveranstaltung in die Runde. »Aus Angst vor dem Käfig!«, ruft einer dazwischen. Glänzend vor Zuversicht schreit Wolf als Antwort: »Gefängnisse? Gefängnisse sind Treibhäuser für die politische Saat! Da wächst sie zehnmal so schnell wie im Freien! … In der Tschechoslowakei, liebe Landsleute, gibt es das, eine deutsche Partei, dort sitzt sie nicht einmal im Käfig, sie sitzt in der Regierung!« Der Polizeikommissar auf dem Podium, der die Versammlung überwacht, erhebt sich drohend von seinem Stuhl. Er wird niedergelacht, niedergepfiffen, mit Lachen und Pfeifen und ironischem Applaus hinuntergedrückt auf seinen Stuhl, wo er denn auch bald wieder friedlich angelangt.

Silvio kann auch schön von Frankreich reden, »dem großen unsterblichen Frankreich der Revolution und der Menschenrechte, das den Freiheitsbaum in seinen Boden pflanzte, eine damals noch unbekannte Baumart und durch Stecklinge fleißig über den Kontinent verbreitete.« Der Autor kommentiert: »Seine Frankreich-Arie erntete nicht weniger Beifall als seine rot-weißen Donnerwetter.«

Aus dem ersten Teil der Rede, aus dem Plädoyer einer deutschen Partei in Frankreich, schließen die heutigen *Patr'idioten* im Elsass noch immer eine Nähe zum Nationalsozialismus. Sie vergessen die Frankreich-Arie, sie vergessen, dass Silvio Wolf Demokrat war. Deshalb ist Schickeles »Erbe am Rhein« immer noch nicht ins Französische übersetzt. Seine Trilogie bietet Stoff für eine Fernsehserie. ARTE strahlte lieber »*Les Deux Mathilde*« aus, eine larmoyante Elsass-Story, die nicht viel mit dem harten politischen Kampf zwischen den beiden Weltkriegen zu tun hat. Schließlich landeten nach einem Schauprozess Autonomisten vor Gericht und wurden 1928 aus dem Gefängnis heraus ins Parlament gewählt.

Das politische Missverständnis wurde nie vollends aufgehoben. Im Mai 2011 feierte man in Straßburg das Jahr 1911. Damals gewährte der Kaiser den Elsässern und den Lothringern eine gewisse Autonomie. Das Reichsland Elsass-Lothringen, mit Landesparlament und Vertreter in Berlin. Eine Autonomie, die der Erste Weltkrieg zunichte machte. Die elsässischen *Patr'idioten* haben die kaiserliche Zeitrechnung im Elsass immer noch nicht verdaut.

Mit Mühe und Not wird heute in Frankreich wieder regionalisiert. Aber die elsässischen Ministerpräsidenten bleiben Marionetten. Die elsässischen Politiker träumen jede Nacht von ihren Kollegen in der Bundesrepublik. Sie werden in Paris nicht ernst genommen. Der kämpferische Geist ihrer Vorfahren ist ihnen leider abhanden gekommen. Kaum vorstellbar, dass Elsässer vermummt mit Maschinengewehren im Vogesenwald eine Pressekonferenz organisieren, wie die Korsen es regelmäßig tun. Die Gründe sind bekannt: seit Hitler das Elsass überfallen hat und unsere Väter in die deutsche Uniform gesteckt hat, befürchtet jeder Elsässer als Nazi abgestempelt zu werden, wenn er von Autonomie träumt.

45 Jean-Frédéric Oberlin und Andreas

Ostern 2012. Ich sitze in meinem Baumhaus. Das Telefon klingelt. Andreas meldet sich aus Großhennersdorf bei Zittau. Der junge Mann hatte ich bei der Geburtstagsfeier meiner deutschen Nachbarin Claudia in der Oberlausitz kennengelernt (siehe auch Kapitel 4. Horst und Claudia). Er hatte mir als Erster vom Katharinenhof erzählt, in dem 500 Elsässer zwischen 1943 und 1945 untergebracht wurden – Familien, deren Kinder sich geweigert hatten in der Wehrmacht zu kämpfen – nachdem die Nazis zunächst die behinderten Kinder vergast hatten, um Platz zu schaffen.

Andreas hatte vor ein paar Wochen mit Claudia und Horst Waldersbach im Steintal besucht. Dort arbeitete als Universalgenie Johann Friedrich Oberlin (1740–1826). Jeder deutsche

Gelehrte pilgert einmal im Leben in das elsässische Dorf. Das haben sie alle Georg Büchner und seinem »Lenz« zu verdanken. Der deutsche Dichter, der sich unglücklich in Goethes Frederike verliebt hatte, war aus Verzweiflung in die Vogesen geflüchtet, wo Pfarrer Oberlin ihn aufnahm. Das Tagebuch von Oberlin hatte Büchner später inspiriert.

Georg Büchner kam zweimal ins Elsass: 1831 bis 1833 studierte er Medizin in Straßburg und verliebte sich, genauso wie Goethe, in eine Elsässerin: Minna Jaeglé. Nur zwei Jahre später kam er als Emigrant zurück. Die hessischen Behörden suchten ihn per Steckbrief als »Staatsverräter«. Während seines zweiten Aufenthalts, 1835/36, war Büchner besonders produktiv. Er schrieb unter anderem das Lustspiel »*Leonce und Lena*« und eine erste Fassung von »*Woyzeck*« im Elsass. Er schloss übrigens sein Medizinstudium in Straßburg auf Französisch ab: »*Mémoire sur le système nerveux du Barbeau*«.

Das neue Museum in Waldersbach ist also eine Fundgrube für deutsche Elsass-Liebhaber. Die Ausstellung ist interaktiv gestaltet. Der Besucher wird aufgefordert mit verschiebbaren Regalen zu spielen, um das einfallsreiche Leben von Oberlin zu entdecken. Das wache Auge von Andreas fiel auf die Korrespondenz von Oberlin mit der Brüdergemeinde aus Herrnhut. Zu Herrnhut gehört heute auch Großhennersdorf, wo Nikolaus Ludwig von Zinzendorf, der Gründer der Gemeinschaft, als Kind auf dem Katharinenhof aufwuchs. Da flippte Andreas regelrecht aus. Kaum in der Oberlausitz zurück, stöberte er weiter im Archiv der Herrnhuter und fand auch dort Spuren der Beziehungen von Pfarrer Oberlin mit den Pietisten, die hervorragende Pädagogen waren. Schon träumt Andreas von einem neuen Gedankenweg von der Oberlausitz ins Elsass, von Herrnhut nach Waldersbach und umgekehrt.

Er ruft mich an, weil er mich als Dolmetscher und Reiseführer braucht. Er selbst spricht kein Französisch und der Konservator des Museums spricht kein Deutsch. Da Großhennersdorf seit 2011 nach Herrnhut eingemeindet wurde, plant er gleich eine Großoffensive in Richtung Elsass, mit dem Bürgermeister, dem Kulturamtsleiter und mit dem Leiter des Archivs.

Johann Friedrich (Jean-Frédéric) Oberlin war in der Tat ein elsässischer Pestalozzi. In seinem Steintal, das damals die Hälfte des Jahres unter Schnee lag, hat er mehr als ein halbes Jahrhundert gewirkt. Dort gründete er den ersten Kindergarten in Frankreich, die erste Erwachsenenbildungsstätte und die erste Leihbibliothek. Seine Mitarbeiterin Louise Scheppler leitete *le poêle à tricoter*, die Strickschule. Dieses Modell wird 1826 in Paris eingeführt, später, ab 1837, als *salles d'asile* in ganz Frankreich. 1829 erhielt die Bürgerin aus Waldersbach den »Preis der Tugenden« der berühmten *Académie Française.*

Frankreich hat bekanntlich eine der höchsten Geburtenraten der EU. Ein Grund ist zweifellos die *école maternelle*, deren Urvater Oberlin ist. Nicht zu verwechseln mit dem Kindergarten: Zwischen drei und sechs Jahren werden die Kinder gratis von Lehrern ganztägig betreut. Das System hilft den Müttern, besonders wenn sie einer Arbeit nachgehen. Hätte Deutschland das elsässische Modell wie Frankreich übernommen, bestünde heute für den Exportstar Europas nicht die Gefahr, als Altersheim Europas zu verelenden.

In dieser ersten Kleinkinderschule quartierte Oberlin auch Lenz ein. Der deutsche Dichter predigte ein paar Mal in französischer Sprache, nicht ohne Erfolg. Es geschah auch, dass er nachts das Brunneneis durchbrach, um nackt zu baden. Endgültig drehte Lenz durch, als ein Dorfmädchen namens

Frederike starb. Die Erinnerung an Friederike aus Sessenheim brachte ihn um seinen Verstand. Stundenlang betete er am offenen Sarg der Elsässerin. Schließlich trennte sich Oberlin vom Dichter.

Oberlin war dreisprachig. Seine Muttersprache war das Elsässische, seine Schriftsprache war Deutsch, aber im Dorf sprach er Französisch, denn das Steintal – *Ban de la Roche* – gehörte zu den französischsprachigen Tälern im Elsass. Oberlin war ein Grenzgänger zwischen der deutschen und französischen Kultur. Er dachte mit der Mentalität der Franzosen und der Deutschen. Und genau das verstehen die deutschen Gelehrten nicht immer. Auch Andreas nicht. »*La langue est la clé de la culture*«, sagte Literaturnobelpreisträger Frédéric Mistral. (Die Sprache ist der Schlüssel zur Kultur).

Oberlin hat die Französische Revolution begeistert aufgenommen. Er reiste unaufhörlich durch das Tal, um die Erklärung der Menschenrechte vorzutragen und zu kommentieren. »Das schönste Denkmal unseres Vaterlandes und der Menschheit.« Er legte den Talar ab und gründete einen Jakobinerklub, der sich innerhalb der Kirche etablierte, die ab sofort »Heiliger Tempel der Vernunft« hieß, was Oberlin nicht weiter stören sollte. Er war damals als engagierter Patriot bekannt, ohne *Patr'idiot* zu sein, versteckte Menschen, die zu Unrecht verfolgt wurden. Dennoch wurde er in einer Pension in Schlettstadt unter Hausarrest gestellt. Das Gefängnis blieb ihm zum Glück erspart. Nachdem Robespierre selbst ein Opfer der Guillotine wurde und der Spuk des revolutionären Terrors vorbei war, ging das Leben in Waldersbach wie gehabt weiter.

Seine Popularität rettete in ein zweites Mal. Als die Preußen 1814/15 das Elsass besetzten, war es dem Baron von Berckheim zu verdanken, dass das kleine Tal verschont blieb. Der

Baron, inzwischen Kammerherr bei dem mit den Preußen verbündeten Zar Alexander, war früher Schüler Oberlins im kleinen Waldersbach gewesen. Die Soldaten bekamen strikte Anweisung, das Steintal zu schonen. Kaum waren die Preußen verschwunden, wurde er von König Louis XVIII. am 1. September 1819 zum Ritter der »Ehrenlegion« ernannt.

Der Pädagoge aus Waldersbach gründete, gemeinsam mit dem Industriellen Legrand, mehrere »Bibelgesellschaften«, welche die Heilige Schrift verteilten. Es ist nicht auszuschließen, dass die berühmte Bibelgesellschaft in London, die bis heute mehr als eine Milliarde Bibeln in 900 Sprachen in der Welt verteilte, auf Oberlin zurückzuführen ist.

Der Pfarrer war in seinen jungen Jahren sehr von den pädagogischen Experimenten der deutschen Pietisten wie Zinzendorf oder Spannenberg beeinflusst. Oberlin kannte die Versuche von Francke, der in ungenutzten Hallen seine »Arbeiterhäuser« eröffnete, eine Vorstufe der späteren Realschulen. Er bewunderte auch das Vorbild der *frères Moraves* in Herrnhut, was Andreas in Begeisterung versetzte. Aber er lebte eben in Frankreich und akzeptierte auch die Revolution. Später war er mit dem Präfekten Lezay-Marnésia befreundet, der die *école normale d'instituteurs* (Lehrerseminare) gründete.

Oberlin war nicht zufällig Pädagoge. Wer an der Grenze lebt, hat zwei Möglichkeiten: sich zu verschließen oder sich zu öffnen. Der Elsässer lebte zwischen Frankreich und Deutschland, in einem Elsass, das sich langsam aber sicher »französisch« entdeckte, aber dennoch seine deutsche Kultur nicht verleugnen wollte, auch wenn die Revolution ihre Maxime: »Eine Nation, eine Sprache« durchzusetzen versuchte. Aus diesem Grenzgang heraus arbeitete Oberlin grenzenlos. Er war Gedankenschmuggler, genauso wie sein Kollege Gottlieb

Konrad (Théophile Conrad) Pfeffel, Pädagoge und Schriftsteller aus Colmar (1736–1809).

Pfeffel gründete in Colmar eine internationale Schule, kannte Pestalozzi, wurde aber noch mehr von den pädagogischen Prinzipien eines Johann Bernhard Basedow beeinflusst. Basedow, der Gründer des »Philanthropinum« von Dessau, popularisierte in Deutschland, gemeinsam mit Joachim Heinrich Campe, die Ideen Rousseaus. Die Schüler sollten aus dem klassischen Korsett befreit werden und die Tugenden der Natur entdecken. Sie stammten aus ganz Europa. Pfeffel unterrichtete auf Deutsch und Französisch. Er hatte keine Berührungsängste mit der deutschen Kultur, wie die elsässischen Intellektuellen seit 1945. Als Kaiser Joseph II. im Juli 1797 Freiburg besuchte, fuhr er mit seinen Schülern über den Rhein und sie wurden von ihm empfangen. Rousseau war in Frankreich in Ungnade gefallen. Pfeffel schaffte es, gegen den Widerstand der Jesuiten von Colmar, die Ideen Rousseaus über den teutonischen Umweg in Frankreich durchzusetzen. Auch Montesquieu und sein »*L'esprit des lois*« standen auf dem Programm. Er engagierte sich, genauso wie Oberlin, für die Revolution. »Pfeffel argumentiert Französisch, wenn er über Politik redet, und reagiert Deutsch, wenn er literarisch aktiv ist«, schreibt Historiker Gabriel Braeuner.

Dies werden die Nazis nie verstehen. Auch die Preußen nicht gleich, als das Elsass 1871 zum Zweiten Deutschen Reich fiel. Andreas und seinen Freunden werde ich die sprachliche Achterbahn der Elsässer erklären müssen. Weil Deutsche, die kein Französisch sprechen, Oberlin nie ganz verstehen werden. Sie bleiben am »deutschen Oberlin« hängen. Diese Alchemie machte aus den Elsässern Oberlin und Pfeffel, später Schweitzer und Schickele, moderne Europäer, nach dem Wunsch von

Umberto Eco. Ein Modell, das es leider heute im Elsass nicht mehr gibt, außer bei den deutsch-französischen Ehepaaren, die ihre Kinder zweisprachig erziehen.

Ich muss einen Pulli überziehen. Es war keine gute Idee, einen Nussbaum als Baumhaus auszuwählen. »Sogar im Sommer wirst Du in einem Kühlschrank sitzen«, hatte mich meine Mutter gewarnt. Ich glaubte ihr nicht. Aber sie hatte recht. Die Blätter strahlen Kälte aus. Sogar bei 40 Grad Hitze bleibt es kühl im Nussbaum. Aber ich wohne nicht in La Gomera sondern in den Vogesen, wo diese Temperatur selten erreicht wird. Als Gegenleistung für das Dolmetschen wird Andreas mir mit seinen Freunden beim Umbau helfen. Ich habe schon einen schönen Ahorn ausgesucht.

46 Salut l'artiste!

Ich hatte den ganzen Tag im Wald gearbeitet. Eigentlich war ich kaputt. Aber ich entdeckte in der Lokalzeitung Dernières Nouvelles d'Alsace, dass Barbara Honigmann in Ingersheim, bei Colmar, aus ihrem Buch »Das Gesicht wiederfinden. Über Schreiben, Schriftsteller und Judentum« lesen wird. Das Publikum war spärlich, aber die Lesung anregend. Danach stellten wir uns gegenseitig vor und bedauerten gemeinsam, dass wir uns nie begegnet waren, obwohl wir in Straßburg, wo sie lebte, viele gemeinsame Freunde hatten. *C'est la vie.*

So nebenbei erzählte ich, dass ich in Riegel, Kaiserstuhl, zusammen mit meinem Freund Klaus Spürkel in einem »Grenzkabarett« auftrat, ich als Protokollchef der Französischen Republik, er als Protokollchef der Bundesrepublik Deutschland. Barbara ließ mich kaum ausreden: »Ich muss Dir sofort

Dr. Thomas Gläser vorstellen, Generalkonsul der BRD in Straßburg!« Gesagt, getan. Ich traf auf einen eleganten Sechzigjährigen, Anzug, Gilet, Krawatte, blank geputzte Schuhe, etwas reserviert.

Ich erklärte ihm kurz das Stück: »Sause in Versailles – *la grande bouffe*«: »Die Regierungen haben uns beauftragt, das Treffen der deutschen und französischen Parlamentarier im Spiegelsaal von Versailles zu organisieren. Grund ist das vierzigjährige Jubiläum des 1963 zwischen Adenauer und de Gaulle beschlossenen Elysée-Vertrags.« Der Diplomat hörte artig zu. Wir tauschten die Visitenkarten. Meine, rund wie die Erde, rang dem Generalkonsul ein kleines Lächeln ab, als er versuchte, sie in seiner Brieftasche zu stecken. Runde Visitenkarten sind bekanntlich nicht nur unüblich – obwohl die Erdkugel rund und nicht viereckig ist –, sondern auch unpraktisch, sie lassen sich schlecht in der Brieftasche verstauen.

Ich lud den Generalkonsul für die nächsten Tage nach Riegel ein. Die deutsch-französische Freundschaft, Stichwort: 40 Jahre Elysée-Vertrag zwischen Charles de Gaulle und Konrad Adenauer, wurde in Versailles gefeiert. Die Reise der deutschen Parlamentarier ins Schloss des Sonnenkönigs hatte in Berlin für maßlose Aufregung gesorgt. Findet die Schlemmerreise auf Kosten der Bürger statt? Muss das sein? Drei Monate früher, als die Debatte um die geplante Reise ihren Höhepunkt erreichte, und Wolfgang Thierse, Präsident des Bundestages, der BILD-Zeitung mit einem Prozess drohte, residierte ich als Gast im Schloss von Bettina von Arnim, in Wiepersdorf, bei Jüterbog. Jeden Morgen fuhr ich in die Kleinstadt, um LE MONDE abzuholen, die ich als einziger Leser extra bestellen musste. Ein Plakat der BILD-Zeitung, an der Kioskwand aufgezogen, meldete: »Sause in Versailles«.

Sofort war mir klar, dass »Leben wie Gott in Frankreich« politischer Stoff für eine deutsch-französische Kabarettnummer bot. Der Spiegelsaal zu Versailles war das ideale Parkett. Dort wurde am 19. Januar 1871 Wilhelm I., König von Preußen, in Anwesenheit des Adels zum deutschen Kaiser ausgerufen. Die Symbole der deutsch-französischen Beziehungen, friedlich oder kriegerisch, kollidieren oft wie verrückt gewordene Planeten.

Wie küsst man sich zwischen deutschen und französischen Abgeordneten? Einmal, zweimal, dreimal, gar viermal? Wer beginnt? Wie lange soll das Essen dauern? Ist das Problem der Gänseleber geregelt? Haben Froschschenkel eine Seele? Darf man auch Bier trinken nach dem besten Bordeaux? Gibt es genug Toiletten im Schloss? Wie wirken die Sprachpillen? Warum gibt es weniger Frauen in der *Assemblée Nationale* als im Bundestag? Denken die Franzosen wirklich polymorph und die Deutschen monomorph? Welche Schlüsse soll man daraus ziehen? Diese Probleme werden im Stück »Sause in Versailles« behandelt. Der Diplomat kam uns schon am folgenden Samstag im Theater besuchen. Aber er wartete nicht auf uns nach dem Auftritt und fuhr sofort zurück nach Straßburg. »Klarer Fall«, dachte ich, »Diplomaten mögen kein Kabarett« – obwohl Diplomatie und Kabarett eigentlich einiges gemeinsam haben. Irrtum, das Stück hatte dem Diplomaten gefallen. Er war nur aus Zeitgründen sofort nach der Vorstellung weggefahren.

Zwischen Thomas Gläser und mir entstand eine enge Freundschaft. Nicht nur, weil er uns unzählige Auftritte organisierte, von Marseille, Paris, Pau oder Toulouse bis nach Dresden. In Frankreich spielten wir zweisprachig, die Zuschauer, die kein Deutsch verstanden, jubelten dennoch mit. Thomas

Gläser sah aus wie ein Diplomat im Bilderbuch, in Wirklichkeit beackerte er sein Terrain wie ein gewissenhafter Journalist. Das Elsass kannte er inzwischen sehr gut, besser als mancher Elsässer, die nur nach Paris schielen. Er dachte sogar daran, sich im Ruhestand zwischen Rhein und Vogesen niederzulassen.

Er lernte schon in Straßburg polnisch, als Krakau als nächste diplomatische Station in Sichtweite kam. In Polen frischte er sein Spanisch auf, als er in Rente nach Barcelona weiterreiste, wo seine Frau Christine als Generalkonsulin arbeitete. Als Thomas in Krakau die Funktion des Generalkonsuls übernahm, begann ich in Polen nach meinem Vater zu suchen. Mein deutscher Freund bot mir, wann immer nötig, in seiner Dienstvilla eine Unterkunft an. Er öffnete mir unzählige Türen, von Auschwitz bis zur Heimatarmee, *Armia Krajova* genannt, ohne das jüdische Kulturzentrum *Kazimiers* zu vergessen, wo ich zusammen mit Dr. Russek auf der Dachterrasse des Hauses zum ersten Mal den geräucherten Käse der Goralen mit Rotwein kostete.

Er selbst reiste regelmäßig zu Fuß durch Polen, begleitet von seinem lieben Hund Joy. Die Bücher seiner Bibliothek waren akribisch unterstrichen. Er erzählte mir als Erster von Jan Karski, dem vielleicht berühmtesten polnischen Widerstandskämpfer. Als Kurier unterrichtete Karski die Exilregierung in Frankreich, später in London, über die Vernichtungslager. Er traf in Amerika Präsident Roosevelt. Damals wollte niemand glauben, dass die Nazis die Juden systematisch vernichteten. Natürlich fand ich auch in seiner Bibliothek sowohl die Bücher von Thomas Urban, dem Alfred Grosser der deutsch-polnischen Beziehungen, als auch »Viva Polonia« des deutschen Kabarettisten Steffen Möller, der in Polen eine fulminante Karriere hinzaubert.

Später, als Rentner in Spanien, pendelte er zwischen dem Elsass und Polen. Er hatte vor, ein Buch über Wielun zu schreiben, eine Kleinstadt, die zu Kriegsausbruch von der Luftwaffe sinnlos bombardiert wurde.

Am 4. Februar 2011, um halb zehn abends, ging Thomas aus dem Haus mit seinem Hund Joy. Er kam nie wieder zurück. Nur hundertfünfzig Meter von der Wohnung entfernt brach er zusammen und starb.

Wir schreiben Freitag, den 11. März 2011. Familie, Freunde und Kollegen sammeln sich in der evangelischen Kirche von Bobingen, bei Augsburg, wo seine Frau Christine ihre Jugend verbracht hat. Pfarrer Friedrich Magirius hält die Trauerrede. Der evangelische Geistliche war lange Pastor in Karl-Marx-Stadt (heute Chemnitz) und in Leipzig, wo er seit 1982 an den Friedensgebeten teilnahm. Noch zur DDR-Zeitrechnung war er Leiter der Aktion Sühnezeichen. Er nahm am Runden Tisch teil und wurde später als Stadtpräsident gewählt. Der Generalkonsul hatte den Pfarrer am 3. Oktober 2005, als er vom Rat der Stadt Krakau zum Ehrenbürger ernannt wurde, kennengelernt. Sie wurden Freunde. Auch in Bobingen treffe ich auf das Elsass. Das Gesangbuch ist das Gleiche. »Lass uns gemeinsam singen«: Nr. 473, 2 und 3.

> »Dein Lieb und treu vor allem geht / kein Ding auf Erd so fest besteht / das muss ich frei bekennen / Drum soll nicht Tod / nicht Angst, nicht Not / von deiner Lieb mich trennen …«
>
> Text von Johannes Eccard, 1598. Musik von Seth Calvisius, 1598.

Musik und Text, die einem Elsässer 2011 nichts mehr sagen, da die deutsche religiöse Vergangenheit im Elsass ausgelöscht wurde. Durch die Gnade der frühen Geburt kenne ich noch die Texte und fühle noch die Musik in meinem Bauch.

Ein erstes Bibelwort aus dem Buch Genesis im 9. Kapitel:

> »Nie wieder soll eine Flut kommen wie zu Noahs Zeit und die Erde verderben. Gott sprach: Meinen Bogen setze ich in die Wolken, er soll das Bundeszeichen sein zwischen mir und der Erde.«

»Wo kommen wir her?«, fragt Pfarrer Magirius. »Wir Älteren sind noch geprägt von der harten Kriegs- und Nachkriegszeit.«

> »Thomas Gläser wurde geboren am 24. November 1944 in Leipzig, wenige Tage vor dem 4. Dezember, an dem weite Teile der Stadt bei einem schweren Angriff zerstört wurden. Kein Wunder, dass die Familie später nach Uelzen floh. Eine große Flut von Leid haben wir Deutsche damals über ganz Europa gebracht, wie viele Millionen von Menschen vernichtet.
>
> Trägt nicht auch die junge Generation zwar keine Schuld, aber Verantwortung für das, was damals geschah. Zu schnell sind wir zur Tagesordnung übergegangen und haben vergessen: Seit 60 Jahren haben wir Frieden als das größte Geschenk. Gottes Friedenszeichen erinnert an unseren Auftrag.
>
> – Die Güte des Herrn ist's, dass wir nicht gar aus sind, seine Barmherzigkeit hat noch kein Ende, sondern ist alle Morgen neu. –
>
> Es genügt nicht, an Gedenktagen und an Gedenkorten zusammenzukommen. Tragen wir einen neuen Geist der Gewaltlosigkeit und Friedfertigkeit weiter in unsere Zeit.
>
> Wie gehen wir mit den neuen Ungerechtigkeiten, Spannungen und Konflikten um? Denn die Flut von Krieg und Vernichtung, von Tod und Leid prägt auch unsere Gegenwart.
>
> Vergessen wir nicht das Bundeszeichen des Friedens, weil niemals Gewalt, sondern immer nur Schritte zum Frieden helfen.«

Eine Vertreterin der Jugendbegegnungsstätte der Aktion Sühnezeichen in Auschwitz hält eine kurze Rede und bedankt sich für den Einsatz meines Freundes. Im Mai werden sie eine Gedenktafel für die Arbeit von Thomas einweihen.

Nach der Beisetzung auf dem Bobinger Friedhof treffen wir uns im Gasthaus *Zur Sonne* zum Leichenschmaus. Gertrude, die Schwester der Witwe, gibt mir Informationen über den Augsburger Religionsfrieden, der 1555 während eines Reichstages beschlossen wurde, nach dem Prinzip *Cuius regio eius religio.* Wer das Land regiert, soll die Religion bestimmen. In Augsburg hatte Philipp Melanchthon, Ghostwriter von Luther, die Bekenntnisschrift der evangelischen Stände verfasst. Bekannt als *Confessio Augustana.* Deshalb nennt sich die lutherische Kirche Elsass-Lothringens: *Eglise de la confession d'Augsbourg.* Genauso wie die evangelische Kirche von Bielsko-Biala, wo mein Vater gefallen ist. In Bielsko steht heute die einzige Statue von *Marcin Luter* (Martin Luther) in Polen. Seit Mai 2006 haben die elsässischen Protestanten die Erinnerung an Augsburg gelöscht. Statt *Eglise de la confession d'Augsbourg d'Alsace et de Lorraine* heißt es jetzt *Union des églises protestantes d'Alsace et de Lorraine.* Offizieller Grund der Streichung ist der Zusammenschluss der Calvinisten und der Lutheraner im Elsass. Inoffiziell: Die deutsche Vergangenheit der elsässischen Protestanten muss weg. Nicht von ungefähr passiert dies unter der Herrschaft von Jean-François Collange, meinem Schulfreund und seit 2003 Präsident der lutherischen Kirche. Er spricht weder Deutsch noch Elsässisch.

*

Abends fuhr ich mit meiner Frau Elisabeth über Memmingen, Biberach, Sigmaringen, Donaueschingen, Freiburg, Colmar nach Hause. Tausend PME, wie man auf Französisch sagt, zerstreut in der Landschaft. *Petites et moyennes entreprises*, wovon wir in Frankreich zu wenige haben. Neidisch blicken die Franzosen Tag und Nacht auf den Mittelstand in Deutschland. Inzwischen haben sie begriffen, dass TGV und atomare Kathedralen allein nicht reichen.

Ich bereue heute noch, dass ich nicht den Mut fand, während meiner Donaujahre ohne Anmeldung bei Ernst Jünger einzukehren. Mitterrand und Kohl besuchten hin, als er hundert Jahre jung wurde, in seinem Wilflinger Refugium, ein paar Kilometer vom goldenen Fluss entfernt. Erst kürzlich las ich erneut die Pariser Tagebücher des umstrittenen Autors. Über Céline (der als einer der brillantesten französischen Autoren gilt, »Reise ans Ende der Nacht«, Antisemit, Antidemokrat und Collaborateur), im Pariser Tagebuch II (1943–1945) Merline genannt, schreibt er am 22. Juni 1944, also am Tag des russischen Angriffs – Operation Bagration –, genau drei Jahre nach dem deutschen Angriff auf Russland – Operation Barbarossa –, auch Stunde null meines Daseins:

> »Montags bei Florence. Dort Heller [Assistent von Jünger in Paris], der aus Berlin zurückkam und dessen Zug mit Bordwaffen beschossen worden ist. Er erzählte mir, dass Merline [Céline] sofort nach der Landung [06.06.44] die Botschaft dringend um Papiere ersuchte und schon nach der Landung nach Deutschland geflüchtet ist. Es bleibt doch merkwürdig, wie sehr Menschen, die kaltblütig die Köpfe von Millionen fordern, für ihr eigenes lumpige Leben in Sorge sind. Es muss da ein Zusammenhang bestehen.«

Das Pariser Tagebuch II hat Jünger erst nach dem Krieg veröffentlicht. In Paris fürchtete er Durchsuchungen. Hitler ist als »Kniebolo« zu erkennen. Seine Überzeugungen hatten nichts mehr mit der offiziellen Linie der Partei zu tun. Wahrscheinlich hat nicht viel gefehlt und er wäre im Frühling 1945 hinter Gittern gelandet, wenn nicht gar ermordet worden. Sein 50. Geburtstag blieb in der Nazipresse unerwähnt.

Danach las ich »Auf den Marmorklippen«, erschienen 1939. Ein verschlüsselter Roman, dennoch überraschend kritisch. Die fantastische Welt, die er beschreibt, in der Hitler als Oberförster agiert, und die SS als Lemuren relativ eindeutig zu identifizieren sind, galt für manche Nazis als Kritik am Nationalsozialismus. Er schreibt von der »Schändung der Menschenwürde«. Aber das Buch ist nicht einfach zu lesen, wie viele Nazis haben es wirklich gelesen? Außerdem galt er immer noch als Hitlers Protegé. In Erinnerung an den Ersten Weltkrieg. »In Stahlgewittern« bleibt eine überraschende Reportage. Der junge Jünger war ein Draufgänger. Dennoch hielt er sich an die Spielregeln des Stahlgewitters. Wenn Kameraden verletzte Feinde aus Rache niederstrecken wollten, war er zugegen und stellte sich dazwischen, mit dem Risiko, als Verräter zu enden.

Jünger war gewiss kein Demokrat. Eher ein Ästhet, der bereit war zu sterben und es einfach nicht schaffte. Die Kugeln zählte er wie Sternschnuppen zwischen Himmel und Erde. Später, im Pariser Tagebuch II, bricht er eindeutig mit »Kniebolo«. Kritisch erwähnt er die Berichte der Freunde, die den Krieg im Osten erlebten. Er staunt über die Judensterne, die plötzlich die Kleider der Pariser Juden zierten. Allerdings kann ich sein Staunen über die Einführung des Judensterns in Paris nicht ernst nehmen. Der Antisemitismus tauchte auch in Paris nicht über Nacht auf.

An einer Kreuzung, nicht weit vom Ernst Jüngers Dorf, huscht das Straßenschild Meßkirch durch die Scheinwerfer.

Auch da flackern Erinnerungen. Hier wurde Heidegger geboren.

Nach Freiburg legen wir in Merdingen eine Pause in der Straußwirtschaft von Elvira und Heinrich Gretzmeier ein. Das Weindorf am Tuniberg liegt auf dem direkten Weg Freiburg-Soultzeren. Es wurde durch einen deutschen *Tour de France*-Sieger weltbekannt. »Heimat von Jan Ullrich«, warnte lange ein schmuckes Schild am Eingang des Dorfes. Die Goldmedaillen des Velo-Helden waren akribisch aufgelistet. Heute liegt es im Keller des Rathauses. Das neue Schild hat allerdings auch was mit Medaillen zu tun: Goldmedaille 1989. Bundeswettbewerb »Unser Dorf soll schöner werden«. Ohne Jan Ullrich.

Schon in der Toreinfahrt der Gretzmeiers werden wir vor der Nähe der Weinbauernfamilie zu Frankreich gewarnt. Bordeaux (Pauillac): 712 km, WSW; Champagne (Epernay) 272 km, WNW; Burgund (Mâcon) 287 km, SW. Es kommt noch besser. Im Hof sind Weinfässer aufgestapelt. Ich lese: *Tonnellerie Quintessence Bordeaux.* Ich frage mich, ob Heinrich seine Rotweine aus Liebe zu Frankreich in Bordeaux kauft. Aber das Weinrätsel wird rasch entschlüsselt, als ich einen weiteren Hinweis entziffere: »Johanniskreuz – Feine deutsche Eiche«. Johanniskreuz? Kenne ich, mitten im Pfälzer Wald. Ich verstehe: Ein deutscher Winzer, Heinrich Gretzmeier, bezieht seine Weinfässer aus Frankreich, aber die Fässer bauen die Franzosen mit deutschem Edelholz, mit einer deutschen Eiche, unter der schon alle deutschen Dichter gereimt haben. Heinrich Gretzmeier kommt auf uns zu: »Französische Technik mit deutschem Holz ergibt den besten Wein!«

Wir betreten die Wirtschaft und genießen ein paar Flammenkuchen, ohne auf die Weincreme von Elvira zu verzichten. Ein Merdinger Riesling begleitet uns *en l'honneur* de Thomas. Wir prosten auf unseren deutschen Freund, der in Bobingen zu Grabe getragen wurde. Ein paar Bergschuhe und eine Winterjacke hatte er bei uns für den nächsten Besuch zurückgelassen.

Das System der Straußwirtschaften gibt es im Elsass nicht. Im Frühling und im Herbst können Bauern in Baden ihre Stube zum Wirtshaus umfunktionieren, um ihre Produkte zu verkaufen. Unmöglich in Frankreich: Ein Bauernhof ist ein Bauernhof und ein Wirtshaus ein Wirtshaus, aber nicht beides gleichzeitig. Immer wieder stellen wir fest: Die Franzosen, die angeblich leben wie Gott in Frankreich, sind sturer als die Deutschen. Die deutsche Verwaltung ist flexibler als die französische. Diese Feststellung erzeugt mehr Flexibilität in einer Gesellschaft. Ein deutscher Student darf Taxi fahren. Der Taxi-Inhaber macht sich ein gemütliches Wochenende und der Student füllt seinen Geldbeutel. Beide profitieren voneinander. In Frankreich unmöglich: Die Gewerkschaft der Taxichauffeure sperrt sich gegen eine solche Flexibilität.

Wir fahren weiter nach Hause über Ihringen. Die Kleinstadt ist mit meiner Geburtsstadt Munster im Elsass verschwistert. Die Lichter der Gasthäuser brennen noch. Leute bummeln durch die Straßen. Als ich eine Stunde später durch die *Grand Rue* von Munster fahre, komme ich mir vor, als ob ich durch einen Gefängnisflur rutsche. Viele Schaufenster sind mit Eisenvorhängen versperrt. Angst vor Dieben.

Rico, der Internetfreak aus Cottbus, der mit Nathalie aus Bourges in Soultzeren wohnt und seine drei Kinder zweisprachig erzieht (Kapitel 17), erzählt mir, dass er Valentine, vierte Klasse, beim Besuch der Schulkinder von Munster in Ihringen begleitete. »Die Spielanlagen sind vom Feinsten mit Rutschbahnen und Kletterwänden. Dreimal besser als in Munster. Die französischen Kinder ließen sich den Spaß nicht nehmen und machten mit. Schon griffen die französischen Lehrer ein: «*Arrêtez, ne faites pas ce que font les Allemands!*» (Bitte aufhören, bitte nicht das machen, was die Deutschen machen). Fast schon eine Metapher für die *je t'aime moi non plus*-Beziehung zwischen Deutschen und Franzosen. Wir bewundern die Deutschen jeden Tag für ihren wirtschaftlichen Erfolg, aber wollen uns natürlich von ihnen unterscheiden. So schwanken unsere Gefühle zwischen Bismarck (der teutonische Teufel) und Gerhard Schröder (der germanische Polit-Athlet der Agenda 2010), der Deutschland ins einundzwanzigste Jahrhundert katapultierte.

Ich stoppe das Auto zuhause vor dem Bauernhof mit Blick auf den Schwarzwald über die Rheinebene hinweg. Ich fahre einen Skoda Yeti, Thomas hatte mir den Wagen empfohlen.

Bevor ich einschlafe, lese ich noch ein paar Seiten aus dem Buch von Barbara Honigmann: «Jeder, der schreibt, entfernt sich von der erlebten, gedachten und gefühlten Wirklichkeit.» So ist es.

47 Helmut Kohl feiert seinen Geburtstag im Elsass

Im Focus vom 27. März 2000 sagte Helmut Kohl über seinen siebzigsten Geburtstag am 3. April: »An diesem Tag werde ich mit meiner Frau und ein paar Freunden unterwegs sein und wir werden versuchen, uns trotz allem einen schönen Tag zu machen.«

Er war seit Wochen unter Beschuss: Stichwort Spendenaffäre. Er hatte Spenden für die Partei entgegengenommen, wollte aber nicht verraten, von wem. Nach der ZDF-Sendung »Was nun?« hatte er Lust auf eine Pizza. Die Mainzer Altstadt kannte der Ex-Kanzler wie kein anderer, schließlich war er Ministerpräsident von Rheinland-Pfalz, bevor er nach Bonn übersiedelte. Sein Sohn riet ihm dringend davon ab: »Was passiert, wenn dir einer ein Glas Wein über den Kopf schüttet?« Vater Kohl gab auf.

Helmut Kohl begegnete ich ein einziges Mal. Ich besuchte meinen Freund Robert, *Quai des Bâteliers* in Straßburg, gegenüber dem *Palais des Rohan*, an der Ill. Der Elsässer ist Bodyguard, zuständig »*pour la protection rapprochée des personalités*«. Helmut Kohl sollte ab 17 Uhr in der Europa-Stadt eintreffen. Er war auf den Kanzler angesetzt. Die Glocke der Kirche *Sainte-Madeleine* hatte gerade 15 Uhr geschlagen. Ich lehnte am offenen Fenster. Mein Freund stand unter der Dusche. Helmut Kohl spazierte allein mit einer jungen Frau am Wasser entlang. Ich meldete die Nachricht ins Bad. Robert sprang sozusagen in seinen Anzug. Ich warf ihm die Dienstwaffe hinterher. Mein Freund hatte den Kanzler schon vor der Wilhelmskirche eingeholt.

Mir war klar, dass er seinen Geburtstag im *Cheval Blanc* von Lembach im Elsass feiern würde. Dort kehrte er seit Jahren regelmäßig ein und fühlte sich von der deutschen Öffentlichkeit abgeschirmt. In Deutschland droschen alle auf ihn ein. Ich hatte Wochen vor dem Geburtstag den ZDF-Kollegen meine Überzeugung mitgeteilt: »Helmut Kohl wird im Elsass feiern.« Keiner reagierte, nicht einmal der Leiter des ZDF-Studios Rheinland-Pfalz. Etwas pikiert rief ich ein paar Tage vor dem Geburtstag im *Cheval Blanc* an. Oma Zinck nahm das Telefon ab. Ich meldete mich mit meinem Namen und fragte ob der Bundeskanzler seinen Geburtstag in Lembach feiern wird. »Ja!«, antwortete Oma Zinck ohne zu zögern. »*Monsieur* Kohl hat reserviert. Vor vierzehn Tagen kam er ohne sich anzumelden vorbei, aber wir waren gerade dabei, den Saal zu renovieren. Ich bot ihm an bei uns in der Küche zu essen, dann sagte er: ›Nein, ich komme ja in zwei Wochen wieder für meinen Geburtstag.‹« Ich plauderte weiter mit Oma Zinck und befragte sie ohne Umschweife über die Ess- und Trinkgewohnheiten des Ex-Kanzlers. Die Oma verriet mir alles. Daraufhin warnte ich nicht das ZDF, schrieb aber eine Glosse über seine Geburtstagsfeier im Elsass.

»Der Körper verändert sich beim Überschreiten der Grenze, der Blick erfasst die Landschaft plötzlich anders, die Luft wird dichter, die Düfte wechseln, die Geräusche bekommen eine neue Qualität, ja sogar die Sonne sieht anders aus«, schreibt *Goncourt*-Preisträger Jean Echenoz in seinem Roman »Ich gehe jetzt«. Genau dieses Gefühl überwältigt den Altbundeskanzler, als seine Limousine zwischen dem pfälzischen Bad Bergzabern und dem elsässischen Wissembourg Deutschland verlässt. Wie sanfte Wellen tragen ihn die Hügel der Nordvogesen Richtung Lembach, wo er seit vierzig Jahren immer wieder Zuflucht sucht. Dort erwartet ihn die Familie Zinck im *Cheval Blanc*.

Die Last der vergangenen Monate fällt augenblicklich von ihm ab. Ein genüssliches Lächeln verjüngt ihn um Jahrzehnte. Sogar Berti Vogts und Uschi Glas, die ihn begleiten, sind von seiner Verwandlung überwältigt. Im Radio singt der Barde Roger Siffer »*D'r Hans em Schnakenloch*«, die elsässische Nationalhymne: »Was er hat das will er nicht und was er will das hat er nicht«. Der Blick des Elsassfans verfolgt wehmütig einen einsamen Storch, der parallel zum Auto fliegt. »Wolfram Siebeck hat recht, wenn er von der unverwechselbaren Identität dieser Landschaft schwärmt« sinniert Helmut und findet nur Zustimmung. Auch Berti fühlt sich gelöster. Hannelore nimmt kurz die Hand von Uschi und drückt sie leise.

Charles und Marlène Zinck warten vor dem Restaurant. Die zierliche Elsässerin verschwindet in seiner Umarmung. Helmut hört mit der Küsserei nicht mehr auf. Berti erkennt seinen Kanzler nicht mehr und wirkt steif wie ein preußischer General aus der Kaiserzeit, der ins Elsass abkommandiert wurde. Die Kussszene wiederholt sich, als Michel und Christine, die den Betrieb übernommen haben, dazu stoßen. Charles führt die Deutschen zum runden Tisch beim Kachelofen. Die Elsässer nicken dem Ex-Kanzler dezent wohlwollend zu, wie immer. Sie geben ihm zu verstehen, dass er zu ihnen gehört. Genau das fasziniert ihn. Hier muss er nicht befürchten, dass ein durchgeknallter Moralapostel ihm ein Glas Rotwein ins Gesicht schüttet. Ein fünfjähriges Mädchen nähert sich schüchtern mit einem Strauß Narzissen. Helmut küsst sie auf die Nase. Ein paar Gäste applaudieren. Aber gleich kehrt Normalität zurück.

Hannelore, die perfekt Französisch spricht, übersetzt Berti und Uschi das Menü für 245 Francs (37,35 Euro). *Saumon fumé ou méli mélo de foies gras, sorbet, tournedos au pinot noir ou filet de dorade au beurre épicé ou croustillant d'agneau aux herbes, croustillant à l'ananas ou mousse glacé au Kirsch.* Berti wird es leicht schwindlig. Er schaut verunsichert zum Ex-Bundeskanzler, der wie immer *Quiche Lorraine* als Vorspeise und *quenelles de brochet* als Hauptspeise bei Christine bestellt. »Das Gleiche« ordert etwas laut der Ex-Bundestrainer. Zum Essen gibt es den obligatorischen Riesling von Willy Gisselbrecht aus Dambach la Ville, »Aber Du darfst auch mal ein Bier zwischendrin bestellen«, beruhigt der Ex-Kanzler den Fußballer.

Als die Hausherrin vorbeischaut, macht Helmut eine kleine Pause.

»Erinnern Sie sich Marlène, unsere Freundschaft hat mit einem Glas Senf begonnen?«

»Genau«, greift die Wirtin auf: »Sie hatten bei uns gespeist. Damals habe ich Sie für einen deutschen Vertreter gehalten. Sie fragten mich, ob der kleine Laden im Dorf geöffnet wäre, weil sie unbedingt ein Glas *Moutarde de Dijon* mit nach Mainz nehmen wollten. ›Der französische Senf und der französische Essig sind viel besser als in Deutschland‹, sagten sie. Aber der Laden war geschlossen, also gingen wir beide in die Küche und ich füllte Ihnen ein Glas mit französischem Senf direkt aus dem Eimer.«

Drei Stunden später rollt Michel, der Sohn von Charles und Marlène, einen riesigen Schokoladen-Kugelhupf, gespickt mit siebzig roten Kerzen, auf dem *charriot des desserts* an den Geburtstagstisch heran. Wie auf Befehl stehen alle fünfzig elsässischen Gäste im Saal auf und spendieren Helmut Kohl eine zehnminütige Standing Ovation. Dicke Tränen kullern über die roten Backen des Jubilars und löschen gleich die Hälfte der Kerzen. Mit der Hilfe von Bernadette, dem kleinen Mädchen, das ihm die Narzissen geschenkt hatte, pustet er den Rest aus.

Helmut Kohl bietet den Gästen an, das Kunstwerk von Michel mit ihm zu teilen. Ein Champagnerkorken nach dem anderen schießt inzwischen gegen die Decke. Die Elsässer lauschen gebannt den Geschichten Helmut Kohls:

Die Idee vom Händchenhalten in Verdun hat auch etwas mit dem Elsass zu tun. Mitterrand traf sich oft inkognito mit mir in dem Bauernhof von Caroline und Ernest, beim Col de la Schlucht in den Hochvogesen. Eine Nacht wurden wir beim Spaziergang von einem Gewitter überrascht und schliefen in einer Scheune. Als Ernest uns am nächsten Morgen endlich entdeckte, sollten wir, behauptete er jedenfalls, Hand in Hand im Heu gelegen haben. François kam dann auf die Idee diese symbolische Geste in Verdun zu wiederholen.«

Tosender Beifall. »Wurden nicht auch ein paar Leuna-Scheine unter dem Tisch ausgetauscht?«, outet sich ein deutscher Oberstudienrat aus der zweiten Reihe. Totenstille. »Was haben sie hier verloren?«, fragt der Altbundeskanzler etwas schroff. Die Elsässer lassen dem Störenfried nicht die Zeit zu antworten und befördern ihn nach draußen in das Schwimmbecken.

Um drei Uhr morgens verlassen die letzten Gäste das Restaurant. Hannelore und Uschi flüchten ins Bett. »Jetzt fängt es erst richtig an«, haucht der Kanzler dem Fußballer ins Ohr. Charles und Sohn Michel verschwinden mit Helmut und Berti in der Schnapskammer. Darunter muss man sich eine Art Schnapshamam vorstellen. Ein Röhrendschungel erinnert an eine miniaturisierte Ölraffinerie. Kerzenlicht, wie in einem Film von Stanley Kubrick. Alte Sofas aus dem Flohmarkt empfangen die müden Krieger. Der Schnapsdampf befördert sie allmählich in eine andere Welt. »Eine Welt ohne Scheine und Schweine«, biedert sich Berti ein letztes Mal vor dem Einschlafen an.

Im ganzen Dorf riecht es nach Marc de Gewürz, wie die Bewohner den elsässischen Grappa nennen. »Ach, der Kanzler ist wieder da!«

Diesen Bericht schickte ich zunächst der Rheinpfalz. Die Redaktion lehnte »aus Respekt für den Kanzler«, der damals noch in Oggersheim wohnte, ab. Daraufhin meldete ich mich im Feuilleton der Süddeutschen Zeitung. Mein Freund Johannes Willms, für den weder Balzac noch Napoléon oder Talleyrand ein Geheimnis haben, meldete grünes Licht: gekauft. Der Artikel sollte am Tag des Geburtstages erscheinen. Nichts passierte.

Am 3. April verfolgte ich die Spurensuche der Kollegen am Fernseher. Überall standen Kameras, in Deidesheim in der Pfalz zum Beispiel. Kein Kollege dachte ans Elsass. Da ich selbst eine Kamera besitze, hätte ich natürlich als Tourist vor dem *Cheval Blanc* auf Helmut Kohl warten können und den Beitrag glatt an die Fernsehanstalten verkaufen können. Ich bin aber kein Paparazzo und verzichtete auf die Aktion.

Ein Tag später lese ich auf SPIEGEL ONLINE: »Quiche Lorraine statt Saumagen. Selten fand die Geburtstagsfeier so viel Interesse. Inzwischen ist bekannt, wo der Altkanzler feierte. Zusammen mit Frau und zwei Freunden speiste Helmut Kohl im Elsass – in einem seiner Lieblingslokale.« Markus Schächter, vom ZDF, rief mich sofort an: »*Merde, tu avais raison!*« Du hattest recht. Bei den zwei Freunden handelte es sich um die Gebrüder Fritz und Erich Ramstetter, beide katholische Geistliche.

Ich meldete mich schließlich bei der SÜDDEUTSCHEN ZEITUNG, um nachzufragen: »Wieso kam der Artikel nicht?« Der Chefredakteur des Feuilleton sagte mir: »Herr Graff, es tut mir leid, aber der Hauptchefredakteur vom Blatt hat sich ausnahmsweise, da das Thema Kohl immer noch brannte, ihren Artikel bringen lassen. Er wusste nichts von ihren Recherchen und ließ ihn streichen. Es tut uns leid, so was kann nun mal passieren, aber wir werden sie natürlich honorieren, da wir zugesagt hatten.«

48 Deutsch-französische Slam-Akrobaten

Das Deutsch-Französische Jugendwerk ist bekanntlich ein Kind des Elysée-Vertrages, von Konrad Adenauer und General de Gaulle im Januar 1963 ins Leben gerufen. Die Verdienste der Institution sind unschätzbar. Millionen von Jugendlichen haben sich kennengelernt. 1983 wurde ich beauftragt, eine Dokumentation über die Lehrlinge von Renault und Volkswagen für die ARD und das Jugendwerk zu drehen. Wir waren drei Wochen zusammen, in Paris und in Wolfsburg. Alle sprachen Englisch untereinander. Also nannte ich den Film schlicht und einfach »*I love you*«. Die Herren des Jugendwerks in Bonn und Paris flippten aus, aber die ARD setze sich durch und es blieb beim Titel. Daraufhin kühlte mein Verhältnis zu den Beamten des Jugendwerkes merklich ab.

Ein Flyer flattert ins Haus: »*Rencontres franco-allemandes à Strasbourg et Offenburg*. Poetry Slam entdecken.« Zwei Damen lächeln mich an: Béatrice Angrand und Dr. Eva Sabine Kuntz. Sie laden mich zum ersten deutsch-französischen Poetry-Slam-Treffen ein. »Das Deutsch-Französische Jugendwerk möchte den Poetry Slam als neue Kunstform nutzen, um innovative pädagogische Ansätze zu entwickeln, die auf der Heranführung, der gegenseitigen Bereicherung und der Perfektionierung der Sprache beruhen.« Hört sich wie das Vorwort einer Doktorarbeit an, *mais j'achète*, wie der Franzose sagt. Ich folge der Einladung beider Generalsekretärinnen des Deutsch-Französischen Jugendwerks und fahre nach Straßburg.

»Lassen sie sich von den jungen Slam-Poeten aus Deutschland und Frankreich mitreißen, wir wünschen Ihnen hierbei viel Vergnügen.« Die Veranstaltung findet im neuen Straßburger Wasserviertel statt. Das Auditorium ist wunderschön. Ich spreche den ersten Slammer an, der mir über den Weg läuft. Gauner nennt er sich. Da bin auch ich leicht verunsichert. Aber seine Biographie spricht Bände. »Gauner ist 2008 von 800 Zuschauern in der Berliner Volksbühne zum Stadtmeister gekürt worden.« Er gibt sich sehr scheu. Antoine ist gesprächiger. Er gehört zu Gruppe *Uppercut* aus Paris und leitet eine deutsch-französische Slam-Residenz in Berlin und Straßburg. Seine Schüler und Partner nennen sich Theodora Mayer, Sébastien Joly aus Lyon, Maria Xenia und Bleu Broode aus Berlin. Sie treten heute Abend zusammen auf, mit einer deutsch-französischen Performance.

Sébastien:

Je suis tout le monde
Je ne suis personne.

Bleu:

Alle und niemand.

Maria:

Alles und nichts.

Sébastien:

Je suis tout et je ne suis rien
J'ai de la poussière dans les mains.

Theodora:

Je suis une étincelle dans le brasier.

Maria:

Ein Tropfen auf dem heißen Stein.

Bleu:

und nicht nur für den *tighten* Reim
ein Tropfen von dem *nicen* Wein.

Theodora:

Une goutte d'eau dans la mare.

Sébastien:

Je suis 1 sur 7 milliards.

Bleu:

Weißt du.

Sébastien:

Je serais qui tu veux pour passer cette frontière.

Bleu:

Ich könnte dein Vater sein.

Theodora:

Je serai ton père.

Sébastien:

Je peux aussi te faire rêver
Car c'est mon métier
Je fais tourner le monde à l'envers en récitant du Hermann Hesse.

Bleu:

An jenem Tag im blauen Mond September
Still unter einem jungen Pflaumenbaum
Da hielt ich sie, die stille bleiche Liebe
In meinem Arm wie in einem holden Traum.
Ich bin Kunst

Bleu, Maria, Sébastien, Theodora:

Ich bin.

Maria:

Eine Sonnenblume.
Ich bin Anna Blume.
Ich bin der Schrei.

ALLE SCHREIEN

La Venus de Boticelli
L'homme de Vitruve
Ich bin Michelangelos Adam

Sébastien:

Alors je suis Dieu.

Bleu:

You're what?

Sébastien:

I am God.

Bleu:

No, you're not.

Sébastien:

Yes, I am.

Keine einzige elsässische Slamgruppe macht mit. Ich frage mich warum? Elsässer sollten von Geburts wegen als Slammer auftreten. Slam ist die ideale Ausdrucksform für mehrsprachige Grenzgänger. Der Wechsel der Sprache steigert noch die Möglichkeiten der Rhythmen, wie Theodora, Sébastien, Maria und Bleu es auf der Bühne beweisen. Aber sie sind eben keine Elsässer.

Aber auch die deutsch-französischen Slam-Freunde haben ein Problem: Sie müssen sich auf Englisch unterhalten, um das deutsch-französische Programm zusammenzusetzen. Da sollte sich das Jugendwerk vielleicht anstrengen und ihnen zunächst einen Sprachkurs bezahlen. Oder glauben die Damen des Deutsch-Französischen Jugendwerks schon selbst nicht mehr an ihre Aufgabe: den Franzosen Deutsch und den Deutschen Französisch beizubringen? Nicht von ungefähr kündigen sie den Abend als »Poetry Slam« an, genauso wie ich meinen Film »*I love you*« nannte. Nichts Neues unter der Sonne. Die Deutschen und die Franzosen schaffen es nicht ohne den englischen Umweg. Zum Glück gibt es die deutsch-französischen Liebespaare im Elsass, eigentlich sollte ihnen das Deutsch-Französische Jugendwerk jedes Jahr ein paar Wochen Urlaub schenken.

Ich jedenfalls schenke Sébastien, Theodora, Bleu und Maria ein deutsch-französisches Gedicht, das sie verslammen können, so oft sie es auch schaffen:

Hänge deine Wurzeln an die Luft
accroche tes racines au ciel
und klettere auf die Sterne
et grimpe sur les étoiles

raus aus deinem Loch
sort de ton trou
raus aus deinem Keller
sort de ta cave
raus aus deinem Käfig
quitte ta cage
raus aus deiner Angst
quitte ta peur

Hänge deine Wurzeln an die Luft
accroche tes racines au ciel
und klettere auf die Sterne
et grimpe sur les étoiles

erst dann blickst Du über die Grenzen
tu découvriras enfin au delà des frontières
ins andere Land ins andere Herz
d'autres pays d'autres coeurs
erst dann blickst Du über die Grenzen
tu découvriras enfin au delà des frontières
ins eigene Land ins eigene Herz
ton propre pays ton propre coeur.

Epilog

Nachdem die Elsässer mit Hilfe des Sonnenkönigs, der Revolution und Napoléon französisch wurden, ohne gleich ihre deutschen Eigenschaften, wie die Besensucht, das Bier, den Weißwein, das Sauerkraut, die Straßburger Würstchen, die Störche, die Fachwerkhäuser und vor allem ihre deutschen Mundarten zu verlieren, hatten sie vor dem Deutsch-Französischen Krieg 1870 einen fantastischen Bonus.

Sie besaßen die Fähigkeit, sich über die deutschen und die französischen *Patr'idioten* gleichermaßen lustig zu machen. Sie hatten ausprobiert, dass in jeder Sprache, Deutsch oder Französisch, ein anderes Auge sitzt, um die Metapher von Herta Müller zu wiederholen. Sie pflegten mehrere Zuständigkeiten, um sich aus den Krallen der »mörderischen Identitäten« zu befreien, wie der Franko-Libanese Amin Maalouf, Mitglied der *Académie française,* es formuliert. Sie waren bereit, mit der »Mentalität verschiedener Völker zu denken«, um mit dem Donaupoeten und Germanisten Claudio Magris aus Triest zu sprechen.

Sie beseelten sogar architektonisch ihre Landschaft mit einer Mischung aus deutschem Mittelalter und Versailles.

Mit dem Sieg über Frankreich holte sich Berlin ein gutes Viertel des Bonus in seine eigene Schatulle und die Preußen versuchten, die französische Seele der Elsässer zu germanisieren. Wieso kamen eigentlich die deutschen Fürsten und der König von Preußen auf die *patr'idiotische* Idee, das Deutsche Reich ausgerechnet im Spiegelsaal zu Versailles auszurufen?

Warum nicht in Deutschland selbst? Zum Beispiel auf dem Titisee? Hat sich vielleicht Wilhelm I. doch für den Sonnenkönig gehalten? In Erinnerung an *Sans Souci*, eine blasse Kopie von Versailles.

Zugegeben, die kaiserliche Zeitrechnung brachte als Mitgift die Gründerzeit. Die elsässischen Arbeiter pissten fortan nicht mehr in den Garten wie die Genossen in Lille oder Lyon. Sie wurden mit Klo und Bad beglückt.

Nachdem Europa im zwanzigsten Jahrhundert ein erstes Mal zum Schlachtfeld verwandelt wurde, kamen die Pariser Besserwisser 1918 ins Elsass zurück und schnitten sich ein weiteres Viertel des Bonus ab, indem sie die deutsche Seele der Elsässer »demokratisch« wie die Rheinauen austrockneten.

Hitler war zweifellos der Höhepunkt des *Patr'iotismus*, diese Malaria des Geistes. Er schnappte sich ein weiteres Viertel und trocknete die französische Seele aus, indem er die Väter in die Wehrmacht beförderte.

Ab 1945 beglückten uns Frankreich und die Alliierten mit der Demokratie. Es unterlief den Franzosen leider ein *patr'idiotischer* Ausrutscher. Sie verwechselten deutsche Kultur und Faschismus. Das letzte Viertel des Bonus wurde ausgelöscht. Ab sofort lebten die Elsässer heimatlos in der eigenen Heimat zwischen Rhein und Vogesen, ganz einfach, weil es ohne Vergangenheit keine Zukunft gibt. Sie verstanden Europa nicht einmal mehr, wobei das Elsass mit seinen alemannischen Dickköpfen über Jahrhunderte den Inbegriff von Europa war.

Das Elsass ist heute definitiv eine demokratische Fälschung, aber auf die Demokratie kommt es an. Sagen sie es bitte nicht weiter, als deutsche Kulturlandschaft ist das Elsass nur noch in den deutschen Reiseführern vorhanden.

Die Elsässer dagegen haben, trotz Sprachwechsel, immer noch eine kulturelle Nähe zu den Deutschen. Die deutsche Volksmusik bleibt die Nabelschnur zu Deutschland. Wenn das Wort verschwindet, bleibt die Musik.

Auch die Franzosen lieben heute inbrünstig die Fachwerkhäuser, die Störche, das Bier, den Weißwein, das Sauerkraut, die Straßburger Würstchen und unsere Besensucht. Zum ersten Mal seit 1648 finden sie die Elsässer attraktiv.

Mit den Franzosen verbindet heute das »Wort« die Elsässer. Die französische Sprache beherrscht zum ersten Mal seit 1648 die Elsässer. Der Bauch bleibt noch deutsch, der Kopf ist französisch.

Spannend ist, ob die deutsch-französischen Paare, nach dem Modell von Umberto Eco, mit ihrer mehrsprachigen Kreativität die Macht übernehmen werden. Rückschläge sind nicht ausgeschlossen. Aber neue Siege des Geistes sind möglich. *Qui vivra verra.*

Martin Graff, im Frühling 2012

Literatur

Adolf, Paul, *Dictionnaire comparatif multilingue, français-allemand-alsacien-anglais,* Strasbourg 2006

Allmende, Zeitschrift für Literatur, *Das Elsass,* Karlsruhe 2011

Andlau-Hombourg de, Hubert, *Le livre d'histoire d'une famille d'Alsace,* Strasbourg 1972 et 1976

– *Témoin dans la tempête (1940–1945),* Colmar 1999

Astel, Arnfrid, *Das Spektrum gibt dem Augenblick die Sporen,* Frankfurt am Main und Weimar, 2010; auch unter www.zikaden.de

Audhuy, Claire, *Stimmen in der Nacht. Des voix dans la nuit,* Strasbourg 2011

Bainville, Jacques, *Histoire de France,* Paris 1924

Béhé Martin, *Nos beaux soldats des Vosges,* Strasbourg 1935

Bopp, Marie-Joseph, *Ma ville à l'heure nazie,* Colmar 1940–1945, Strasbourg 2004

– *Histoire de l'Alsace sous l'occupation allemande,* Nancy 2011

Bosch, Manfred, *Bohème am Bodensee. Literarisches Leben am See von 1900 bis 1950*, Lengwil am Bodensee 2007

– Hrsg., *Oberrheingeschichten*, Tübingen 2010

Braeuner, Gabriel, *Joseph Rey. Un maire pour Colmar, un Alsacien pour l'Europe,* Colmar 2001

– *Colmar. L'esprit d'une ville*, Pontarlier 2011

Calvet, Louis-Jean, *Le marché aux langues,* Paris 2002

Canetti, Elias, *Das Gewissen der Worte,* München 1981

Céline, Louis-Ferdinand, *Reise ans Ende der Nacht,* Reinbek 2004

Claden, Morand, *Désiré Dannacker,* Strassburg 1930

Dahlet, Camille, *Les cahiers verts, Die Grünen Hefte 3 und 4*, Strasbourg 1950 und 1951

Daudet, Léon, *Hors du joug allemand,* Paris 1915

Debray, Régis, *Eloge des frontières*, Paris 2010

Delpal, Jacques-Louis, *Die grüne Strasse: Schwarzwald, Elsass, Vogesen, eine kulturelle und gastronomische Entdeckungsreise*, Strasbourg 2004
Dentinger, Jean, *L'âge d'or de la littérature en Alsace. Das Goldene Zeitalter der Literatur im Elsass*, Basel 1986
Deutsch-Französisches Jugendwerk / Office franco-allemand pour la Jeunesse, *Begegnung und Austausch mit Franzosen*, Berlin-Paris 2008
Disler, Katrin, Laura Maillard, Hrsg., *Informationen für Grenzgänger, Guide d'information pour frontaliers*, Freiburg 2010
Doutriaux, Claire, *Karambolage*, Paris 2004
Ebersolt, P., *Le génie alsacien*, Paris 1918
Eco, Umberto, *La recherche de la langue parfaite*, Paris 1994
– *Gesammelte Streichholzbriefe*, München 2002
– *Schüsse mit Empfangsbescheinigung. Neue Streichholzbriefe*, München 2006
Egen, Jean, *Die Linden von Lautenbach*, Berlin 2002
Engels-Perrein, Hélène, *Lexique du couple franco-allemand*, Paris 2007
Flake, Otto, *Ein Leben am Oberrhein. Essays und Reiseskizzen aus dem Elsass und Baden*, Frankfurt am Main 1987
Feger, Otto, *Schwäbisch-Alemannische Demokratie*, Konstanz 1946
Ferguson, Niall, *Der falsche Krieg*, Stuttgart 1999
Foussier, Gérard, *Amicallemand vôtre*, Cologne 2001
Frankreich-Zentrum, Rolf G. Renner, Fernand Hörner, Hrsg., *Deutsch-französische Berührungs- und Wendepunkte*, Freiburg 2009
Franzos, Karl Emil, *Aus den Vogesen. Reise und Kulturbilder*, Hannover 2010
Garton Ash, Timothy, *Zeit der Freiheit*, München 1999
Geiss, Peter, Guillaume Le Quintrec, Hrsg., *Geschichte – Histoire, Europa und die Welt seit 1945*, Stuttgart, Paris 2006
Geiss, Peter, Daniel Henri, Guillaume Le Quintrec, Hrsg., *Histoire – Geschichte. Europa und die Welt vom Wiener Kongress bis 1945*, Paris, Stuttgart 2008

Grenzüberschreitender Kirchenführer durch Nordelsass und Südpfalz, Hrsg. Protestantischer Kirchenbezirk Bad Bergzabern, Bad Bergzabern 2008
Guyon, Charles, *Les espions boches,* Paris 1916
Haase, Frank, Eric Jakob, Hrsg., *Architexturen einer Grenzregion*, Basel 2008
Haderlap, Maja, *Engel des Vergessens*, Göttingen 2011
Hagège, Claude, *Le souffle de la langue*, Paris 1994
– *Dictionnaire amoureux des langues*, Paris 2009
Hallays, André, *En flânant à travers l'Alsace,* Paris 1919
Hansi, *L'Alsace,* Paris 1928
Haubenestel, Jean, *Disparu / Vermisst. Familles d'Alsace et de Moselle dans l'attente et l'anxiété de 1945 à nos jours*, Strasbourg 2008
Hawes, Douglas W., *Oradour, le verdict final,* Paris 2009
Heidegger, Martin, *Unterwegs zur Sprache,* Stuttgart 2003
Herscher, Mgr. S., *L'Alsace, ses idées, ses hommes et ses oeuvres*, Paris 1889
Hesse, Hermann, Hrsg., *Das Alemannenbuch,* Waldkirch 1986
– *Beschreibung einer Landschaft,* Frankfurt 1992
Heydt, Arnold, *»Elsässer-links raus!«* Strasbourg 1932
Hilbold, Albert, *La deuxième mort de Léon,* Colmar 2011
Hoffet, Frédéric, *Psychanalyse de l'Alsace,* Strasbourg 2009
Hölzle, Peter, *Zwischen Krähwinkel und Kalifornien*, Stuttgart 2008
Hugel André, *Chronique de la Grande Guerre à Riquewihr,* Riquewihr 2003
Hugel André, Wolfgang Krebs, Eberhard Neher, *Wir waren Feinde*, Herbolzheim 2006
Honigmann, Barbara, *Das Gesicht wiederfinden. Über Schreiben, Schriftsteller und Judentum*, München, Wien 2006
Hugues, Pascale, *Marthe et Mathilde,* Hamburg 2008
Huber, Inge, *Curnonsky oder das Geheimnis des Maurice-Edmond Sailland,* München 2010
Hünenburg, Friedrich, *Tausend Brücken*, Heilbronn 1972
Jünger, Ernst, *Auf den Marmorklippen*, Berlin 2008
– *Pariser Tagebuch II, 1943–1945,* Stuttgart 1979

Jünger, Ernst, *In Stahlgewittern*, Stuttgart 2010
Kladstrup, Don und Petie, *Wein und Krieg*, Stuttgart 2007
Klemperer, Victor, *Leben sammeln, nicht fragen wozu und warum. Tagebücher 1918–1924*, Berlin 1996
König, Werner, *dtv-Atlas zur deutschen Sprache, Tafeln und Texte mit Mundart-Karten*, München 1978
Kretz, Pierre, *Der Seelenhüter*, Tübingen 2012
Kürz, Eugène, *Zwangsrekrutiert. Ein Elsässer in Hitlers Armee*, Freiburg 2008
Lang, Hans-Joachim, *Die Namen der Nummern. Wie es gelang, die 86 Opfer eines NS-Verbrechens zu identifizieren*, Frankfurt am Main 2007
Lienhard, Friedrich, *Oberlin*, Stuttgart 1917
Lodemann, Jürgen, Hrsg., *Schwarzwald-Geschichten*, Tübingen 2007
Longerich, Peter, *Davon haben wir nichts gewusst! Die Deutschen und die Judenverfolgung 1933–1945*, München 2007
– *Heinrich Himmler*. Biographie, München 2008
Maalouf, Amin, *Mörderische Identitäten*, Frankfurt am Main 2000
Magris, Claudio, *Donau*, München 1988
Mak, Geert, *In Europa*, München 2004
Meissner, Otto, *Deutsches Elsass, Deutsches Lothringen*, Berlin 1941
Mann, Thomas, *Bekenntnisse des Hochstaplers Felix Krull*, Stuttgart 1954
– *Der Zauberberg*, Frankfurt am Main 2004
Mayer, Michael, Hrsg., *Georg Büchner, Leben, Werk, Zeit. Ausstellung zum 150. Jahrestag des »Hessischen Landboten«*, Marburg 1985
Meyer, Philippe, *Histoire de l'Alsace*, Préface de Rudolf von Thadden, Paris 2009
– *L'or du Rhin, histoire d'un fleuve*, Paris 2011
Michelin, *Pays Rhénans »Rhin Supérieur«*, Paris 1993
Michna, Rudolf, *Strassburg – Städtebau und Architektur im historisch-politischen Kontext*, in: Regio Basiliensis, Bd. 52, Basel 2011, S. 151ff.
Minder, Robert, *Dichter in der Gesellschaft. Erfahrungen mit deutscher und französischer Literatur*, Frankfurt am Main 1966

Mounine, Henri, *Cernay 40–45. Le SS-Ausbildungslager de Sennheim,* Strasbourg 1999.
Mündel, Curt, *Die Vogesen, Reisehandbuch für Elsass-Lothringen,* Straßburg 1987
Nesbø, Jo, *Rotkehlchen,* Berlin 2010
Nuber, Hans Ulrich, Hrsg., *Das Alemannische Institut, 75 Jahre grenzüberschreitende Kommunikation und Forschung, 1931–2006,* Freiburg / München 2007
Nückles, Bärbel, *Merian Reiseführer Elsass,* Köln 2009
Person, Sune, *Rettung im letzten Augenblick,* Berlin 2011
Peter, Armand, Hrsg., *Mitteleuropa, Utopie Europa?,* Strasbourg 2008
Peters, Michaela, *Oui, Chef! Kochen mit Michaela Peters. Meine neue, leichte, französische Küche,* München 2007
Pflaum, Stefan, *Zwischenhimmel. Oberrheinisches Tage- und Nächtebuch,* Gutach 2010
Pohlmann, Inga, Hrsg., *Doppeladler und Halbmond. Geschichte einer Begegnung,* Eggingen 2005
– *Drei »Hergelaufene« am See: Oskar Wöhrle, Eduard Reinacher, Martin Andersen Nexö,* Singen 2011
Post-Martens, Anne-Marie, *Pan-Logismus. René Schickeles Poetik im Jahr der »Wende« 1933,* Frankfurt am Main, Basel 2002.
Pudlowski, Gilles, *Dictionnaire amoureux de l'Alsace,* Paris 2010
Raimesch, Ragimund, *Heimgekehrte Grenzlande,* Bayreuth 1943
Reinacher, Eduard, *Am Abgrund hin,* Weinheim 1972
– *Bohème in Kustenz,* Eggingen 2009
Rezzori von, Gregor, *Frankreich oder wie Althergebrachte Gemeinplätze durch neue zu ersetzen sind,* München 1977
Richert, Dominik, *Beste Gelegenheit zum Sterben,* München 1989
Riedweg, Eugène, *Les »Malgré Nous«» Histoire de l'incorporation de force des Alsaciens-Mosellans dans l'armée allemande,* Mulhouse 1995
Ries, Roland, *L'Alsace et la gauche,* Strasbourg 2007
Röhl, John C. G., *Wilhelm II. Die Jugend des Kaisers,* München 2001
Rouby, Edouard, *Institut Saint-André 1891–1991,* Cernay 1991
Schlink, Bernard, *Heimat als Utopie,* Frankfurt 2000

Schneid, Sadi, *SS-Beutedeutscher,* Lindhorst 1979
Schneider, Hansjörg. *Hunkeler und der Fall Livius*, Zürich 2007
Schickele, René, *Das Erbe am Rhein,* Köln, Berlin 1959
– *Die Blauen Hefte*, Frankfurt am Main, Basel 2002.
Schold, Günter, Hrsg, *Das-Drei-Elsässer-Buch,* Saarbrücken 2007
Schweitzer, Albert, *Gesammelte Werke in fünf Bänden*, Hrsg. Rudolf Grabs, Berlin 1971
Schweitzer, Albert, Hélène Breslau, *Correspondance 1901–1905. L'amitié dans l'amour.* Hrsg, Jean-Paul Sorg, Colmar 2005
– Hélène Breslau, *Correspondance 1906–1909. L'amour dans l'amitié,* Hrsg Jean-Paul Sorg, Colmar 2009
– *Hélène Breslau, Correspondance. 1910–1912. L'alliance.* Hrsg Jean-Paul Sorg, Colmar 2011
– *Friede oder Atomkrieg,* München 1982
Siebecker, Edouard, *Histoire de l'Alsace,* Paris 1873
Sittler, Luzian, *Geschichte des Elsass. I. Band von den Uranfängen bis 1500*, Kolmar 1942
– *Geschichte des Elsass. II. Band von 1500 bis zur französischen Revolution*, Kolmar 1942
Sittler, Lucien, *L'Alsace terre d'histoire,* Strasbourg 1973
Société savante d'Alsace, *Hunebourg, un rocher chargé d'histoire du Moyen Age à l'époque contemporaine,* Strasbourg 1997
Sperber, Manès, *All das Vergangene,* Wien 1983
Staël de, Germaine, *Über Deutschland,* Frankfurt am Main 1985
Stähle, Rudolf, Paul Norbert Engel, *Rollwagen Buch,* Kehl, Strasbourg, Arlington, 1967
Staufer, Charles, *Unsi Sproch, Ernstes und Heiteres über den Dialekt,* Strasbourg,1973
Steegmann, Robert, *Struthof,* Strasbourg 2005
Steiner, George, *Errata,* Paris, 1998
– *The Idea of Europe*, Le Tilburg, 2004
Svenson, Ake, *Die Weißen Busse,* Berlin 2011
Trost, Ernst, *Die Donau,* Wien, München, Zürich 1968
Umweltbibliothek Grosshennersdorf, Hrsg., *Kindermaterial,* Görlitz 2005

Vogler, Bernard, *Histoire culturelle de l'Alsace,* Strasbourg 1994
– *Histoire politique de l'Alsace*, Strasbourg 1995
– *La décapole*, Strasbourg, 2009
Walter, Henriette, *Aventures et mésaventures des langues en France,* Nantes 2008
Weber, Urs, Hrsg., *Handbuch Rhein,* Darmstadt 2011
Wechsler, Patrick, *La faculté de médecine de la Reichsuniversität Strassburg 1941–1945 à l'heure nationale socialiste,* online Freiburg 2005
Weckmann, André, *elsassischi Grammatik oder ein Versuch die Sprache auszuloten*, Pfaffenweiler 1989
Weiss, Raoul, *Kauderwelsch Band 116. Elsässisch, die Sprache der Alemannen*, Bielefeld 2001
Wittmann, Bernard, *Die Geschichte des Elsass,* Kehl 2009
Wittich, Werner, *Auf der Grenze. Deutsche und französische Kultur im Elsass. Revue alsacienne illustrée,* Strassburg 1899
Wöhrle, Oskar, *Das Sundgaubuch*, Kolmar 1941
– *Der Baldamus und seine Streiche*, Karlsruhe 1992
– *Ecrivain de Saint-Louis*, Hrsg. Mairie, Saint-Louis 1990
Woltersdorf, Stefan, *Nordelsass für Leser*, Kehl 2007
Zweig, Stefan, *Marie-Antoinette*, Frankfurt a. Main 1980
– *Sternstunden der Menschheit*, Leipzig 1927

Bücher von Martin Graff auf Deutsch

Deutschland im August, Baden-Baden 1985
Der Joker und der Schmetterling, Baden-Baden 1987
Weihnachtsgeschichten für alle Fälle, Blieskastel 1996
Nackte Wahrheiten, Deutsche und Franzosen, München 1994
Von Liebe keine Spur, das Elsass und die Deutschen, München 1996
Donauträume, Stromaufwärts nach Europa, München 1998
Champagner für alle, Blieskastel 2004
Grenzvagabund, Mainz 2010

ISBN 978-3-86351-041-1

Lektorat: Sabine Besenfelder, Tübingen.
Umschlaggestaltung: Christiane Hemmerich
Konzeption und Gestaltung, Tübingen.
Herstellung: Horst Schmid, Mössingen.
Satz: CompArt, Mössingen.
Druck und Einband: Pustet, Regensburg.

Mehr über das Verlagsprogramm von Klöpfer & Meyer
finden Sie unter: *www.kloepfer-meyer.de*